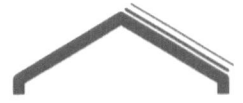

ALIEN-VEREHRER

Gefährtinnen der Sandmeer-Warlords
Buch Vier
Von Ursa Dax

I0564182

Danksagung

HERZLICHEN DANK, DASS ihr mich immer noch auf meinem wilden Alien-Abenteuer begleitet. Ohne eure anhaltende Begeisterung und eure Unterstützung könnte ich diese Reihe nicht schreiben! Wie immer möchte ich mich bei meiner Mutter SMD und meinem Ehemann RSH für ihre unermüdliche Unterstützung bedanken. Danke!

RECHTLICHER HINWEIS

Alien-Verehrer © 2021 Veronica Doran

ursadaxwriter@gmail.com

Übersetzung: Maike Wiegand

Lektorat: Debora Exner

Korrektorat: Tanja Eggerth

ISBN: 978-1-7381129-4-4

Peace Weaver Press Inc.

5-190 Minet's Point Drive, Suite 140, Barrie, ON, Canada, L4N 8J8

Triggerwarnung

IN DIESEM BUCH WERDEN detailliert Schlachten und Gewalt beschrieben. Außerdem werden Suchterkrankungen, Gefängnisaufenthalte und Vernachlässigung durch die Eltern erwähnt – diese Themen werden jedoch nur kurz im Zuge der Hintergrundgeschichte eines Charakters angesprochen und nicht ausführlich beschrieben.

KAPITEL EINS
Kat

„WAS IST PASSIERT?"

Misstrauen erfüllte mich und verwandelte meine Stimme in ein Zischen. Melanies Augen waren blutunterlaufen, die Wangen tränenüberströmt und rot. Mein Blick huschte zu dem schweigsamen, vernarbten Alien hinter ihr.

Wenn dieser Wichser Taliok ihr wehgetan hat, schwöre ich ...

„Alles nur Freudentränen", sagte Melanie rasch und schüttelte den Kopf. „Ich habe vorhin die Alien-Version eines Heiratsantrags angenommen."

Melanie und Taliok waren gerade aus dem Tal zurückgekehrt und erst jetzt fiel mir auf, dass Taliok ein paar glänzende Steine in den klauenbewehrten Händen hielt.

„Also ist es jetzt offiziell, ja? Du und Mr. Mürrisch da drüben?"

Melanie nickte lächelnd, was mir ein bisschen die Anspannung nahm. Sie lächelte nicht oft, was es zu einem echten Geschenk machte. Und wenn Taliok der Grund dafür war, war er wohl doch ganz in Ordnung. Fürs Erste. Solange er sich benahm.

Eine nach der anderen waren meine Freundinnen den eigenartigen Reizen dieser Alien-Kängurutypen verfallen. Was genau es mit besagten Reizen auf sich hatte, konnte ich mir beim besten Willen nicht erklären. Ich würde mich keinem der Alien-Verehrer nähern, nicht mal mit einer drei Meter langen Stange als Abstandshalter.

Ich begriff wirklich nicht, was mit meinen Freundinnen los war. Chapman, Cece und Melanie waren einige der klügsten Frauen, die ich kannte, und doch hatten sie sich diesen Aliens innerhalb kürzester Zeit an den Hals geworfen.

Hier muss irgendwas im Wasser sein ... Wenn es denn auf diesem Planeten irgendwo Wasser gäbe.

Was immer es damit auf sich hatte, ich würde mich ihnen sicher nicht anschließen. Die Aliens konnten ihre komischen Zungen, Schwänze und weiß Gott was sonst noch bei sich behalten.

Du weißt genau, was sie sonst noch *zu bieten haben ...*

Ich hatte Taliok in Fallos Hügeln kurz nackt gesehen, als wir angehalten hatten, um uns mit *talka*-Pflanzen zu waschen, den kleinen Sukkulenten, die hier als Seife benutzt wurden.

Und zwar nicht nur Taliok ...

„Bist du so weit, Kat? Ich habe das *irkdu* für dich gesattelt."

Galok.

Als ich mich umdrehte, stand der riesige Alien direkt hinter mir. Die Kerle waren alle groß, aber Galok überragte sie alle. Auch Melanies Taliok, der mit seinen gut zwei Meter zehn schon nicht klein war.

Galok war zudem auch noch schlanker als die anderen. Sein langes schwarzes Haar fiel ihm lose über den Rücken und er trug es, anders als die meisten Männer des Sandmeers, nicht geflochten. Die schimmernden Kupferwirbel in seinen Augen zogen sich zusammen, als er den Blick auf mein Gesicht richtete.

„Ja", erwiderte ich knapp und schulterte meinen Rucksack.

„Sehr gut. Ich packe das Zelt für dich zusammen."

Ich verdrehte die Augen. „Nicht *für mich*. Es muss einfach erledigt werden. Und ich kann das selbst."

Ich ließ den Rucksack fallen und eilte zum Zelt zurück. Nachdem Melanie sich im Laufe unseres kleinen Ausflugs entschieden hatte, zu Taliok umzuziehen, hatte ich es für mich allein. Auch wenn Galok so verdammt nah bei mir schlief – außerhalb des Zelts, versteht sich –, dass es sich fast anfühlte, als würde er neben mir liegen.

Wenn es einen Alien gab, der fest entschlossen war, mir nahezukommen, dann er.

Allerdings hatte er bisher kein bizarres Zeug von wegen Lavrika, Gefährtinnen oder irgendeinem Gefährtenband von sich gegeben. Zum Glück. Ich wusste ehrlich nicht, wie ich reagieren würde, sollte einer der Aliens mich zu seiner Gefährtin erklären, wie es Fallo, Buroudei und Taliok bei meinen Freundinnen getan hatten.

Ich begann das Zelt von einer Seite aus abzubauen, und Galok flitzte prompt zur anderen Seite, um nach der Plane zu greifen. Ich warf ihm einen finsteren Blick zu und zerrte an meinem Ende, bis ich merkte, dass wir dasselbe Stück Tierhaut erwischt hatten.

„Ich habe doch gesagt, dass ich das allein kann", grollte ich und zog noch einmal kräftig.

Galok versuchte ständig, mir irgendwelche Dinge zu schenken, mir etwas anzubieten oder Sachen für mich zu erledigen. Vielleicht standen manche Frauen auf so was. Aber ich fand es einfach nur unfassbar nervig.

Vermutlich denkt er sowieso nur an das eine ...

Tja, ich zog mich sicher nicht für ihn aus, nur weil er mir bei irgendwas half. Keine Chance.

„Daran habe ich keinen Zweifel, kleine Kat. Aber ich möchte es dir gern abnehmen." Er ließ die Tierhaut nicht los.

Ich zerrte immer heftiger daran und grub die Fersen in den rissigen roten Boden, der so typisch für das Gebiet von Talioks Clan war. Galok hielt die Plane weiter lächelnd zwischen zwei klauenbewehrten Fingern fest. Selbst mit aller Kraft kam ich nicht gegen ihn an.

Ein Mensch mit achtundvierzig Kilo und etwas über einem Meter fünfzig kann eben nicht viel gegen einen rund zwei Meter vierzig muskelbepackten Alien ausrichten.

Und das wusste Galok leider auch. Verdammter ...

Er grinste nur und sein Schwanz zuckte, bis ich schließlich mit einem Schnauben nachgab und die Plane zu Boden fallen ließ. Na gut, ich hatte das Tauziehen verloren, aber scheiß drauf. Keine Ahnung, warum ich mich überhaupt darauf eingelassen hatte.

„Gut, dann mach halt", fauchte ich, bevor ich zu meinem Rucksack zurückkehrte und ihn mit Schwung schulterte.

„Mach ich doch gern, wenn du mich so nett bittest", erwiderte Galok. Sein Lächeln war noch breiter geworden und seine Fangzähne glänzten in der Sonne.

Ich grummelte in mich hinein.

Wenigstens brauchte er nicht lange. Ich beobachtete ihn, während er rasch das Zelt abbaute und sich die zusammengerollten Planen und Knochenstangen unter einen muskulösen Arm klemmte.

„Beeilt euch. Wir sind hier vielleicht nicht sicher!", rief Taliok. Melanie und er saßen bereits auf seinem *irkdu*.

Ich schnaubte spöttisch. Dieser ganze Planet war gefährlich. Seit unserer Ankunft wurden wir fast jeden Tag mit Situationen konfrontiert, in denen es um Leben oder Tod ging. *Eigentlich gar nicht so viel anders als auf der Erde.*

Aber ich wusste, worauf er hinauswollte. Wir waren gestern von einem benachbarten Clan angegriffen worden, dem wir Menschen bisher nicht begegnet waren. Von einem Clan, der nicht unserer wackeligen, kleinen Allianz bei den Klippen von Uruzai angehörte. Zornige Hitze stieg mir in die Wangen, als ich an die Ereignisse des Vortags dachte, an die fliegenden Speere. Und daran, wie der ständig lächelnde Galok auf einmal todernst geworden war und mich wie eine verdammte Puppe über seine Schulter geworfen hatte, um mich am anderen Ende des Tals in eine schmale Felsspalte zu schieben.

„Bleib hier, Kleines", hatte er gesagt. Seine pulsierenden, kupfernen Sichtsterne hatten sich auf Stecknadelkopfgröße zusammengezogen.

Ich meine, rein objektiv betrachtet, hatte er mich tatsächlich gerettet. Aber wer hatte behauptet, dass ich überhaupt gerettet werden wollte?

„Hier, Kat. Nimm das Fleisch, das ich für dich gejagt habe. Nachdem du dich so mit den Zeltplanen abgemüht hast, musst du dich sicher stärken."

„Entschuldige mal!", fauchte ich und wirbelte zu ihm herum.

Nichts wies mehr auf die Ernsthaftigkeit vom Vortag hin und Galok wirkte wieder so amüsiert wie eh und je. Er hielt Fleisch und eine *valok*-Pflanze in den Händen, die Kakteen, aus denen man hier seine Flüssigkeit bekam.

Ich wollte ihn schon wie üblich wegscheuchen, aber ausgerechnet in diesem Moment entschied mein verräterischer Magen, ein sehr nachdrückliches, sehr lautes Knurren von sich zu geben.

Ach, verdammt noch mal.

Galoks Blick fiel auf meinen Bauch und obwohl ich vollständig bekleidet war und meine Solarschutzjacke trug, verschränkte ich schützend die Arme vor dem Oberkörper.

„Ich habe keinen Hunger", erwiderte ich. Ich brauchte seine Essensgeschenke nicht. Ich brauchte überhaupt nichts von ihm. Und je eher er das begriff, desto besser.

Wieder knurrte mein Magen und ich verkrampfte mich, während ich Druck auf ihn ausübte. *Bitte, lieber Körper, sei so nett und gib Ruhe.*

„Dein Bauch spricht aus, was deine Zunge nicht sagen mag. Er ist ehrlicher als du."

„Jaja. Das ist nicht dein Bier, Kumpel", murmelte ich. Zum Glück blieb das in meiner Muttersprache, sodass er nicht mitbekam, wie lahm dieser Konter war.

„Bier … Das ist etwas anderes als dieses *Coole Sache, Bro*, das du neulich erwähnt hast, oder?"

Das weiß er noch? Ich warf ihm einen finsteren Blick zu, war jedoch durchaus ein wenig beeindruckt. Dieser Mann hatte etwas von einem Golden Retriever. Er war irgendwie verspielt, ließ sich durch nichts aus der Ruhe bringen und war oft auf eine lustige Art albern. Aber dahinter verbarg sich definitiv Intelligenz. Ich zum Beispiel war echt mies darin, neue Sprachen zu lernen. Wenn mir jemand in einem Nebensatz einen Ausdruck in einer fremden Sprache um die Ohren gehauen hätte, wäre ich unmöglich in der Lage gewesen, mich daran zu erinnern, wie Galok es gerade getan hatte.

Sein Blick wirkte auf einmal aufmerksamer, durchdringender und ... Augenblick mal, war er etwa näher gerückt?

Definitiv. Meine Nase berührte schon fast seine glänzenden bronzenen Brustmuskeln. Bevor ich zurückweichen konnte, spürte ich etwas in meiner Hand. Dann machte Galok ein paar Schritte nach hinten und ich schloss instinktiv die Finger um das, was er mir gegeben hatte.

„Nur für den Fall, dass dein Mund endlich auf die Weisheit deines Bauchs hört", sagte er und setzte einmal mehr sein überhebliches Alien-Grinsen auf. Dann wandte er sich ab, um das Zeltmaterial an seinem *irkdu* festzuschnüren.

Ich senkte den Blick und fand geräucherte Fleischstreifen in meiner Hand. Seufzend schob ich sie mir in die Tasche. Ja, okay, ich hatte Hunger. Und ich würde das Fleisch definitiv essen. Nur eben dann, wenn Galok es nicht mitbekam.

Da wir uns sein *irkdu* teilten, war es allerdings schwierig, etwas vor ihm zu verbergen.

Nachdem er alles zusammengepackt hatte, wandte er sich mir erwartungsvoll zu, damit ich mir von ihm in den Sattel helfen ließ. Und in diesem Fall konnte ich nicht auf seine Hilfe verzichten. Ich hatte ziemlich fix herausgefunden, dass ich es nicht schaffte, allein auf die Dino-Tausendfüßer zu kraxeln.

Und Galok wusste das auch.

Ich war mir ziemlich sicher, dass er eine Art kranke Befriedigung daraus zog, dass ich allein nicht klarkam. Dass ich ihn brauchte.

Verärgert presste ich die Lippen zusammen, rückte den Rucksack zurecht und ging zu Galok. Er streckte mir wie jedes Mal die Arme entgegen – eine Einladung, ihm nahezukommen. Und wie immer hob ich einen Fuß, um ihm zu verstehen zu geben, dass er mir eine Räuberleiter machen sollte, statt mich um die Taille zu fassen.

Wieder zeigte er grinsend die Zähne, als wollte er sagen: „Ah, wieder mal kein Erfolg.“ Dann bückte er sich, um die flache Hand unter meinen Fuß zu schieben.

Er brauchte nicht einmal beide Hände, wie es bei einem Menschen der Fall gewesen wäre. Als ich auf seine Handfläche trat, fühlte es sich so fest und sicher an, als würde ich auf die erste Stufe einer Steintreppe steigen. Oder eher auf eine Rolltreppe, denn sobald mein Fuß auf seiner Hand stand, schob er mich nach oben, sodass ich in den eigens für Menschen gebastelten Sattel seines Reittiers steigen konnte.

Einen Moment später schwang Galok sich mit einem Satz hinter mich. Ich fummelte an den Riemen meines Rucksacks herum. Es war heiß und ich wollte das Ding wirklich nicht die ganze Zeit auf dem Rücken haben, aber der Rucksack brachte einen gewissen Abstand zwischen uns. Nicht, dass Galok je irgendetwas Unangebrachtes gemacht hätte. Er hatte noch nie versucht, mich ohne meine Zustimmung zu berühren oder so. Aber der Kerl war einfach zu nett. Ich traute ihm nicht.

Also blieb der Rucksack, wo er war.

Und damit brachen wir auf.

Wir ritten durch die Berge und kehrten in die Wüste zurück, die wir erst vor ein paar Tagen verlassen hatten. Mein Zeitempfinden war ziemlich durcheinander. Mir kam es vor, als wäre es ewig her, dass wir bei den Klippen von Uruzai aufgebrochen waren, und doch war dieser Ausflug viel zu kurz gewesen. Ich wäre gern länger in den Bergen geblieben – es gab dort so viel zu sehen, zu sammeln und zu analysieren.

Aber der Angriff von Gahn Baldors Kriegern hatte dem ein Ende gesetzt. *Wenigstens haben wir jede Menge Proben.*

Melanie und ich hatten verschiedene Gesteinsarten und Mineralien gesammelt, sogar Staubproben, um sie im Labor des Raumschiffs zu untersuchen. Wir suchten nach etwas mit ähnlichen Eigenschaften wie Zinkoxid oder Titandioxid – etwas, aus dem wir ein natürliches Sonnenschutzmittel herstellen konnten.

Und sosehr ich es auch genossen hatte, die Berge zu erkunden, konnte ich es gleichzeitig kaum erwarten, wieder im Labor zu stehen. Auf der Erde hatte ich gerade meinen Master in Chemie gemacht und Forschung war ein großer Teil meines Lebens gewesen. Meine Leidenschaft. Insbesondere dafür, Dinge in die Luft zu jagen.

Dadurch war meine Uni auf mich aufmerksam geworden. So war ich an meine Stipendien gekommen. In meinem letzten Jahr an der Highschool hatte ich zu Hause eine Bombe gebastelt und sie auf einem Feld hochgehen lassen. Es sollte niemand verletzt werden, ich wollte keinen Schaden anrichten. Ich wollte mich nur ... stark fühlen. Ich wollte etwas explodieren sehen, das Feuer und den Rauch, und wissen, dass ich dafür verantwortlich war.

Aber ich wurde erwischt. Natürlich. Mir stand einige Zeit im Jugendknast bevor, aber Dr. Hanson, der Ehemann meiner zuständigen Sozialarbeiterin, war Professor für Chemie an der Wayne State University. Sie erzählte ihm von mir und gemeinsam schafften sie es, mich wieder ins Gleis zu bringen, inklusive eines Stipendiums für Chemie an seiner Uni.

Und das war genau mein Ding. Endlich konnte ich meine Energie produktiv nutzen. Mich mit etwas beschäftigen, das mich interessierte. Etwas anderes als Vandalismus und nach Dingen zu suchen, die ich in die Luft jagen konnte. Auf einmal war ich nicht mehr nur das Kind einer drogensüchtigen Mom, dessen Dad im Knast saß. Ich machte etwas aus mir. Wurde jemand. Und ich war gut darin.

Aber dann hatte man mich auf offener Straße entführt und hierhergebracht. Gegen meinen Willen.

Und damit hatte sich alles verändert.

Aber wenn ich wieder in einem Labor stehen und arbeiten konnte ... Damit würde ich mir einen kleinen Teil meines alten Lebens zurückholen. Der Planet hier war auch eigentlich gar nicht so schlimm. Gefahr, Wut und Schmerz gehörten zu meinem Alltag, seit ich denken konnte. Und bisher waren die Aliens ziemlich umgänglich. Selbst Galok, so ungern ich das auch zugab.

„Sitzt du bequem, Kat?", fragte er hinter mir und riss mich aus meinen Gedanken. „Vielleicht möchtest du ja den Rucksack absetzen und dich zurücklehnen ..."

„Du meinst, mich an *dich* lehnen." Ich drehte mich halb zu ihm um. Wir hatten die höchsten Ausläufer von Talioks Bergen hinter uns gelassen, aber um uns ragten immer noch rote Felsen in den Himmel und der Untergrund hatte die Farbe von dunklem Rost.

„Na ja, ich sitze nun einmal hinter dir. Und ich glaube, meine Brust ist ziemlich bequem."

Ich löste den Blick von seinem Gesicht und betrachtete besagte Brust. Harte Muskeln glänzten in der Sonne.

„Na klar." Schnaubend wandte ich mich wieder nach vorn. „Dein Körperfettanteil liegt etwa bei null Prozent. Da könnte ich mich auch gleich an eine Steinwand lehnen. Nein danke."

„Ich bin viel wärmer und bequemer als Stein, das versichere ich dir", ertönte Galoks Stimme auf einmal etwas gedämpft durch die Kapuze direkt an meinem Ohr, und ich sog mit brennenden Wangen scharf Luft ein. *Dieser verdammte Mistkerl.* Warum reagierte ich so auf seine Stimme?

Das liegt nur daran, dass er dir so auf die Pelle gerückt ist und du das nicht erwartet hast.

Ja. Genau. Daran lag es. Das war alles.

Den restlichen Tag über kamen wir zügig voran. Taliok hatte es eilig, uns aus seinem Territorium herauszuschaffen, um nicht länger in der Nähe von Baldors Clan zu sein. Erst bei Sonnenuntergang hielten wir an und suchten uns einen kleinen Felsüberhang, unter dem wir die Zelte aufschlugen. Ich ließ meinen Rucksack auf den Boden fallen, ignorierte Galoks ausgestreckte Klauen, legte mich auf den Bauch und ließ mich mit den Füßen voran seitlich vom *irkdu* gleiten. Meine Landung war hart und meine Beine gaben wie immer nach, aber das war trotzdem besser als Galoks stolzes Lächeln, wenn er mir von seinem Reittier half. Ich stand auf und rieb mir den von der unsanften Landung und dem langen Ritt schmerzenden Hintern.

„Hättest du gern eine Massage? So eine, wie Melanie sie von Taliok bekommt?"

„Oh Gott! Wo kommst du denn auf einmal her?"

Schon wieder stand Galok wie aus dem Nichts neben mir.

„Ich war die ganze Zeit hier. Seitdem du runtergefallen bist. Ich wollte dir helfen, aber ich hätte wissen sollen, dass du es allein schaffst, Kleines."

„Stimmt." Ich nickte nachdrücklich. „Und ich brauche auch keine Massage. Willst du wissen, warum Taliok Melanie massiert? Weil sie seine verdammte Gefährtin ist, Galok. Und soweit ich weiß, sind wir keine Gefährten, oder?"

Galoks unbeschwertes Grinsen verblasste.

Oh Mist. Hatte ich etwa seine Gefühle verletzt?

Toll gemacht. Ich gab mich ihm gegenüber vielleicht ein bisschen ruppig, aber ich wollte nicht gemein zu ihm sein.

Aber Galok erholte sich schnell und sein Lächeln kehrte zurück.

Er kam auf mich zu, seine kupfernen Sichtsterne pulsierten. Dann nahm er mir mit zwei Klauen vorsichtig die Sonnenbrille ab, bevor er sich bückte, damit wir uns in die Augen sehen konnten.

„Stimmt. Du bist nicht meine Gefährtin." Er drückte mir die Sonnenbrille in die Hand, hielt jedoch den Blickkontakt. „Noch nicht."

Ich öffnete perplex den Mund, doch er ignorierte mich, machte kehrt und verschwand, um Taliok beim Feuermachen zu helfen. Vor Wut kochend starrte ich ihm nach, seinem wippenden Schwanz, den selbstbewusst gestrafften Schultern.

Hatte er jetzt etwa einfach so entschieden, dass wir Gefährten waren? Oder glaubte er etwa, dass er mich so davon überzeugen konnte?

Er hatte keine Ahnung, mit wem er es zu tun hatte, so viel stand fest. Und abgesehen davon entschieden die Lavrika, wer zusammengehörte, oder? Soweit ich es verstanden hatte, hatten die Leute dabei nicht das Geringste zu melden. Und genau das war das Problem: Ich wollte mitreden, wenn es um mein eigenes verdammtes Leben ging. Und nichts, was die Lavrika, Galok oder irgendjemand sonst sagte, konnte etwas daran ändern.

„Alles in Ordnung bei dir?"

Melanies Stimme ließ mich erschrocken zusammenfahren und ich löste den Blick von Galoks Rücken. „Oh ja, alles bestens", murmelte ich.

„Gut. Ich hatte das Gefühl, dass zwischen Galok und dir gerade ... etwas war."

Wenn Melanie nicht eine meiner engsten Freundinnen auf diesem Planeten gewesen wäre, hätte ich ihr mal ordentlich die Meinung gegeigt, dass sie ihre Nase in meine Angelegenheiten steckte. Aber sie *war* eine Freundin und ich wusste, dass sie es nur gut meinte.

Also schüttelte ich den Kopf. „Nein, nein, kein Grund zur Sorge. Ab mit dir zu Mr. Sexy Narbengesicht. Sei ein bisschen lieb zu ihm." Ich schaute an ihr vorbei zu dem Gahn, der gerade mit steinerner Miene ihr Zelt aufbaute.

Galok und er waren so verschieden. Galok war größer und schlanker, Taliok dagegen stämmiger und muskelbepackt. Und während sich Galok locker gab und immer gut drauf zu sein schien, ging von Taliok eine mühsam beherrschte Anspannung aus und sein Gesicht war von tiefen Narben durchzogen.

Aber er schien Melanie glücklich zu machen und das war vermutlich alles, was zählte.

Selbst wenn ich es vollkommen verrückt fand.

KAPITEL ZWEI
Galok

SOBALD DAS FEUER PRASSELTE, half ich Taliok, das Zelt aufzurichten, das er sich mit Melanie teilte, und band für ihn die Lederriemen zusammen. Die beiden neuen Frauen, Melanie und Kat, unterhielten sich gerade, sodass ich diesen Moment der Ruhe nutzen wollte.

„Melanie hat dich also endlich erhört, ja? Sie hat zugestimmt, deine Gahnala und Gefährtin zu sein?"

Talioks Sichtsterne verengten sich, als er mir einen scharfen Blick zuwarf. Er knirschte mit den Zähnen, aber dann zwang er sich merklich, sich zu entspannen. Ich war kein Mitglied seines Clans und er musste sich offensichtlich immer noch an meine Fragen gewöhnen. Er gehörte nicht zu den Männern, die sich gern unterhielten. Aber ich konnte nicht anders: Ich wollte mehr wissen. Wollte erfahren, wie er Melanies Zuneigung gewonnen hatte. Soweit ich es beobachtet hatte, hatte sie am längsten gebraucht, um ihren Sandmeer-Gefährten zu akzeptieren. Doch trotz ihres zögerlichen Wesens hatte Taliok sie erobert.

Genau das wollte ich auch zustande bringen. Bei Kat. Der kleinen, wütenden Frau.

„Du willst von mir lernen, Galok? Wie du Kat für dich gewinnen kannst? Obwohl sie nicht deine Gefährtin ist?" Taliok hatte die letzte Plane befestigt und durchbohrte mich mit strengem Blick.

„Ja, durchaus." Nein, Kat war nicht meine Gefährtin. Aber wie ich ihr gerade erst erklärt hatte, war sie *noch* nicht meine Gefährtin. Seit unserer ersten Begegnung fühlte ich mich zu ihr hingezogen. Ihr zierlicher Körper, ihre Entschlossenheit, das Feuer in ihrem Blick hatten mich bezaubert. Ich war mir sicher, dass die Lavrika mir erscheinen würden, und zwar schon bald.

Und wenn es so weit war, wollte ich vorbereitet sein.

Gahn Taliok sah sich zu den Frauen hinter mir um. Ich merkte sofort, wann er seine Gefährtin erblickt hatte, denn seine Sichtsterne pulsierten, als würde ihr Anblick unbändige Sehnsucht in ihm wecken.

„Ich kann dir keinen Rat geben, Galok. Wäre ich Gahn Buroudei, würde ich dir jetzt eine eigentümliche Geschichte über die Wichtigkeit deiner Zungen erzählen. Aber ich glaube nicht, dass Kat dich nah genug an sich heranlassen wird. Melanie hat vielleicht gezögert, aber Kat ist ..." Er hielt inne und runzelte die Stirn, bevor er fortfuhr: „Sehr grimmig."

Ich grinste und warf mich stolz in die Brust, weil meine temperamentvolle Menschenfrau diesen Ruf hatte. „Ich weiß. Ist das nicht herrlich?"

Taliok zuckte mit dem Schwanz und legte den Kopf schief. „Ich überlasse es dir, darüber zu urteilen. Aber ich kann dir nicht genau sagen, was ich getan habe, um Melanie für mich zu gewinnen. Ich habe sie nur über alle Maßen geliebt und auf sie gewartet. Ich habe sie nicht bedrängt und nicht unter Druck gesetzt."

Hm. Ich hatte nichts dagegen, zu warten, aber gleichzeitig hätte ich gern ein wenig gedrängelt, nur ein kleines bisschen. Ich genoss die Röte, die sich auf Kats blassen Wangen zeigte, wenn ich mich ihr näherte, ihr Essen oder eine Massage anbot. Mir gefiel es, wenn sich ihre Augen – die von dem strahlendsten Blau waren, das ich je gesehen hatte – verengten und wie sie mich anfauchte und schimpfte.

Aber am besten hatte mir gefallen, wie ihr der kleine Mund offen gestanden hatte und wie sie ins Stammeln geraten war, als ich erwähnt hatte, dass sie *noch* nicht meine Gefährtin sei.

Denn sie würde es werden. Dessen war ich mir sicher. So sicher, wie ich mir in meinem ganzen Leben noch nicht gewesen war. Auch ohne, dass die Lavrika das heilige Band in mir erweckt hatten, fühlte ich mich mehr und mehr zu ihr hingezogen, Stück für Stück, wie durch ein aufwendig gewobenes Seil aus *peet*-Gras. Schon bevor ich angeboten hatte, Gahn Taliok auf seiner Reise zu begleiten, noch bevor ich mit ihr geredet hatte, hatte sie mich fasziniert. Sie war die kleinste der neuen Frauen und schien doch irgendwie die lauteste zu sein. Und eine der stärksten, wenn auch eher im geistigen Sinne als im körperlichen.

Ich sah mich zu ihr um, wobei mein Blick sanfter wurde. Nun, da die Sonne untergegangen war und die Monde am Himmel standen, hatte sie die Kapuze ihres steifen Menschenumhangs zurückgeschoben. Mond- und Sternenlicht fingen sich auf ihrem unglaublich hellen, kurzen Haar. Melanies Haar reichte ihr bis weit über die Schultern. Aber Kats war kaum länger als die Spitze einer Klaue. Ich ballte die Fäuste, sehnte mich danach, es zu berühren und zu spüren, wie weich es sich anfühlte.

Jetzt steh hier nicht rum, Galok. Bau ihr das Zelt auf.

Ich lief zu meinem *irkdu* und löste die Bauteile für Kats Zelt vom Sattel. Ich wollte es gerade neben Gahn Talioks Zelt aufstellen, als Kats Stimme die Luft durchschnitt. „Was machst du da? Das kann ich selber."

„Daran zweifle ich nicht", antwortete ich. Kraft durchströmte mich, als sie neben mich trat. Das Mondlicht fiel auf den hohen Rücken ihrer schmalen, kleine Nase, ihre Wangenknochen, ihr spitzes Kinn. Alle neuen Frauen hatte interessante Gesichter, aber Kats war in meinen Augen das schönste. Das zarteste. Und das, auf dem sich die beeindruckendste finstere Miene zeigte.

„Ich bezweifle nicht, dass du das kannst", wiederholte ich, als sie mir eine Knochenstange aus den Armen zog. „Aber ich möchte es gern für dich tun."

„Tja, dann lass es", sagte und stieß mit einer Kraft, die ich ihrem winzigen Körper gar nicht zugetraut hätte, die Stange in den Boden. „Und noch mal zu dem, was du vorhin gesagt hast. Dass ich noch nicht deine Gefährtin bin." Sie richtete sich auf und fixierte mich mit ihren großen weiß-blauen Augen. „Ich bin nicht deine Gefährtin und werde es auch nie sein. Ich werde die Gefährtin von überhaupt keinem Alien. Ich brauchte zu Hause keinen Mann und hier auch nicht. *Capisce?*"

„*Capisce*", sagte ich langsam und fügte es der Liste fremder Wörter hinzu, die ich aus Kats hübschem Mund bisher gehört hatte. *Coole Sache, Bro, Bier, verdammt, Capisce ...* „Dieses Wort kenne ich noch nicht. Erklär es mir."

Sie stieß harsch die Luft aus. „Nein."

Dann baute sie mühsam das Zelt auf. Ich hielt mich zurück und sah ihr zu. Sie erledigte rasch alles, bevor sie davonstürmte. Skeptisch musterte ich ihre Arbeit. Sie hatte es zu eilig gehabt. Vermutlich würde ihr das Zelt mitten in der Nacht über dem Kopf zusammenbrechen. Für einen Moment zog ich in Erwägung, es dabei zu belassen. *Wie gern würde ich sie quietschen hören, wenn das Ding auf sie drauffällt ...*

Aber die Vorstellung, dass sie sich verletzen könnte, setzte meine Finger in Bewegung und ich richtete das Zelt, damit es ihr zuverlässig Obdach bot. Auch wenn man es angesichts ihrer scharfen Zunge schnell vergaß, waren die Körper der neuen Frauen weich und verletzlich.

Nachdem ich das Zelt zu meiner Zufriedenheit gesichert hatte, gesellte ich mich zu den anderen ans Feuer. Melanie saß auf Talioks Schoß. Neben ihm wirkte sie winzig.

Ich setzte mich neben Kat und deutete auf meine Beine. „Schau mal, du könntest auf mir genauso bequem sitzen." Ich verschränkte die Knöchel, wie Taliok es tat, und schuf einen einladenden Platz für Kats kleinen Körper. Die Vorstellung, dass sie ihren Po dort platzieren könnte, ließ meine Männlichkeit zucken. Ich achtete nicht darauf und lächelte ihr zu.

Aber sie ignorierte mich genauso wie ich mein Glied.

Leider.

Nach der langen Reise schwiegen wir beim Essen größtenteils. Während Kat kaute und *valok* trank, glitt mein Blick immer wieder zu ihr. Ich beobachtete, wie sich beim Essen die Muskeln an ihrem Kiefer anspannten, und bewunderte, wie sich der Feuerschein in den eigenartigen kleinen Steinchen in ihrem Gesicht widerspiegelte. Melanie trug ähnliche Steine im weichen unteren Teil ihrer Ohren, aber in Kats Ohren steckten viel mehr, außerdem in ihrer Nase und ihrer Augenbraue.

Ich frage mich, was es damit auf sich hat ... Vermutlich gelten sie bei ihrem Volk als Zeichen der Tapferkeit.

Ich entschied, sie danach zu fragen. Aber nicht heute Abend, da sie bereits aufstand, sich den Staub von der Beinbekleidung klopfte und aufs Zelt zuging. Kurz darauf erhob sich auch Melanie und führte Taliok an der Hand zu ihrem gemeinsamen Zelt.

Bei diesem Anblick wurde meine Brust von einem tiefen Sehnen erfüllt. Die schlichte Schönheit zweier Gefährten, die gemeinsam zu Bett gingen, die Hände fest ineinander verschlungen, umfangen von sanfter Seligkeit. Ich versuchte, der Sehnsucht Herr zu werden, indem ich mich nach Kat umsah.

Aber sie war schon verschwunden.

KAPITEL DREI
Kat

WENN SICH DIE FRAU erst mal für einen Mann entschieden hat, legt sie ja richtig los. Ächzend setzte ich mich auf und rieb mir die Augen. *Ich hätte Galok bitten sollen, dass er mein Zelt woanders aufbaut,* dachte ich verschlafen, als Talioks und Melanies Stöhnen durch die Zeltplanen drang.

Moment mal, Galok um etwas bitten? Ich muss den Kerl um gar nichts bitten. Auf keinen Fall. Je weniger ich ihn ermutige, desto besser.

Ich strich mir über den Kopf und verzog das Gesicht. Seit ich sechzehn war, hatte ich mir das Haar entweder ganz abrasiert oder sehr kurz getragen. In der Zeit auf dem Schiff und hier auf dem Planeten war es länger geworden, als mir lieb war. Ich kratzte mich und zupfte an den kurzen Härchen, bevor ich frustriert die Hände sinken ließ. *Vielleicht finde ich ja irgendwo eine Alien-Rasierklinge ...*

Ich schluckte schwer und dachte an die riesigen Klingen, die die Männer praktisch immer auf dem Rücken mit sich herumtrugen. Der Gedanke war irgendwie ernüchternd. Die meisten Aliens waren wirklich gut zu uns. Im Gegensatz zu Chapmans durchgeknalltem Gefährten Fallo hatten sie sich uns gegenüber ziemlich respektvoll und entspannt verhalten. Besonders Galok. Niemand war gelassener als er. Da vergaß man schnell, dass die Jungs verdammte Killermaschinen waren.

Das solltest du nie vergessen ...

Ich meine, irgendetwas war ja mit den Kriegern passiert, die uns in den Bergen angegriffen hatten. Taliok und Galok hatten sie getötet. Ich hatte hinterher das Blut auf den Steinen gesehen.

Ich konnte mir nur schwer vorstellen, dass Galok jemanden tötete, nicht einmal die Tiere, die er jagte, um mir immer wieder hartnäckig ihr Fleisch anzubieten.

Melanie stieß ein besonders lautes Stöhnen aus und mir dämmerte, dass ich in nächster Zeit keinen Schlaf finden würde. Aber da ich sowieso pinkeln musste, stand ich auf und schlüpfte in meine Hose. Mein Tanktop hatte ich beim Schlafen anbehalten, sodass ich es nicht erst überziehen musste. Auf Schuhe verzichtete ich, da ich nicht weit gehen würde.

Ich öffnete die Zeltklappe und trat ins Freie.

Nur um über etwas zu stolpern, das sich wie ein massiver, in Samt gehüllter Baumstamm anfühlte. Ich landete hart auf Händen und Knien und spürte etwas Festes unter mir.

Was zur Hölle ...?

„So schön der Anblick auch ist, den ich hier bekomme, vermute ich doch, dass ich dir meine Hilfe anbieten sollte."

Verdammter Galok.

Er beförderte mich recht unelegant über seine Beine.

„Nicht nötig, danke", murmelte ich, kletterte von seinem Schoß und krabbelte rückwärts und mit heißen Wangen von ihm weg. „Und was hast du überhaupt vor meinem Zelt zu suchen?"

Eigentlich hätte es mich nicht überraschen sollen. Galok hatte jede Nacht der Reise neben meinem Zelt geschlafen. Aber heute hatte ich ihn zum ersten Mal sozusagen direkt vor meiner Türschwelle vorgefunden.

„Es war die bequemste Stelle", erklärte er unschuldig. Er wirkte fast beleidigt.

Er schien es wirklich bequem zu haben, denn er lehnte an der zerklüfteten Wand der Felsnische, die unsere Zelte schützte, hatte die muskulösen Arme vor der Brust verschränkt und die langen Beine von sich gestreckt.

Als mein Blick zwischen besagte Beine glitt, erstarrte ich und sah hastig auf in sein grinsendes Gesicht.

„In Ordnung, na schön, auch egal. Ich geh pinkeln."

Sofort war Galok auf den Beinen und an meiner Seite. „Lass mich dich begleiten. Allein in der Wüste herumzulaufen, ist gefährlich."

„Irgendwie habe ich das Gefühl, dass ich mit runtergezogener Hose allein sicherer bin als mit dir in meiner Nähe", entgegnete ich, aber der Bemerkung fehlte die Schärfe. Auch wenn Galok eindeutig über die Tapferkeit und Kraft eines Kriegers verfügte, war ich mir sicher, dass er mir nie absichtlich wehtun würde. Mich nerven? Garantiert. Aber mich wirklich bedrohen oder etwas tun, das mir schadete? Das konnte ich mir nicht vorstellen.

Aber deshalb wollte ich trotzdem noch kein Publikum.

„Ich gucke auch nicht", sagte Galok und ausnahmsweise wirkten sein Blick und seine Stimme ernst. Wirklich ernst. Es war fast schockierend.

„Na gut", knurrte ich. Mir war klar, dass ich ihn selbst dann nicht loswerden würde, wenn ich es versuchte. Abgesehen davon hatte er recht. *Draußen in der Wüste lauern eine Menge Monster ...* Ich hatte mit eigenen Augen gesehen, was einige dieser Kreaturen anrichten konnten. Zum Teufel, ich hatte mitangesehen, wie die meisten Personen an Bord unseres Schiffs innerhalb von Minuten nach der Landung von den *zeelk* zerrissen worden waren.

Wir umrundeten die Felsformation, wobei sich Galok zwischen mir und der offenen Wüste hielt. Ich strich mit der Hand über den Stein und tastete die Nischen und Risse in der Oberfläche ab. Er fühlte sich fast angenehm an, rau und kühl von der Nacht ...

„Scheiße!" Mit einem Aufschrei riss ich die Hand zurück. Sofort hielt ich mir die schmerzenden Fingerspitzen vors Gesicht, um sie im Halbdunkel angestrengt zu betrachten.

„Was ist passiert?", fragte Galok mit gefährlich leiser Stimme. Entschlossen packte er meine Hand und zog sie von meinem Gesicht weg, um sie selbst zu untersuchen.

„Keine Ahnung. Das wollte ich ja gerade rausfinden, als du mir so nett die Hand weggeschnappt hast."

Galok antwortete nicht, sondern rückte näher. Sein riesiger Kopf nahm mir die Sicht. Genauso gut könnten meine Finger gerade schwarz anlaufen, in sich zusammenschrumpeln und jede Sekunde abfallen.

Als ich auf Galoks spitze Ohren und glänzend schwarzes Haar starrte, ging mir auf, dass er gerade zum ersten Mal meine nackte Haut berührte. Er hatte mich schon vorher angefasst – wenn er mich auf das *irkdu* hob, zum Beispiel. Oder als er mich während des Angriffs in den Bergen mit sich gerissen hatte. Aber jetzt spürte ich zum ersten Mal seine Fingerspitzen auf meiner Haut. Ein wohliger Schauer erfasste mich, lief prickelnd meine Wirbelsäule entlang und schickte eine Gänsehaut über meine nackten Arme. *Ich sollte die Hand wegziehen. Ich sollte mich wehren.*

Aber es lag etwas so Entschiedenes, wenn auch Sanftes in seiner tastenden Berührung, dass ich einfach ... nicht konnte.

Er strich über meine Handfläche, dann über mein Handgelenk. Dort hielt er inne.

„Ich spüre deinen Herzschlag", stellte er fest. Seine Stimme war so leise, dass sie fast erstickt klang.

„Na, zum Glück habe ich noch einen, nachdem mich gerade wahrscheinlich irgendwas gebissen hat. Kannst du mich jetzt bitte loslassen, damit ich mir endlich meine verfluchte Hand anschauen kann?"

Ich konnte es nun echt nicht gebrauchen, mich von irgendeinem giftigen Vieh beißen zu lassen und es nicht rechtzeitig zu behandeln. Aber Galok ließ nicht los. Zumindest noch nicht. Stattdessen strich er mit den Klauen von meinem Handgelenk über meine Handfläche bis zu meinen verletzten Fingern.

„Und was würdest du tun, wenn ich deine Hand jetzt freigebe, Kleines? Was würde diese Wunde dir verraten, wo du doch so wenig über die Ungeheuer dieser Welt weißt?"

Ich erstarrte. Eine solche Bemerkung hatte ich von Galok nicht erwartet. Sie wirkte viel zu düster, zu ernst. Und er hatte den Nagel auf den Kopf getroffen. In neunundneunzig Prozent der Fälle hatte ich keine Ahnung, womit ich es auf diesem Planeten zu tun hatte. Aber ehrlich gesagt hatte mich mangelndes Wissen noch nie gebremst. Ich hatte mich immer mit

Feuereifer in den Kampf gestürzt, egal, ob es um einen Gegner oder eine schwierige Situation ging. Ich war immer allein zurechtgekommen.

„Dann lass mich wenigstens nachsehen, ob meine verdammten Finger noch dran sind", grollte ich. Allerdings musste ich zugeben, dass der Schmerz bereits nachließ. Er pulsierte nur noch schwach im Takt meines Herzens. Und zwar wesentlich schneller als sonst.

Das liegt nur am Adrenalin nach dem Biss. Oder Kratzer. Oder was es auch war. Es hat absolut und garantiert gar nichts mit Galoks Händen auf meiner Haut zu tun.

„Deine Finger sind noch dran", sagte Galok. „Ein *scopti* hat dich mit der Kralle erwischt. Die Wunde ist nicht schlimm. Sie blutet schon nicht mehr. Und *scopti* sind nicht giftig."

Ich atmete hörbar aus. *Das sind doch recht gute Neuigkeiten.*

„Okay, Alien-Medizinmann. Jetzt, wo du mir deine Expertenmeinung mitgeteilt hast, kannst du meine Hand ja wieder loslassen."

Galok hob den Kopf. Unsere Blicke fanden sich und ich sog scharf Luft ein. Denn hier draußen in der Dunkelheit wirkte er ... verändert. Seine sonst so entspannte, fröhliche Miene wirkte tiefgründiger und war von Schatten gezeichnet. Seine Augen erschienen mir dunkler, die Zähne glänzten heller. Und da war nicht mal der Hauch eines Lächelns.

Verdammt. Er war wirklich attraktiv. Er hatte ein hübsches Gesicht, das ließ sich nicht leugnen, und dank der tiefen, scharf geschnittenen Schatten ging eine Eindringlichkeit von ihm aus, die ihm tagsüber fehlte.

Aber einen dieser Kerle für gut aussehend zu halten, hieß noch gar nichts. Es änderte nicht das Geringste.

„Deine Hände sind so ... weich", flüsterte Galok. Es lag ein ehrfürchtiges Knurren in seiner Stimme, das ein Kribbeln von meiner Wirbelsäule direkt in mein Becken jagte, und ich riss die Hand zurück, als hätte mich schon wieder etwas gekratzt.

Ich versuchte, Galok zu ignorieren, und hob die verletzte Hand. Er hatte recht: Es war wirklich nur eine kleine Wunde. Darüber hatte sich schon Schorf gebildet.

„Wenn du nach der Verletzung etwas schwach auf den Beinen bist, trage ich dich gern zurück zum Zelt."

Mit einem Ruck sah ich mich zu ihm um und da war wieder dieses Lächeln. Es war irgendwie schön, es zu sehen. Nach dem merkwürdig intensiven Moment zuvor fühlte es sich so vertraut an.

„Es geht mir gut. Mit meinen Beinen ist auch alles bestens." Ich schnaubte. „Außerdem habe ich noch nicht gepinkelt. Also dreh dich um."

Galok gehorchte und ich dankte dem Universum, dass er sich nicht beschwerte und auch nicht versuchte, meine Bitte zu umgehen. Auf gar keinen Fall würde mir irgendein perverser Alien beim Pinkeln zuschauen.

Rasch zog ich mir die Hose runter und ging in die Hocke.

Nichts geschah.

Frustriert stieß ich den Atem aus. „Könntest du vielleicht zu den Zelten zurückgehen? Ich kann nicht pinkeln, wenn jemand in der Nähe ist."

„Warum nicht? Funktioniert der menschliche Körper in diesem Bereich nicht, wenn ein attraktiver, kraftstrotzender Mann in der Nähe ist, der als Gefährte infrage kommt?"

„Wow, wie bescheiden du bist." Ich verdrehte die Augen.
„Nein, damit hat das nichts zu tun. Ich kann einfach nicht. Du
rückst mir zu sehr auf die Pelle. Geh zurück zu den Zelten."

Galok entfernte sich ein Stück, bevor er wieder stehen
blieb.

„Wie versprochen werde ich mich nicht umdrehen und dir
zusehen. Aber ich werde dich auch nicht allein lassen. Du bist
stark, kleine Kat. Du hast mehr Mumm als die meisten Wesen hier draußen, die dich verletzen könnten. Aber so verbissen
du auch sein magst, dein Körper ist weich." Da war es wieder.
Dieses Wort. *Weich*. Man hatte mich noch nie als weich bezeichnet. Normalerweise beschrieb man mich eher als dürr, laut,
aggressiv und widerspenstig.

Weich.

Er würde nicht verschwinden, damit ich in Ruhe mein
Geschäft erledigen konnte. Vermutlich hatte er auch allen
Grund dazu. Wir befanden uns nicht in einem der
geschützteren Gebiete wie in Talioks Bergen oder bei den Klip-
pen von Uruzai. Stattdessen waren wir mitten in der offenen
Wüste und nur eine kleine Ansammlung Felsen bot uns Schutz.

„Okay, könntest du dir dann wenigstens die Finger in die
Ohren stopfen?"

„Zu... zustopfen? Aber wieso?"

*Oh mein Gott. Ich kann nicht fassen, dass ich es aussprechen
muss.*

„Halt dir einfach die verdammten Ohren zu, damit ich mir
sicher sein kann, dass du mich nicht pinkeln hörst!"

„Hm, das habe ich noch nie versucht. Bisher habe ich
meine Ohren immer gut zu nutzen gewusst." Galok hob die
riesigen Hände, die noch vor Kurzem meine festgehalten hat-

ten. Dann drückte er sie gegen den unteren Teil seiner spitzen Ohren, die an einen Dobermann erinnerten.

„So?", rief er merklich lauter als vorher.

Ich machte mir nicht die Mühe, ihm zu antworten. Vermutlich konnte er mich sowieso nicht mehr hören. Ich schloss die Augen, zwang mich, mich zu entspannen, und konnte endlich Wasser lassen. Rasch machte ich mich sauber und zog mich wieder an. Als ich mich aufrichtete, entdeckte ich, dass Galok sich nach wie vor brav die Ohren zuhielt.

Ich überlegte, ob ich rufen sollte, um auf mich aufmerksam zu machen, entschied mich aber dagegen. Ich wollte keine Raubtiere anlocken, indem ich herumbrüllte. Stattdessen näherte ich mich ihm von hinten.

Ich hielt kurz inne, bevor ich ihm auf die Schulter tippte. Mein Blick glitt über die Waffen auf seinem Rücken, dann weiter nach unten zu den kräftigen Muskeln unter seiner Haut, die im Mondlicht glänzte. Tagsüber wies sie einen dunklen, warmen Kupferton auf, der in einigen Bereichen in Schwarz und Braun überging. Aber hier in der Finsternis wirkte Galok, als bestünde er ganz aus poliertem Metall. Dunkles Chrom und schwarzer Marmor.

Hör auf, ihn anzustarren, und schaff deinen Hintern wieder ins Bett.

Ich ging auf die Zehenspitzen und tippte ihm mit der unverletzten Hand auf die Schulter. Sobald meine Fingerspitzen auf seine Haut trafen, spannte er sich an, beginnend bei seinen Schultern, über seinen Rücken hinunter, bis sein Schwanz zuckte.

Die Reaktion war kaum merklich, entging mir aber nicht.

Er ließ die Hände sinken und ich zog meine zurück und räusperte mich. „Fertig."

Galok drehte sich zu mir um. Seine Sichtsterne wirbelten, kamen jedoch zur Ruhe, als er mich in der Dunkelheit entdeckte. „Gut. Sollen wir zu den Zelten zurück?"

„Äh, ja." Ich setzte mich in Bewegung und Galok schloss sich mir an. Ich beeilte mich, die Felsen zu umrunden. Doch obwohl ich schnell ging, bemerkte ich, dass Galok sich unnatürlich langsam bewegte und seine Schritte verkürzte, um sich an mein Tempo anzupassen. Und das war verdammt nervig.

Für wen hält er sich eigentlich? Einfach so verflucht groß zu sein ...

Der logisch denkende Teil meines Gehirns wusste, dass das Unfug war. Galoks Größe war genetisch bedingt. Alle Bewohner des Sandmeers waren riesig. Aber den genervten Teil in mir scherte es einen Dreck, was logisch war und was nicht. Ich war gerade ein Bündel aus eigenartigen Gefühlen, die unerwartet in mir aufstiegen, und mir fehlte die Kraft, sie zu entwirren.

Zum Glück war im anderen Zelt Ruhe eingekehrt, als wir im Lager ankamen.

„Gott sei Dank. Ich hatte schon Angst, dass sie bis zum Morgen so weitermachen. Sie trieben es bisher jede verfluchte Nacht", sagte ich kopfschüttelnd. Ich freute mich, dass Melanie glücklich war, aber Mann, wie begeistert die beiden bei der Sache waren, verblüffte mich. Hatte Melanie es denn noch nicht satt?

„Das liegt am Gefährtenband. Ich habe gehört, dass das Verlangen nach dem Gefährten ... Es soll unersättlich sein."

Ruckartig sah ich mich zu Galok um. Seine Miene wirkte auf einmal wieder düster, merkwürdig und viel zu eindringlich, während er mich fixierte. Aber im Augenblick konnte ich das einfach nicht länger ertragen.

„Tja, umso besser, dass ich keinen Gefährten habe. Klingt ziemlich anstrengend", meinte ich. Dann riss ich die Zeltklappe auf, wandte Galok den Rücken zu und ging hinein.

Es dauerte eine ganze Weile, bis ich einschlafen konnte. Denn statt die Augen zu schließen und alles auszublenden, erwischte ich mich dabei, dass ich die Ohren spitzte und lauschte, wie Galok es sich draußen bequem machte. Wie seine Waffen über den Felsen schabten, an den er sich lehnte. Wie er die Beine im Sand ausstreckte. Ich konnte ihn genau vor mir sehen, die muskulösen Arme vor der Brust verschränkt, den Kopf zurückgelegt, die großen Augen geschlossen ...

Und was zum Teufel bringt dich dazu, dir Galok vorzustellen?

Scheiße.

Ich konnte es nicht erwarten, zu den Klippen von Uruzai zurückzukehren und von ihm wegzukommen.

KAPITEL VIER
Galok

ICH ERWACHTE VOR SONNENAUFGANG mit steifem Rücken. Sobald ich die Augen öffnete, sah ich mich zu Kats Zelt um und atmete tief ein. Ja, ich konnte ihren Geruch wahrnehmen. Sie war im Zelt und in Sicherheit. Ich schloss einmal mehr die Augen und lauschte durch die Zeltwände auf ihren Atem. Er klang wie eine sanfte Melodie. Allerdings fuhr ich zusammen, als der Wohlklang durch ein lautes Schnauben unterbrochen wurde.

Die neuen Frauen sind wirklich hinreißende Kreaturen.
Und Kat ganz besonders.
Ich muss auf die Jagd gehen, um ihr Frühstück zu beschaffen.
Dieser Gedanke erfüllte mich mit Tatkraft und ich erhob mich. Ich rollte die Schultern, um sie zu lockern, und schwang die Arme, um mich für die Jagd aufzuwärmen. Wahrscheinlich würde es auf ein *rakdo* hinauslaufen. Sie waren klein und auch für einen einzelnen Jäger leicht zu erlegen. Abgesehen davon fand man sie in der Wüste überall.

Ich vergewisserte mich, dass meine Klingen richtig in den Riemen auf meinem Rücken saßen, ergriff meinen Speer und entfernte mich von den Felsen. Erst dann rief ich mein Reittier.

Leise genug, um Kat nicht zu wecken, aber laut genug, dass mein *irkdu* mich hören konnte, wo immer es über Nacht hingelaufen war.

Einen Moment später kam es um die Felsen gepoltert. Es kaute immer noch an seinem Frühstück aus *peet*-Gras.

„Das Gras ist auch noch da, wenn wir zurückkommen, mein Freund. Jetzt haben wir zu tun." *Und müssen ein Mahl für eine schöne Frau auftreiben.*

Ich sprang auf seinen Rücken. Als ich es mir bequem machte, fiel mein Blick auf den Sattel vor mir. In den Häuten zeichnete sich die Stelle ab, an der Kat gesessen hatte. Ich konnte sie beinahe vor mir sehen ...

Lass dich nicht ablenken.

Die Sonne schickte die ersten Strahlen über den Himmel und vertrieb die lange Reihe aus Monden. Mit dem Speer an der Seite beugte ich mich nach vorn und schnalzte mit den Zungen, um mein *irkdu* anzutreiben.

Wir hetzten über den Sand, jagten unter dem Himmel dahin. Grinsend lehnte ich mich weiter vor, genoss die Geschwindigkeit und die frühmorgendliche Brise, die mir durch die langen, offenen Haare strich. Gleich würde ich mich ganz auf die Jagd konzentrieren, aber fürs Erste genoss ich den Ritt und das Gefühl von Freiheit, das damit einherging.

Ich frage mich, ob Kat auch gern mal so schnell reiten würde.

Schwer zu sagen. Ein Teil von mir ging davon aus, dass sie knurren und sich beschweren würde, wenn ich mit ihr so schnell davonstob. Und doch konnte ich mir gleichzeitig vorstellen, dass sie Spaß daran haben würde. Wie ihre winzigen Zähne glänzten, während sie ihr teuflisch schönes Lächeln zeigte. Beide Bilder erfüllten mich mit Wärme. Kat war in jeder Hinsicht und Laune ein Wunder.

Ich bemerkte in der Ferne eine Bewegung und trieb mein *irkdu* darauf zu.

Eine *dakrival*-Herde.

Normalerweise jagte man *dakrival* nur in der Gruppe. Sie waren riesig und ihre Stoßzähne waren groß genug, um einen Mann in einer Bewegung von Bauch bis Kopf aufzuspießen. Ich näherte mich dennoch, schlicht, um mir einen Überblick zu verschaffen. *Dakrival*-Fleisch schmeckte wesentlich besser als das der *rakdo*.

Wir ritten auf die Herde zu. Sie war in Bewegung und donnerte förmlich durch die Wüste. Wir folgten ihr und erreichten bald die hinteren Tiere. Zwar waren die *dakrival* schnell, aber nicht ansatzweise so flink wie mein *irkdu*, das auf seinen vielen Beinen geschwind über den Sand huschte.

Ein *dakrival* fiel mir besonders auf. Es war ein wenig kleiner als die anderen Tiere und außerdem auch langsamer.

Es wäre dumm, zu versuchen, es allein zu erlegen.

Und doch ...

Ich schaffe das.

Die Gewissheit loderte in mir auf wie ein Feuer.

Ich trieb mein *irkdu* zum Angriff und wir beschleunigten noch einmal, sodass mein Haar hinter mir her peitschte. Fauchend hob ich den Speer und zog mit der freien Hand eine Klinge. Die Herde drohte mir die Sicht auf das ausgewählte Tier zu versperren. Aber ich erlaubte mir kein Zögern, sondern schleuderte den Speer durch die Luft und sah dem dunklen Bogen nach, den er ins Morgenlicht zeichnete.

Er fand sein Ziel und ich stieß einen triumphierenden Schrei aus, als das *dakrival* zu Boden ging. Die restliche Herde lief weiter, ohne zu dem gestürzten Tier zurückzukehren. Rasch erlöste ich es von seinem Leid, bevor ich es auf mein *irkdu* stemmte und mit Lederbändern festzurrte. Während des gesamten Rückwegs zu den Zelten lächelte ich.

Allein ein *dakrival* zu erlegen, war eine Meisterleistung. Mir war noch nie etwas Vergleichbares gelungen. Aber es ergab durchaus Sinn, dass ich so etwas zum ersten Mal schaffte, wenn es um Kats Wohlergehen ging.

Obwohl sie noch nicht meine Gefährtin ist, macht sie mich schon zu einem stärkeren Krieger.

Sobald die Felsformation und die Zelte in Sicht kamen, sprang ich vom *irkdu* und tätschelte ihm den Rücken, bevor ich mir das schwere *dakrival* über die Schulter warf. Als ich ins Lager marschierte, verließ Kat gerade ihr Zelt, setzte sich die Kapuze ihres Umhangs auf und schob sich die merkwürdigen schwarzen Augenschalen vors Gesicht. Kaum, dass sie mich bemerkte, erstarrte sie und legte den Kopf in den Nacken, um meine Beute zu betrachten. Stolz regte sich in mir und ich richtete mich etwas weiter auf, straffte die Schultern und schob mit einem tiefen Atemzug die Brust raus.

„Guten Morgen, Kleines. Ich habe ein *dakrival* für dich erlegt. Eine schwierige Aufgabe. Normalerweise braucht es mindestens drei Männer ..."

Ihr ohnehin blasses Gesicht wurde noch bleicher. „Widerlich", murmelte sie, bevor sie sich abwandte und hastig davonging.

Hmm. Das war nicht der Empfang, auf den ich gehofft habe.

Aber das war nicht weiter wichtig. Sobald ich das *dakrival* zerlegt hatte, würde sie sich über das frische Fleisch freuen. Da war ich mir sicher.

Ein Stück von den Zelten entfernt warf ich meine Beute zu Boden und machte mich daran, sie aufzubrechen und auszunehmen. Normalerweise übernahmen die Frauen des Clans diese mühsame Aufgabe. Aber es störte mich nicht, sogenannte Frauenarbeit zu übernehmen, wenn ich damit sicherstellen konnte, dass Kat gutes Essen in den Bauch bekam. Mit entsprechender Begeisterung widmete ich mich meiner Aufgabe und erledigte sie dadurch auch deutlich schneller, als es mir sonst gelungen wäre.

„Wow, du bist ja über und über bedeckt."

Hinter mir erklang stockend eine leise Frauenstimme, aber es war nicht Kat. Das wusste ich sofort, noch bevor ich mich umgedreht hatte. Es war Gahn Talioks Gefährtin und neue Gahnala Melanie. Sie sah mich aus großen Augen an.

„Bedeckt?", wiederholte ich fragend. Ich war mir nicht sicher, worauf sie hinauswollte. Ich war gekleidet wie immer, wie alle Männer des Sandmeers, in einen schlichten Lendenschurz und die Riemen für meine Waffen.

„Mit Blut", stellte Melanie klar und deutete mit ihrer winzigen Hand an mir auf und ab.

Gahn Taliok tauchte neben ihr auf. „Du bist heute Morgen allein auf die Jagd gegangen, Galok?"

Ich hörte Gahn Taliok an, wie überrascht und beeindruckt er war. Als ich aufstand, um respektvoll den Schwanz vor die Augen zu heben, grinste ich. „Ja, Gahn. Das Wissen, dass meine Beute Kat ernähren wird, hat mich stark gemacht."

Taliok schlug zustimmend mit dem Schwanz. Er legte Melanie einen Arm um die Taille. Ihre weichen Wangen liefen rot an.

„Da dürftest du recht haben. Ich glaube, die neuen Frauen machen uns alle stärker. Aber allein ein *dakrival* zu erlegen, ist durchaus eine beachtliche Leistung. Du bist ein außergewöhnlich tüchtiger Jäger, Galok. Und ein starker Krieger. Ich bin froh, dass du uns auf dieser Reise begleitest."

Einmal mehr schwoll meine Brust vor Stolz an. Aus dem Mund eines Gahns war das ein großes Lob. Ich neigte den Kopf, um an Gahn Taliok und Melanie vorbeizusehen, Weil ich hoffte, dass Kat hinter ihnen stand und Talioks Worte gehört hatte. Aber leider war sie nicht da. Sie war immer noch *pinkeln*, wie sie es in ihrer Sprache auszudrücken pflegte. Wenn sie noch länger verschwunden blieb, würde ich nach ihr suchen müssen. Die Raubtiere, die am Tag unterwegs waren, machten mir nicht so viele Sorgen wie die in der Nacht, aber es war trotzdem nicht gut, wenn sie allzu lang allein war.

Kurz darauf kam sie um die Ecke.

„Oh Gott, was für eine Sauerei. Ich war nicht darauf vorbereitet, morgens gleich so viel Blut zu sehen", grummelte sie.

Ihre Reaktion überraschte mich. Die meisten Frauen des Sandmeers wären vor Freude außer sich, wenn man ihnen eine solche Beute zu Füßen legte, erst recht, wenn sie sie nicht selbst ausnehmen und zerlegen mussten. Aber Kat stammte nicht aus dem Sandmeer. Und daher war sie ebenso rätselhaft wie bestechend.

„Keine Sorge, Kleines. Ich bin fast fertig. Bald wird meine Beute ansprechender für dich sein."

„Okay, aber was ist mit dir? Gedenkst du, dich selbst auch wieder *ansprechender* zu machen? Du solltest dich waschen, *Kumpel*."

Kumpel. *Ich frage mich, was das bedeutet.* Ich hoffte, dass es ein Kosename war, aber ich kannte Kat gut genug, um es zu bezweifeln.

„Ich glaube, wir haben noch ein paar *talka*-Pflanzen", meinte Melanie und sah sich nach dem Zelt um, das sie mit Gahn Taliok teilte.

Ihr Gefährte schlug mit dem Schwanz. „Haben wir. Du kannst dich reinigen, wenn du fertig bist, Galok."

Ich hob erneut den Schwanz, dann setzte ich mich wieder in den Sand, um meine Arbeit zu beenden.

Melanie beugte sich zu mir. „Brauchst du Hilfe?"

Ich schielte zu ihr hoch. Ihre Miene wirkte entspannter und offener als früher. Seitdem sie uns auf diese Reise begleitet und zugestimmt hatte, Talioks Gefährtin zu werden, kam sie mir glücklicher vor. *Ob Kat wohl auch glücklicher sein wird, wenn sie mich schließlich akzeptiert?*

Aber damit griff ich weit, weit vor. Die Lavrika hatten mich noch nicht gerufen. Aber das würden sie. Ich wusste es. Ich brauchte das heilige Gefährtenband nicht, um zu wissen, dass es keine andere Frau – ob nun aus dem Sandmeer oder von dem neuen Clan – mehr für mich gab. Selbst jetzt, da ich Melanie ansah, empfand ich für sie nichts als den tiefen Respekt, der ihr als Gahnala zustand, und die leichte Neugier, die ich bei jeder der neuen Frauen verspürte, wenn ich sie aus der Nähe betrachtete. Schließlich gehörten sie einem ganz anderen Volk an und unterschieden sich in Gesicht und Gestalt sehr von uns. Aber seitdem ich Kat begegnet war, brachte ich den anderen nicht mehr als höfliches Interesse entgegen.

Melanie wartete auf eine Antwort, also richtete ich das Wort an sie. „Keine Sorge, Gahnala Melanie. Es ist nicht mehr viel zu tun", sagte ich, was der Wahrheit entsprach, und neigte den Kopf.

„Okay, na gut. Aber wenn du das Fleisch geschnitten hast, nehme ich es mit und räuchere es, damit du dich waschen kannst."

Ich lächelte ihr zu. „Danke, Gahnala."

Kurz darauf war ich fertig. Ich streifte meine Klinge an einem Rest Tierhaut ab, dann stand ich auf.

Melanie ging zu ihrem Zelt und kehrte kurz darauf mit einem *talka*-Stängel zurück. „Danke fürs Frühstück. Ab hier übernehme ich."

Mit erhobenem Schwanz nahm ich den *talka*-Stängel entgegen, bevor ich die Felsen umrundete, um mich zu reinigen. Ich hatte nicht unbedingt das Bedürfnis, so etwas außer Sicht zu erledigen, aber das letzte Mal, als die neuen Frauen Gahn Taliok und mich unbekleidet beim Waschen entdeckt hatten, hatten sie erschrocken reagiert. Von der bewundernden Freude, die ich mir beim Anblick meiner Männlichkeit durch die neuen Frauen erhofft hatte, war nichts zu sehen gewesen. Wenn ich mich recht erinnerte, hatte Kat sich sogar abgewandt und die Hände vor die Augen geschlagen.

Ich hoffe, das überwindet sie bald. Ich frage mich, wie ich dafür sorgen kann, dass sie sich in meiner Nähe wohler fühlt. Und dass mein Glied verlockender auf sie wirkt.

Hinter den Felsen zog ich schnell den Lendenschurz aus. Die Waffen legte ich nicht ab, aber abgesehen von den Riemen an Brust und Rücken war ich nackt. Ich zerschnitt den *talka*-Stängel mit einer Klaue, dann verteilte ich die milchige Flüssigkeit in den Händen und schäumte meinen Körper ein, angefangen bei Hals und Schultern. Ich strich tiefer, über meine blutbesudelten Arme, und rieb alles mit einem Stück weicher Tierhaut ab. Dann widmete ich mich meiner Brust und meinen Hüften, bevor ich den Schaum auf meinem Glied und den Fortsätzen verteilte.

Bei meiner Berührung regte sich meine Männlichkeit leicht. *Ich muss schon zu lange auf eine Frau warten.*

Ich musste lachen. Ich galt immer noch als junger Krieger. Sicher, ich hatte noch nie mit einer Frau das Lager geteilt, aber viele deutlich ältere Krieger warteten schon viel, viel länger als ich. Die meisten warteten ihr ganzes Leben, ohne je in den Genuss einer Gefährtin zu kommen. Dazu waren wir wegen der geringen Anzahl an Frauen in unserer Heimat einfach verdammt.

Aber jetzt nicht mehr. Nicht, seitdem die neuen Frauen eingetroffen waren.

Nicht, seitdem es Kat gab.

Endlich bot sich mir die Chance auf Glück. Auf Zweisamkeit. Auf eine Gefährtin, Junge und ein Leben, das mir das größte Geschenk von allen zuteilwerden ließ. Das Geschenk der Familie.

Die Vorstellung, dass Kat meine Gefährtin sein könnte, ließ mein Glied erst recht anschwellen und unter meinen Fingern hart werden. Seufzend strich ich langsam daran entlang. *Wie es sich wohl anfühlen würde, ihre Hand hier zu spüren ...* Ein gefährlicher Gedanke. Er ließ mich innerhalb kürzester

Zeit vollständig hart werden. Ich rieb mich schneller, Lust stieg in mir auf.

„Gottverdammte Scheiße noch mal, holst du dir gerade einen runter?"

Ich packte fest zu und riss die Augen auf. Kat stand vor mir, ihr winziger Mund war weit aufgerissen. Dann wirbelte sie herum und bedeckte wie beim letzten Mal die Augen. Sie hatte in ihrer Sprache gesprochen und auch wenn ich das Gesagte nicht genau verstanden hatte, war sie doch offensichtlich ungehalten.

Dummerweise bezweifelte ich, dass sie sich die Augen zuhielt, weil sie sich meiner herrlichen Männlichkeit nicht würdig fühlte.

Nicht gerade die beste Reaktion.

„Was treibst du hier, Kat?"

Hatte sie nach mir gesucht? Wärme breitete sich in meiner Brust aus und ich trat auf sie zu ...

Prompt warf sie mir über die Schulter einen fürchterlich wütenden Blick zu. Ich erstarrte und kehrte an meinen Platz zurück.

„Ich wollte *pinkeln*, vielen Dank auch!"

Sie wollte was? „Ich dachte, das hättest du schon erledigt. Du hast doch vorhin erst das Lager verlassen."

„Nein", sagte sie nach wie vor von mir abgewandt. „Da wollte ich nur von der toten Kuh weg, die du ins Lager geschleppt hast. Jetzt muss ich wirklich *pinkeln*."

„Na dann, nur zu", sagte ich freundlich. „Was ich zu erledigen habe, wird nicht lange dauern."

Oh. Hm. Wahrscheinlich hatte ich mich unklug ausgedrückt. Vermutlich hätte ich betonen sollen, wie lange ich brauchen würde, wie lange ich durchhalten konnte. Um sie mit meiner Ausdauer zu beeindrucken.

„Ja nee. Ich werde mich sicher nicht am helllichten Tag neben dich hocken, während du mit deinem riesigen Schwengel rumwedelst. Tschüss."

Sie stürmte davon und ihre winzige Gestalt verschwand hinter den Felsen. Lächelnd klammerte ich mich an das eine wunderbare Wort zwischen all den wütenden, die sie mir entgegengeschleudert hatte: *riesig*.

Sie hatte meine Männlichkeit als riesig bezeichnet.

Dies erwies sich als wirklich guter Tag.

KAPITEL FÜNF
Kat

DAS WAR JETZT SCHON das zweite Mal innerhalb weniger Tage, dass ich Galoks bestes Stück gesehen hatte. Zweimal zu oft.

Beim ersten Mal hatte er wenigstens keinen Ständer.

Oh Mann, heute war er wirklich verdammt hart gewesen. Und gewaltig. Selbst in seiner absurd riesigen Hand waren mir seine beeindruckende Größe und die dunkle Eichel aufgefallen, die sich aus der Faust erhob. Ganz zu schweigen von den beiden *Dingern* an der Seite. Melanie hatte erzählt, die Sandmeer-Männer bezeichneten sie als *Fortsätze* oder auch als *Gliedspeere*. Dabei waren sie so schon gut genug ausgestattet. Wozu zum Teufel brauchten sie da noch *Speere*? Hielten sie die Vagina einer Frau am Ende für eine Art Tier, das man jagen und aufspießen musste? Ich meine, die Geräusche, die nachts aus Melanies und Talioks Zelt kamen, klangen eindeutig nach Spaß. Nicht, als würde jemand aufgespießt werden, jedenfalls nicht auf schmerzvolle Weise. Aber trotzdem ...

Gliedspeere. Das ist ja lächerlich.

Aber egal, wie oft ich knurrte und seufzte, egal, wie viele Grimassen ich auf dem Weg ins Lager schnitt, ich konnte den

47

Anblick einfach nicht vergessen. Galok, der von der Taille abwärts nackt war, die Haut vor *talka* glänzend, und mit dunklen, klauenbesetzten Fingern sein Glied rieb. Die meiste Zeit über benahm er sich wie ein alberner Junge und ihn nun so zu sehen – als erwachsenen Mann – war ein krasser Kontrast.

Der ziemlich erregend war.

Was? Nein, nein, auf keinen Fall.

Oh Gott, was ist hier los? Drehe ich jetzt durch?

Und ich hatte immer noch nicht meine Blase entleert!

Melanies neugierigen Blick ignorierend flitzte ich um die Zelte und suchte mir auf der anderen Seite der großen Felsformation eine geschützte Stelle. Nachdem ich mein Geschäft erledigt hatte, kehrte ich ins Lager zurück und betete, dass Galok noch nicht wieder da war.

War er nicht, aber daraufhin fragte ich mich erst recht, was genau er gerade mit seinen Händen anstellte und warum er so lange brauchte ...

Oh Gott. Nein. Warum? Warum bin ich so durchgeknallt?

Darüber würde ich garantiert nicht länger nachdenken. Mit knirschenden Zähnen stieß ich die Luft aus, als ich mich neben Melanie auf den Boden fallen ließ. Sie kauerte vor einem kleinen Feuer und bereitete Fleisch zu. Es stammte vermutlich von dem großen Tier, das Galok vorhin hergebracht hatte. Ich starrte in die Flammen, als Melanie mich ansprach.

„Hast du Sonnenbrand? Dein Gesicht ist ganz rot."

Sonnenbrand? Oh nein, liebe Melanie. Süße Melanie. Unschuldige, fürsorgliche, freundliche Melanie. Von wegen Sonnenbrand. Das sind die Nachwirkungen, mit denen man es zu tun bekommt, wenn man zum ersten Mal in eine Alien-Wichssession platzt.

Das sprach ich jedoch nicht aus. Ich murmelte nur, dass ich heute schon Sonnenmilch aufgetragen hätte. Mir fiel ein, dass sich die Tube vorhin ziemlich leer angefühlt hatte. Der Gedanke, weshalb wir überhaupt zu dieser langen Reise aufgebrochen waren, vertrieb endlich Galok aus meinem Kopf.

Wir hatten in Talioks Bergen nach Mineralien und Gesteinsarten Ausschau gehalten, aus denen sich hoffentlich ein natürlicher Sonnenschutz herstellen ließ. Unsere Vorräte von der Erde würden nicht ewig reichen und unsere schwache Menschenhaut brauchte allen Schutz, den wir ihr vor der Alien-Sonne bieten konnten.

Zum Glück konnten wir darauf verzichten, Heilsalben oder Antibiotika zu entwickeln. Das abgefahrene, milchige Zeug, das alle als Blut der Lavrika bezeichneten, verfügte über fantastische Eigenschaften und ich fragte mich nicht zum ersten Mal, was zum Henker ich wohl sehen würde, wenn ich es je unter ein Mikroskop bekommen sollte.

Und damit schien die Welt auf einmal um mich herum stillzustehen. Ich schnappte nach Luft, während mein Herz raste.

Das Blut der Lavrika ...

War das am Ende die chemische Verbindung, die wir ursprünglich erforschen sollten? Wegen der man uns hergeschickt hatte?

Ich wusste, dass man uns auf diesen Planeten verschleppt hatte, um eine bestimmte Energiequelle des Planeten zu suchen und zu analysieren. Ich hatte nie erfahren, worum genau es sich handelte, aber was, wenn es das Blut der Lavrika war? Was, wenn es nicht nur heilende Wirkung besaß, sondern auch eine Energiequelle darstellte? Die einzige Gelegenheit, bei der ich größere Mengen davon gesehen hatte, war, als Cece mich in den Teich geschubst hatte, um die Sprache des Sandmeers zu lernen.

Vielleicht hättest du ein bisschen gründlicher darüber nachdenken sollen, dass dir durch ein Bad in irgendeiner Art Milch wortwörtlich eine ganze Sprache ins Gehirn gepflanzt worden ist.

Über welche Eigenschaften verfügte das Blut der Lavrika sonst noch? Und würden die Menschen wiederkommen, um es sich zu holen?

Menschen? Oh Mann, ich sah in den Bewohnern der Erde, die uns hergebracht hatten, bereits eine fremde Spezies. Aber andererseits hatte ich gar nicht so viel dagegen einzuwenden. Sie hatten uns entführt, unter Drogen gesetzt und uns gegen unseren Willen in eine lebensfeindliche Umgebung geworfen. Und das mit dem Segen praktisch jeder Autorität der Erde.

Ja, ich fand es okay, all dem entkommen zu sein. Diesen Leuten. Denen, die so viel falsch gemacht hatten.

Aber was, wenn sie wiederkommen?

Nach dem chaotischen Ausgang der ersten Mission hatten wir angenommen, dass man diesen Planeten seitens der Erde als aussichtslosen Fall abtun würde. Aber dafür gab es keine Garantie. Sie könnten zurückkommen ... und zwar bewaffnet.

Oh, das konnten sie sich abschminken. Sollten sie das tun, würde ich sie höchstpersönlich mit einem Arschtritt zurückbefördern. So nervig ich Leute wie Galok und besonders den verrückten Fallo fand, hatten sie uns trotzdem willkommen geheißen, ernährt und beschützt. So seltsam es war, es sich einzugestehen, fühlte ich mich hier heimischer, als es bei meinem eigenen Volk je der Fall gewesen war.

Es half, dass die Menschen, die sich jetzt noch auf dem Planeten befanden, zu denen gehörten, die ich wirklich mochte. Wir saßen letztendlich alle im selben Boot. Chapman war die Einzige, die Teil der Entführungsmission gewesen war, aber sie hatte sich entschuldigt und wir waren darüber hinweg. Also ja, was, wenn andere Menschen auftauchten? Dann wäre die Hölle los. Besonders, wenn sie taten, wofür sie berüchtigt waren, und den Planeten zerstörten und dessen Bewohner umbrachten, um zu bekommen, was sie wollten.

Das Blut der Lavrika.

Es erschien mir zunehmend wahrscheinlicher, dass es das war, was man auf der Erde untersuchen wollte. Zum Teufel, selbst ich wollte es untersuchen und dabei hatte ich nicht einmal finstere Absichten.

Gedankenverloren aß ich das Fleisch, das Melanie mir gab, und vergaß wie sonst, nichts zu mir zu nehmen, was Galok angeschleppt hatte. Während ich kaute, dachte ich angestrengt nach. Meine Gedanken rasten. Aber als Melanie Galok begrüßte, lenkte mich das von meinen Theorien ab.

„Du siehst schon viel besser aus. Ich hoffe, du fühlst dich auch wohler", sagte sie zu ihm.

Ich schnaubte, verschluckte mich an einem Bissen und musste heftig husten. Galok rannte an meine Seite und schlug mir mit der schweren Hand auf den Rücken, bis ich wieder atmen konnte.

Ich wette, er fühlt sich jetzt viel wohler. Verdammte Axt.

„Geht es dir gut, Kat?", fragte Galok und kauerte sich neben mich, während ich nach Luft rang. Seine Sichtsterne pulsierten.

„Alles bestens", krächzte ich und schluckte den störrischen Bissen herunter. „Vermutlich stimmt einfach irgendetwas mit dem Fleisch nicht, das du uns gebracht hast."

Galoks besorgte Miene wich einem Grinsen und meine Wangen fühlten sich merkwürdig warm an. Schon wieder.

„Damit ist alles in Ordnung. Dein winziger Mund kommt nur nicht mit so viel von meinem Fleisch klar."

Ich starrte ihn schockiert an und wollte mir gerade eine giftige Erwiderung einfallen lassen. Aber er stand bereits auf und ging zu meinem Zelt, um es abzubauen.

„So ein Wichser ..."

„Und was würdest du nicht dafür geben, dass er sich mit dir anstatt seiner eigenen Hand beschäftigt."

Nun war es Melanie, die ich anstarrte. „Pardon, Madame? Ich glaube, ich habe mich gerade verhört."

Ein kurzes Lächeln trat auf ihre Züge. „Du hast mich schon verstanden."

Ich kam aus dem Kopfschütteln gar nicht mehr raus. „Du hast wohl zu viel Zeit mit Taliok verbracht. Das hat dir das Hirn vernebelt. Das ist doch komplett verrückt", stammelte ich.

„Vielleicht", erwiderte sie nicht besonders überzeugend. Dann erlosch ihr Lächeln. „Jetzt mal im Ernst, Kat. Du kannst mit mir über so was reden. Ich werde dich nicht verurteilen. Sag einfach Bescheid."

„Eher friert die Hölle zu. Oder eben Zaphrinax, denn offensichtlich ist das mehr oder weniger dasselbe."

Ich sprang auf und hastete davon. Das war vielleicht ein wenig zu dramatisch gewesen. Ich hatte nicht das Gefühl, in der Hölle gelandet zu sein. Genau genommen war vieles an diesem Ort verdammt cool.

Aber dann drehte sich Galok zu mir um und musterte mich mit eindringlichem Blick und einem breiten Lächeln, das

mir Hitze durch die Adern trieb und meinen Mund staub-
trocken werden ließ.

Jepp. Das hier ist mit absoluter Sicherheit und zu einhundert Prozent die reinste Hölle.

KAPITEL SECHS
Galok

DIE WÜSTE ZOG AN UNS vorbei. Inzwischen hatten wir Talioks Herrschaftsgebiet weit hinter uns gelassen. Die Felsen waren verschwunden und hatten der nicht enden wollenden Ebene Platz gemacht. Dem offenen Sandmeer. Ich kannte mich hier gut aus, auch wenn die Wüste im Grunde keinem der Clans zufiel und neutrales Gebiet war. In der Ferne zeichneten sich Fallos Hügel am Horizont ab. Aber im Gegensatz zum Hinweg bat niemand darum, dort haltzumachen. Und so ritten wir weiter, umgeben von endlosen Dünen.

Ich behielt die Umgebung im Blick, den Speer kampfbereit in der Hand, und hielt nach *zeelk* Ausschau. Eine so kleine Gruppe wie unsere würde sie kaum an die Oberfläche locken, aber es war trotzdem besser, wachsam zu bleiben. Allerdings erwies sich das als Herausforderung, solange Kat vor mir saß.

Ich konnte ihr Gesicht unter der steifen Kapuze nicht erkennen. Sie sah starr nach vorn, ohne sich je umzudrehen. Mein Blick huschte zwischen ihr und der Wüste hin und her und obwohl ich eher die Dünen im Auge behielt statt sie, waren meine Gedanken ganz auf sie gerichtet. Ich fragte mich, woran sie dachte. Wie sie sich fühlte.

Also entschied ich, sie zu fragen.

„Woran denkst du?", rief ich ihr über die Schritte des *irkdu* im knirschenden Sand zu.

„Was?", entgegnete sie, ohne sich zu mir umzudrehen.

„Woran denkst du, Kat?"

Aber sie antwortete nicht.

Der restliche Ritt verlief schweigend. Als die Nacht hereinbrach, hielten wir im Schutz einer Düne, in der sich zwischen einigen Felsen ein paar *babkit*-Bäume angesiedelt hatten. Die normalerweise braunen Stämme und flachen Zweige wirkten im schwindenden Licht rot. Die Felsen selbst durchliefen verschiedene Abstufungen von Indigo bis Schwarz und warfen lange Schatten. Zwischen den Steinen wuchsen hier und da *peet*-Gras und *valok*-Pflanzen und ich zuckte zufrieden mit dem Schwanz. Mein *irkdu* würde genug zu fressen finden, während wir uns ausruhten.

Kat stieg auf ihre üblich merkwürdige Weise ab, aber dieses Mal rückwärts. Wie immer landete sie schwerer im Sand, als man bei einem so winzigen Wesen vermuten würde, bevor sie am Boden zusammensackte.

„Wenn du meine Hilfe annehmen würdest, wären deine Landungen weniger schmerzhaft, Kleines", sagte ich grinsend, sprang vom Rücken meines Reittiers und landete geräuschlos in der Hocke. Vielleicht war ich ein wenig kräftiger abgesprungen und hatte meine Gliedmaßen ein bisschen mehr gestreckt als nötig, um ihr zu zeigen, wie stark ich war.

Kat stand zitterig auf und rieb sich mit einer Hand die Kehrseite, während sie sich mit der anderen ihre Augenschalen auf den Kopf schob.

„Ob du es glaubst oder nicht, deine Hilfe anzunehmen wäre für mich schmerzhafter als auf dem Hintern zu landen."

Das verstand ich nicht. Immerhin würde sie dadurch kaum zu meiner Gefährtin werden. Ich bot ihr nur einen einfacheren Weg an, vom *irkdu* zu kommen. Ich konnte nicht verhindern, dass sich meine Verwirrung in einem einzelnen Wort Bahn brach. „Warum?"

Kat zog die dünnen, fast unsichtbaren Augenbrauen zusammen, ihr Mund bildete eine schmale Linie. Sie biss sich auf die Lippen, während sie mich aus großen Augen musterte. Aus außergewöhnlichen Augen, wie ich zugeben musste. Tagsüber waren sie von einem helleren Blau, strahlender als jede *rindla*-Blume, die ich je gesehen hatte. Und nun, in der zunehmenden Dunkelheit, waren sie wie die Dämmerung selbst. Tief und voller Schatten.

„Ich weiß es nicht", sagte sie schließlich und ausnahmsweise fehlte ihrer Stimme die Schärfe. Ermutigt trat ich einen Schritt näher. In ihren Augen blitzte es auf, aber sie wich nicht zurück.

„Dann lass mich dir nächstes Mal helfen, wenn du sowieso nicht weißt, warum du dich dagegen wehrst. Oder du erlaubst mir, dir das empfindliche Hinterteil zu massieren, um dir den Schmerz zu nehmen."

Mit erstaunlicher Geschwindigkeit zog sie die Brauen hoch, bevor sie sie wieder sinken ließ. Sie stieß einen kurzen, scharfen Satz in ihrer Muttersprache aus, dann drehte sie sich um und gesellte sich zu Melanie. Die Gahnala war gerade dabei, die *babkit*-Zweige, die Taliok geschnitten hatte, für ein Feuer aufzuschichten. Ich holte den Rest des *dakrival* von meinem Reittier und wir räucherten das übrige Fleisch, bevor wir uns zum Abendessen hinsetzten.

Ich nahm natürlich neben Kat Platz, obwohl sie ihre runden Menschenaugen verdrehte. Eine einzigartige menschliche Geste und Kat schien von allen neuen Frauen diejenige zu sein, die sie am häufigsten einsetzte. Daher vermutete ich, dass sie Gereiztheit, Ärger und andere negative Empfindungen ausdrückte.

Vielleicht ist sie besonders wütend, weil sie Hunger hat.

„Hier, Kat. Ich habe das Herz des *dakrival* für dich aufgehoben", sagte ich und bot ihr das zarte Stück Fleisch an.

Sie musterte es flüchtig und rümpfte die Nase. „Kein Interesse, danke."

„Sicher?" Ich betrachtete das Herz. Es war köstlich und würde ihr viel Kraft geben.

„Ganz sicher", betonte Kat und schob das schmale Kinn vor.

Ich versuchte, mich nicht davon entmutigen zu lassen. Stattdessen verbrachte ich die restliche Mahlzeit damit, dafür zu sorgen, dass sie genug zu essen und ausreichend *valok* hatte, aber das schien ihre Stimmung nicht zu heben. Nicht, dass es darauf unbedingt ankam. Ich war einfach froh, neben ihr zu sitzen; egal, unter welchen Umständen.

Melanies Stimme erklang auf der anderen Seite des Feuers und erregte meine Aufmerksamkeit. „Meint ihr, wir können auf dem Rückweg beim Schiff haltmachen? Dann könnten wir schon mal mit der Analyse der Proben beginnen."

Gahn Taliok brummte, bevor er sprach. „Auch wenn ich meiner Gahnala ungern etwas abschlage, halte ich das nicht für klug. Wir müssen so schnell wie möglich zu den Clans zurückkehren. Ich muss den anderen Gahns von Gahn Baldors Angriff in meinen Bergen berichten und Verstärkung schicken, um meine Grenzen zu sichern."

Melanie nickte, eine weitere menschliche Geste, deren zahlreiche Bedeutungen ich noch nicht ganz erfasst hatte. Ich war jedoch froh über Gahn Talioks Antwort. Auch ich konnte es nicht erwarten, meinem Gahn Bericht zu erstatten. Doch die Vorstellung, zu den Klippen zurückzukehren, versetzte mir auch einen Stich. Sobald unsere Reise zu Ende war, gab es für mich keinen Grund mehr, so oft mit Kat allein zu sein. Und diesen Gedanken fand ich ausgesprochen traurig.

Nein, ich werde andere Gelegenheiten finden, andere Gründe, um in ihrer Nähe zu sein. Ich werde ihr jeden Tag frisches Fleisch bringen und ihr jeden Abend eine Massage anbieten.

Selbst wenn sie jedes Mal ablehnen sollte.

KAPITEL SIEBEN

Kat

DIE JUNGS GINGEN DIE Zelte aufbauen und ich rutschte auf dem Hintern zu Melanie, verzog allerdings das Gesicht.

Vielleicht hätte ich Galoks Angebot doch nicht ablehnen sollen.

Äh. Wie bitte? Oh Gott.

Die leise Stimme in meinem Kopf verriet mich wieder und wieder. Trotzdem war ich gedanklich immer noch bei Galoks Frage von vorhin, auf die ich erwidert hatte, dass ich lieber auf dem Arsch landete, als seine Hilfe anzunehmen. Er hatte gefragt, warum. Und das ganz ohne seine übliche heitere Arroganz. Es hatte nicht mehr als aufrichtige, ernste Neugier dahintergesteckt. Und mich hatte die Frage vollkommen unvorbereitet getroffen.

Mir war einfach keine vernünftige Antwort eingefallen. Schließlich hatte er mich nicht gebeten, auf die Knie zu gehen und ihm einen zu blasen oder so. Er hatte mir nur angeboten, mir von seinem riesigen *irkdu* zu helfen.

Ich schätze, ich bin so etwas einfach … nicht gewöhnt.

Da mein Vater im Knast saß und meine Mutter total unzuverlässig war, hatte ich einfach nie jemanden gehabt, der mir seine Hilfe anbot. Und zwar, ohne im Gegenzug etwas dafür zu verlangen. Und auch wenn ich ahnte, dass auch Galok etwas von mir wollte – und zwar mehr, als ich zu geben bereit war –, schienen seine Angebote damit nichts zu tun zu haben. Egal, wie oft ich ihn abwies oder wegstieß, er war sofort wieder da, lächelnd und ganz versessen darauf, mir auf Alien-Weise etwas Gutes zu tun.

Er ist wie Unkraut. Man kann es zwar ausreißen, aber es wächst sofort wieder nach, und zwar hartnäckiger als je zuvor.

Vielleicht war er bloß masochistisch veranlagt. Oder schlicht pervers. Meine Zurückweisungen und gemeinen Worte schienen ihn kaum zu berühren. Manchmal hatte ich fast den Eindruck, dass er sie bewusst provozierte.

Oder vielleicht ist er auch einfach ein gutherziger, großzügiger Mann, der dich mag.

Da war sie wieder, diese nervige, verräterische Stimme. *Halt die Klappe.* Ich wollte ihn nicht als nett, großzügig und freundlich wahrnehmen. Das machte es nur schwerer, ihn wegzustoßen.

Und was noch schlimmer war: Ich fühlte mich dadurch wie ein Arschloch.

Hör auf, dir den Kopf zu zerbrechen.

Ich richtete meine Aufmerksamkeit auf meine Freundin Melanie. Sie starrte auf den muskulösen Rücken ihres Gefährten, während er die Zelte aufbaute.

„Du kannst es nicht erwarten, mit ihm ins Zelt zu hüpfen, was?" Ich musste sie einfach ein bisschen aufziehen, besonders nach dem, was sie letztens über Galok gesagt hatte. Oder viel mehr über das, was ich mit Galok tun wollte.

Aber Melanie neigte nicht zu Spielchen und war nicht in Verlegenheit zu bringen. Sie drehte sich unbeirrt zu mir um, sah mir fest in die Augen und sagte: „Jepp."

Ich blinzelte verblüfft, dass sie so ... aufrichtig war. „Ich schätze, er ist im Bett nicht gerade ein Faultier", murmelte ich.

Sie lächelte ein wenig. „Definitiv nicht. Warum fragst du? Überlegst du, wie Galok wohl ist?"

„Äh, nein! Themenwechsel, bitte!"

Verdammt noch mal, was wollte Mel eigentlich mit ihren Sticheleien erreichen? Bis jetzt hatte ich sie immer für eine hervorragende Beobachterin gehalten. Sie war sehr aufmerksam und sah oft Dinge, die mir nicht auffielen. Aber sie lag daneben, wenn sie glaubte, dass zwischen Galok und mir irgendwas lief. Meilenweit daneben. Sie war praktisch auf dem ganz falschen Planeten.

Ich grübelte, worüber wir uns sonst unterhalten könnten. Melanie sah mich nur gelassen aus dunklen Augen an und erwiderte nichts.

„Zu blöd, dass wir auf dem Rückweg nicht am Schiff vorbeigehen", bemerkte ich schließlich und stürzte mich damit auf das erste Thema, das mir in den Sinn kam.

Sie nickte und runzelte die Stirn. „Stimmt. Ich hatte mich schon auf das Labor gefreut. Aber ich glaube, Taliok hat recht. Es ist besser, erst mal zu den Klippen zu reiten und zu erzählen, was passiert ist."

„Jaja, stimmt schon." Seufzend streckte ich die Beine aus und stützte mich nach hinten auf die Hände. „Aber hoffentlich können wir bald hin." Ich konnte es nicht erwarten, die Proben zu untersuchen und das zu tun, was ich am besten konnte.

Melanie antwortete nicht und ich warf ihr einen Seitenblick zu. Sie starrte in die Flammen und wirkte, als wäre sie sehr weit weg. Plötzlich fiel mir auf, dass ich sie nie gefragt hatte, was während des Angriffs geschehen war. Offensichtlich hatte sie alles unverletzt überstanden. Ich war bisher einfach davon ausgegangen, dass Taliok sie ebenfalls hinter einem Felsen versteckt hatte.

„Hey, alles okay? Ich habe dich gar nicht gefragt, wie du den Angriff überstanden hast und wo du währenddessen warst."

Melanie zuckte zusammen und sah auf. Sie schielte zu den Männern, dann rückte sie näher. „Ich denke oft darüber nach, ehrlich gesagt. Ich habe mich sogar schon gefragt, ob ich verrückt bin ... Aber nein, Taliok meinte auch, er hätte einen Fremden gerochen. Also kann ich nicht verrückt sein."

Hä? Wovon redet sie da?

„Würdest du mich einweihen, Frau Geologin?"

Sie lächelte angesichts des inzwischen vertrauten Spitznamens. Aber dann wurde sie wieder ernst. „Als Gahn Baldors Männer angegriffen haben, hat Taliok mich in einer Felsnische versteckt."

„Uff, also wie bei mir. Das hat Galok auch getan." Beim Klang seines Namens sah der große Krieger über das Zeltdach, das er gerade hochgezogen hatte. Ich zeigte ihm den Mittelfinger und er erwiderte die Geste munter, ohne zu wissen, was sie bedeutete. Unwillkürlich musste ich lachen. Kopfschüttelnd widmete ich mich wieder Mel.

„Na ja, ich bin nicht lange dortgeblieben. Ich hatte zu viel Angst um Taliok. Also bin ich rausgekrochen und die Schlucht hochgeklettert, bis zu einem Sims über dem Tal."

„Abgefahren", sagte ich beeindruckt. Dafür brauchte man Mumm. Ich hatte zwar ein paarmal aus meinem Versteck gespäht, es jedoch erst nach einer ganzen Weile verlassen. Und bis dahin war der Kampf vorüber und Galok lief schon wieder durch das Tal auf mich zu. *Lass uns einfach ignorieren, dass du eindeutig erleichtert warst, dass er noch lebt und unverletzt ist, ja?*

„Ja. Ich stand also auf diesem Sims. Und einer von Gahn Baldors Kriegern ist mir gefolgt."

Mir wurde kalt. Ich hatte keine Ahnung gehabt, dass sie einem der Angreifer von Angesicht zu Angesicht gegenübergestanden hatte.

„Hat er dir wehgetan?", fragte ich zähneknirschend. „Denn falls ja, werde ich allein und zu Fuß in die Berge zurückgehen und den Scheißkerl eigenhändig ..."

„Nein, nein", unterbrach mich Melanie kopfschüttelnd und hob die Hand. „Dazu ist er gar nicht gekommen. Jemand hat ihn getötet."

„Taliok", entgegnete ich nickend. Logisch. Ich kannte ihn nicht sonderlich gut, aber gut genug, um zu wissen, dass er nie jemandem erlauben würde, Melanie eines ihrer glänzenden dunklen Haare zu krümmen.

Doch Mel schüttelte schon wieder den Kopf. „Nein, es war nicht Taliok. Es war überhaupt kein Krieger aus dem Sandmeer, sondern ein Alien, wie wir ihn noch nie gesehen haben."

Ich sog scharf Luft ein, dann pfiff ich leise. „Ach. Du. Scheiße."

„Ja." Mel stieß zittrig den Atem aus. „Er war sogar noch größer als die anderen und wirkte weniger menschlich. Er hatte

Schuppen und eine Schnauze. Ehrlich gesagt sah er aus wie ein zweibeiniges Krokodil."

Okay. Kein Wunder, dass sie ihren Geisteszustand hinterfragt hatte.

„Du willst mir also erzählen, dass einer von Gahn Baldors Männern dich in die Ecke getrieben hat, bevor er von einem riesigen Eidechsenmann getötet wurde?" Mann, konnte dieser Planet noch bizarrer werden? *Frag lieber nicht.* Konnte er definitiv. „Und was ist dann passiert? Sag mir nicht, dass der Eidechsenmann frech geworden ist."

„Nein, das hat mich auch überrascht. Und er beherrschte sogar die Sprache des Sandmeers. Wir konnten uns unterhalten. Er hat mich aber nur gefragt, wo die andere Frau ist, die aussieht wie ich, aber nicht ich ist. Aber dann hat er gemerkt, dass Taliok kommt, und ist einfach die verdammte Felswand hochgeklettert und verschwunden. Ich habe mir Sorgen gemacht, dass er auf der Suche nach dir sein könnte, aber wenn ja, hat er dich wohl nicht gefunden."

Die Vorstellung, dass irgendein Eidechsenmann hinter mir her sein könnte – selbst wenn er Melanie geholfen hatte –, verpasste mir eine Gänsehaut. Ich warf Galok einen Seitenblick zu. Plötzlich wirkte er wesentlich attraktiver. Wenn ich mich zwischen dem Eidechsenmann und ihm entscheiden müsste, würde ich mit absoluter Sicherheit ihn nehmen. *Aber das muss er ja nicht wissen.*

„Und du hast Taliok alles erzählt?", fragte ich.

Sie nickte. „Ja. Er hatte keine Ahnung, wovon ich rede. Er hat einen unbekannten Geruch bemerkt, als er mich gefunden hat. Aber er hat noch nie von einem Volk gehört, das zu meiner Beschreibung passt."

„Na, das ist ja wunderbar. Anscheinend gibt es hier auf dem Planeten eine bisher unbekannte Rasse aus Echsenwesen. Der Traum jedes Verschwörungsideologen." Ich schluckte und spähte mit zusammengekniffenen Augen in die Wüste hinaus. Weit und breit keine Bewegung. Aber nach allem, was Melanie mir gerade eröffnet hatte, fühlte ich mich echt unwohl.

Und dabei blieb es auch, als ich mich schlafen legte. Ich warf mich von einer Seite auf die andere und konnte einfach nicht einschlafen. Nachdem ich gefühlt zum fünfzigsten Mal mein Bettzeug zurechtgerückt hatte, drang Galoks Stimme durch die Zeltwände.

„Hast du es da drin nicht behaglich, Kat? Ich kann hören, wie du dich herumwälzt und seufzt. Wenn du möchtest, komme ich rein und helfe, es dir bequemer zu machen."

„Haha, sehr witzig. Nein", gab ich aus Reflex zurück. Aber als ich so in der Dunkelheit lag, ging mir auf, dass ich schlicht nicht allein sein wollte. Nach Melanies Geschichte über den einsamen Eidechsenmann hatte ich ganz großes Muffensausen. Was aber noch lange nicht bedeutete, dass ich Galok zu mir ins Zelt holen würde.

Seufzend stand ich auf, zog mich hastig an und ging nach draußen.

Galok hob den Kopf, als er mich entdeckte, als würde meine Anwesenheit ihn überraschen.

„Was denn?", fauchte ich. „Ich kann nicht schlafen."

„Ich auch nicht. Nicht, solange du dich von einer Seite auf die andere wirfst und vor dich hin ächzt."

„Niemand zwingt dich, vor meinem Zelt zu schlafen, weißt du?", merkte ich an.

Galoks Grinsen wurde breiter. „Stimmt. Und doch würde ich nirgendwo lieber sein als hier. Na ja, fast nirgendwo." Er schaute vielsagend zum Zelteingang.

„Jaja, schon verstanden. Ich bin eine heiße Schnitte auf einem Planeten, auf dem es fast keine Mädels gibt. Das haben wir alle begriffen. Das hat *jeder* inzwischen begriffen."

Meine Worte klangen selbst für meine Maßstäbe überzogen giftig und Galok wirkte schockiert. „Habe ich dich beleidigt, Kat?" Sofort stand er auf, trat vor mich und neigte den Kopf, um mir in die Augen zu sehen.

„Du hast mich nicht beleidigt, verdammte Scheiße", murrte ich. Aber irgendetwas machte mir zu schaffen. Nagte an mir.

Zweifel.

Der Zweifel, dass auch nur irgendetwas, das Galok sagte oder tat, ernst gemeint war. Nicht, dass ich wollte, dass er es ernst meinte. Natürlich nicht. Aber wenn nicht ich, sondern eine von den anderen Melanie auf dieser Reise begleitet hätte, würde er ihr dann auch so viel Aufmerksamkeit schenken? Hatte irgendetwas von dem, was er tat oder empfand, wirklich mit mir zu tun oder eher mit der Tatsache, dass er geil war und zum ersten Mal eine Chance hatte, zum Zug zu kommen?

Oh mein Gott, ist Galok etwa ein Alien-Playboy?

Und wenn ja, was ging es mich an?

Gar nichts. Das sollte es jedenfalls nicht.

„Nun, ich bin froh, dass ich dich nicht verärgert habe. Warum machst du das?"

„Hm? Warum mache ich was?"

Galok strich sich über den Kopf und durch das offene Haar. Das Licht der Sterne und des Asteroidengürtels fing sich in den losen Strähnen. *Wie sie sich wohl anfühlen …*

Dann begriff ich, dass er mich nachahmte. Ohne mir dessen bewusst zu sein, zog und zerrte ich an meinen Haaren. „Oh, das ist nur wegen meiner Haare. Sie werden mir zu lang und nerven mich."

„Zu lang?", wiederholte Galok mit pulsierenden Sichtsternen. „Aber du hast kürzeres Haar als die anderen neuen Frauen. Kürzer, als ich es je bei einer Frau gesehen habe."

„Na und? Hast du damit ein Problem?"

Galok verzog die Lippen zu einem Grinsen. „Nein, mir gefällt alles an dir, Kat. Auch dein Mangel an Haaren, von dem du behauptest, dass er kein Mangel ist, sondern eher ein Überschuss."

Gott sei Dank ist es stockdunkel. Ich spürte, wie mir das Blut in Wangen, Hals und Ohren schoss. Ich musste praktisch glühen. *Mir gefällt alles an dir, Kat.*

Na gut, jetzt weiß ich, dass er lügt. Denn an mir kann einem eine ganze Menge nicht gefallen.

Und dieser Gedanke fühlte sich richtig beschissen an. Ich verschränkte die Arme und sank in mich zusammen, während ich stirnrunzelnd Galoks wie aus Stein gemeißelte Bauchmuskeln musterte.

„Soll ich dir helfen?"

Bevor ich fragen konnte, was er meinte, griff Galok hinter sich und zog ein Messer. Die schwarze Klinge glänzte, als er sie an seine Seite sinken ließ, und ich beäugte sie misstrauisch.

„Wofür genau brauchen wir jetzt eine Klinge?"

„Zum Haareschneiden."

Oh.

„Das ist ... ehrlich gesagt gar keine schlechte Idee." Immerhin gab es hier kaum einen Alien-Friseur und ich konnte mir nicht vorstellen, mein Haar auf Schulterlänge oder sogar noch länger wachsen zu lassen. Allein bei der Vorstellung juckte mein Nacken. „Super. Gib her."

Ich griff nach dem Messer, doch Galok zog es hastig aus meiner Reichweite und hielt es über meinen Kopf. In dieser Haltung spannten sich seine Muskeln unter der Haut an.

„Ich gebe gern zu, dass ich nicht der klügste Krieger der Welt bin. Aber du musst mich wirklich für einen Narren halten, wenn du glaubst, dass ich dir, der mächtigen Kat und wütendsten der neuen Frauen, meine Klinge überlasse. Ob du es glaubst oder nicht, ich habe meine Eingeweide gern in einem Stück und an ihrem Platz."

„Ich verspreche, deine Eingeweide in Frieden zu lassen", sagte ich, bevor ich in die Höhe sprang und nach dem Messer griff. Aber der riesige Blödmann hatte keine Schwierigkeiten, es von mir fernzuhalten.

„Nein, Kleines. Entweder ich erledige das oder wir verzichten darauf."

Von meiner nutzlosen Hopserei keuchend hielt ich inne. Dann stemmte ich die Hände in die Hüften. Galoks Blick fiel auf meine Brust, die sich rasch hob und senkte, und ich errötete. Ich trug das schlichte graue Tanktop, das Teil unserer Uniform gewesen war. Und keinen BH. Und auch wenn ich keine Mördermöpse hatte, bekam er vermutlich immer noch genug zu sehen.

Oh ja, eindeutig. Sein Grinsen war verschwunden, seine Sichtsterne hatten sich verengt und die Nasenflügel bebten.

Ich schnippte mit den Fingern zwischen uns. „Meine Augen sind hier oben, Freundchen. Wenn du mir die Haare schneiden willst, muss ich mir sicher sein, dass du dich auf deine Arbeit konzentrierst."

Hastig suchte er meinen Blick. Sein Schwanz peitschte über den Sand.

„Du erlaubst mir, das für dich zu tun? Ich werde dich nicht enttäuschen, versprochen."

„Gott, es geht nur um einen Haarschnitt. Entspann dich", knurrte ich. „Okay, setz dich hierhin." Ich deutete auf den Stein, an dem er gelehnt hatte, und er nahm pflichtschuldig Platz, drückte den Rücken gegen den Stein und spreizte die Beine.

Ich betrachtete misstrauisch seine langen Beine, mit den eigenartigen Känguru-Füßen mit drei Zehen und hohen Knöcheln, und den Lendenschurz dazwischen. *Scheiß drauf.* Ich ging zu ihm, drehte mich um und ließ mich dazwischen nieder, aber so weit von seinem Schritt entfernt wie möglich.

„Kat, ich mag ja lange Arme haben, aber du sitzt zu weit weg. Ich muss die Klinge sicher im Griff haben, wenn ich sie über deine Haut führe. Wenn du nicht nahe genug sitzt, schneide ich dich vielleicht."

Mir war völlig klar, dass das eine faule Ausrede war, aber ich war wirklich nicht scharf auf Schnittwunden. Also rutschte ich mit einem Stoßseufzer rückwärts.

„Näher, Kat", grollte Galok.

„Gott", murmelte ich und schob mich noch weiter nach hinten. Seine Oberschenkel glänzten rechts und links von meinen Hüften im spärlichen Licht und ich riss mühsam den Blick von den kräftigen Muskelsträngen los.

„Näher", wiederholte er. Seine Stimme hatte einen tiefen, raunenden Unterton angenommen, bei dem sich alles in meinem Körper zusammenzog.

„Das ist aber das letzte Mal", fauchte ich und bewegte mich noch ein winziges Stück nach hinten. Ich saß nicht direkt an seinem Schritt, aber nahe genug. Zwischen uns war nur noch eine Haaresbreite Platz. Und dieser Abstand schien mit knisternder Elektrizität angefüllt zu sein. Ich richtete mich kerzengerade auf und mein Puls raste.

Reiß dich verdammt noch mal zusammen, Mädchen!

Ich sah stur geradeaus, während ich angespannt wartete. Hinter mir lehnte Galok sich zur Seite und ich hörte ein Knacken. Der Duft von bitterem grünem Tee, den die *valok*-Pflanzen verströmten, lag plötzlich in der Luft. Kurz darauf musste ich einen Aufschrei unterdrücken und zuckte zusammen, als etwas Feuchtes auf meine Kopfhaut klatschte.

„Bitte zuck nicht so zusammen, wenn ich die Klinge ansetze", ermahnte Galok mich.

„Na ja, du hättest mich ja mal vorwarnen können, bevor du den Scheiß auf meinem Kopf verteilst."

„Mir war nicht bewusst, dass es für eine solche Kleinigkeit eine Warnung braucht", bemerkte er spöttisch, statt sich zu entschuldigen.

Dieser Arsch ... „Ist auch egal. Sag bloß Bescheid, bevor du anfängst zu rasieren."

„Mach ich", versprach er ohne jeden Spott. Die Worte wirkten ernst und bedeutsam und waren einmal mehr von jener Stärke durchzogen, bei der ich mich am liebsten gewunden hätte.

Er legte mir die Finger an die Schläfen und massierte sanft das *valok*-Gel in meine Kopfhaut. Unwillkürlich keuchte ich auf. Jede Nervenbahn in meinem Körper erstrahlte wie ein verdammtes Neonschild. Mit warmen, starken Fingern arbeitete er sich entschlossen, aber sanft voran, glitt nach vorn zu meiner Stirn und über die Seiten meines Schädels zurück in meinen Nacken. Als er mit einem breiten Knöchel von hinten über mein Ohrläppchen strich, begann es überall in mir zu kribbeln. Das Gefühl rieselte durch mich hindurch und verdichtete sich in meinem Becken. Bisher hatte ich im Schneidersitz gesessen, aber jetzt streckte ich die Beine vor mir aus und drückte die Oberschenkel fest zusammen.

„Wie lange brauchst du?", flüsterte ich. In mir kämpften zwei widersprüchliche Impulse gegeneinander an. Das Verlangen, mich ihm zu entziehen und das Ganze abzubrechen, bevor es sich zu gut anfühlte und ich mich zu sehr darauf einließ. Und das Verlangen, mich hemmungslos in die Berührung zu lehnen.

„Ich bin geschickt mit dem Messer. Ich glaube also nicht, dass es lange dauert. Allerdings möchte ich es vorsichtig angehen." Beim letzten Wort berührte er wieder mein Ohrläppchen, dieses Mal mit der Spitze einer Klaue. Ich knirschte mit den Zähnen und drückte die Beine fester zusammen.

„Hier ist die versprochene Vorwarnung. Ich setze jetzt das Messer an. Beweg dich nicht."

Ich stieß den Atem aus und bemerkte, dass ich zuvor die Luft angehalten hatte. „Sei bloß vorsichtig", zischte ich, als sich eine schwere Hand auf meinen Kopf legte und ihn ganz umfasste, damit ich stillhielt.

Er würdigte meine Bemerkung mit keiner Antwort und eine halbe Sekunde später spürte ich, wie seine Klinge mit Nachdruck über meinen Hinterkopf glitt.

Verdammt. Das Gefühl war ... eigenartig sinnlich. Zum Glück war seine Klinge messerscharf. Sie bewegte sich problemlos durch mein Haar, ohne daran zu ziehen oder sich zu verfangen. Da war nur das behutsame, aber feste Gleiten der Klinge, die sich an meinem Kopf nach oben arbeitete und dann darüber hinwegfuhr.

Erneut stieß ich langsam die Luft aus. Okay. Das fühlte sich verdammt gut an. Und nicht nur in körperlicher Hinsicht. Es war irgendwie nett, dass sich ausnahmsweise kurz jemand um mich kümmerte. Aber nur kurz. Natürlich würde ich nicht zulassen, dass das Ganze besonders lange dauerte. Aber fürs Erste ... Fürs Erste ...

„Du hast einen wirklich kleinen Kopf."

„Entschuldige mal!" Nur die Gefahr, mich zu schneiden, verhinderte, dass ich zu ihm herumwirbelte und ihn mit Blicken erdolchte. „Hast du je auch nur eine Sekunde darüber nachgedacht, dass du vielleicht einfach einen riesigen Schädel hast?"

Galok lachte hinter mir leise und mir wurde erst recht warm. „Ich brauche einen großen Kopf, um dich voll erfassen zu können. Du magst zwar klein sein, aber in meinem Innern nimmst du eine Menge Platz ein."

„Soll das etwa ein Kompliment sein?"

Ein wohliger Schauer erfasste mich, als Galoks Klinge über die Stelle glitt, wo meine Wirbelsäule in den Kopf überging.

„Es ist nur die Wahrheit", erwiderte Galok. Er senkte die Stimme. „So viele meiner Gedanken und Gefühle gelten inzwischen dir." Ich schluckte, war wie erstarrt und konnte kaum atmen. Aber als er weitersprach, war sein unbeschwerter Tonfall wieder da. „Und wo sonst sollte ich das alles sortieren, wenn nicht in meinem riesigen Schädel?"

Jetzt war es an mir, zu lachen. Er riss die Klinge weg, als ich mich prustend krümmte. Dieser verdammte Kerl. Ihm fiel aber auch auf alles ein schlauer Spruch ein. Als ich mich beruhigt hatte, hielt ich wieder still und er setzte seine Arbeit fort.

„Vielleicht solltest du deinen großen Kopf mal für etwas Nützlicheres einsetzen", sagte ich und lächelte in der Dunkelheit.

„Nützlicher wäre es vielleicht. Aber nicht ansatzweise so angenehm."

Verflucht. Wenn mich nicht zuerst irgendetwas in dieser Wüste tötete, würde er mich noch umbringen.

KAPITEL ACHT
Galok

ICH LIESS DIE KLINGE über Kats Hinterkopf und hinter ihre Ohren gleiten. Ich wollte keine einzige Stelle übersehen, sondern meine Aufgabe pflichtbewusst erfüllen, sodass sie unweigerlich bewundern musste, wie gut ich mit der Klinge umgehen konnte. Während ich arbeitete, berührte ich jede Rundung und Wölbung ihres Kopfs, um mich mit ihnen vertraut zu machen. So lange hatte ich sie noch nie berührt. Ich hatte überhaupt noch nie eine Frau auf diese Weise berührt, dennoch wusste ich, dass dieser Moment etwas Besonderes war. Meine Männlichkeit reagierte auf ihre Nähe und wurde unter dem Lendenschurz hart. Aber es ging darüber hinaus. Ich sehnte mich nicht nur aus körperlichen Gründen nach ihr.

Das Gefährtenband muss wirklich wunderbar sein. Denn ich kann mir kaum vorstellen, noch mehr für sie zu empfinden, als ich es jetzt schon tue.

An ihrem Hinterkopf war ich so gut wie fertig. Jetzt musste ich mich nur noch um die kurzen Haare kümmern, die ihr Gesicht einrahmten.

„Dreh dich um, damit ich zum Schluss kommen kann", sagte ich. Aus irgendeinem Grund brachte sie das zum Lachen, aber sie gehorchte und setzte sich mit überschlagenen Beinen und mir zugewandt zwischen meine Oberschenkel.

Bevor ich fortfuhr, hielt ich inne, um ihr vom Mondlicht umschmeicheltes Gesicht zu bewundern. Die neuen Frauen waren kleiner und weicher als wir. Aber Kat war die kleinste von ihnen und ihre Züge waren noch zarter. Ihre Nase war schmal und knochig, das Kinn klein und spitz, die Augen groß und rund und umrahmt von langen, blassen Härchen. Und dennoch wirkte ihre Miene kämpferischer als die der anderen Frauen. Eine bezaubernde Mischung.

„Was ist? Was fasziniert dich so?", fragte sie und verengte die Augen. Von deren hellem Kristallblau war kaum noch etwas zu erkennen. Nicht hier in der Dunkelheit. Das Blau hatte sich in einen tiefen Abgrund in all dem Weiß verwandelt.

„Du", antwortete ich ehrlich und wischte das Messer auf Hüfthöhe an meinem Lendenschurz ab, damit es sauber und für den letzten Teil meiner Aufgabe bereit war.

Kat warf stöhnend den Kopf in den Nacken, allerdings wusste ich nicht so recht, warum. Als sie das Kinn wieder senkte, fing sich das Mondlicht in den Steinen in ihrem Gesicht und ihren Ohren. Ich griff danach und strich mit einer Klaue über die weiche Muschel eines ihrer Ohren, über die vielen Steinchen und glänzenden Ringe.

„Welche Bedeutung haben die Steine?", fragte ich und ließ den Blick von ihrem winzigen blassen Ohr zu dem Stein in ihrer Augenbraue gleiten, dann zu dem in ihrer Nase. Selbst in ihrer Unterlippe steckte einer.

„Überhaupt keine. Zumindest für mich nicht. Für einige Leute haben ihre *Piercings* eine besondere Bedeutung. Mir gefallen sie einfach."

Ich runzelte die Stirn, während sie sprach. Etwas in ihrem Mund hatte meine Aufmerksamkeit erregt. Ich legte eine Klaue an ihre Unterlippe und strich über den eingelassenen Stein. Sie zuckte zusammen und mein Glied regte sich.

„Lass mich deine Zunge sehen."

„Äh, bitte *was*? Vergiss es", zischte sie und schlug meine Hand beiseite.

„Ich habe nichts Unangemessenes damit vor. Es sei denn, du bittest mich darum."

Wieder stöhnte sie auf. „Okay, das war's. Wir sind hier fertig. Ich schätze, dann trage ich eben keinen Vokuhila, sondern einen Volahiku."

Ich hatte keine Ahnung, was sie mir zu verstehen geben wollte. Sie machte Anstalten aufzustehen und ich griff nach ihrem Handgelenk. „Bleib hier, du kleines, wütendes Wesen. Ich werde meine Aufgabe wie versprochen beenden. Ich wollte nur deine Zunge sehen. Hast du darin auch einen Stein, ein *Piercing*?"

„Oh." Sie nahm wieder Platz. „Ja, meine Zunge ist gepierct. Mein Bauchnabel auch."

Mein Schwanz zuckte und ich konnte nicht anders, als ihre winzige Taille anzustarren. Ich sah genau hin, als könnte ich durch reine Willenskraft durch den Stoff ihrer Kleidung schauen. Als ich den Blick mühsam davon löste, fand ich mich einer einzelnen, feuchten, breiten Zunge gegenüber, die Kat aus dem Mund streckte. In der rosigen Mitte erhob sich eine glänzende Kugel. Ich unterdrückte ein Stöhnen. Der Anblick hatte etwas unfassbar Sinnliches.

Ich hatte versprochen, nichts Unangemessenes mit ihrer Zunge anzustellen ... Es sei denn ...

„Bitte sag, dass ich etwas Unangemessenes mit deiner Zunge machen soll." Meine Stimme war heiser und belegt und die feuchte Zunge verschwand.

„Du bist *vollkommen* durchgeknallt, weißt du das?", knurrte sie.

Trotz der Dunkelheit sah ich, dass sie an Hals und Wangen rot anlief. Aber ich wusste nicht, was das bedeutete. Die neuen Frauen wechselten ständig die Farbe, wenn ihnen zu heiß war, zum Beispiel, und offenbar auch aufgrund unterschiedlicher Empfindungen. Es war im Augenblick nicht allzu warm, da es Nacht war. Also welches Gefühl war dieses Mal für Kats Farbwechsel verantwortlich?

Vermutlich Wut.

Aber es ging keine Wut von ihr aus, als sie näher rückte. Ihre Knie berührten die Innenseiten meiner Oberschenkel, sodass mein Glied zuckte und anschwoll.

„Du hast gesagt, du willst es zu Ende bringen. Also mach."

Ich hielt den Mund. Inzwischen wusste ich schließlich, dass ich nicht verhindern konnte, dass ich irgendwelchen Unsinn redete, und strich mit dem Messer von Kats glatter Stirn nach oben zum höchsten Punkt ihres Schädels. Ihr fielen die Augen zu.

„Du schläfst mir doch nicht ein, oder?", fragte ich und hielt inne. „Wenn du einschläfst und nach vorn sackst, könnte ich dich schneiden."

„Nein. Es fühlt sich einfach nur nett an, in Ordnung?"

Es fühlt sich nett an.

Worte, die mir blitzartig in den Schritt fuhren. Ich drückte die Zungen an die Rückseite meiner Fangzähne, weil ich mich danach sehnte, mich nach vorn zu beugen und Kat das *valok* von der Kopfhaut zu lecken.

Es fühlt sich nett an.

„Das freut mich", murmelte ich. Dann konzentrierte ich mich wieder auf die Klinge und versuchte, die Bewegung nachzuahmen, dank der Kat die Augen geschlossen hatte. Sie seufzte und ihre Schultern entspannten sich ein wenig. Aber kurz darauf war ich fertig.

Vielleicht kann ich ja weitermachen. So tun, als gäbe es noch etwas zu erledigen ...

Aber ich wollte nicht riskieren, ihre weiche Menschenhaut zu reizen. Ich hatte das Gefühl, dass ihre Haut selbst bei einer so scharfen Klinge wie meiner nicht noch mehr aushalten konnte.

„Fertig", sagte ich mit leichtem Bedauern. Nein, von wegen leicht. Ich bedauerte außerordentlich, dass ich fertig war. Verflucht sei ihr winziger Kopf. Ich hatte die Aufgabe viel zu schnell erledigt.

Aber als Kat ihre herrlichen Augen öffnete, fiel mir nicht mal im Traum ein, irgendetwas an ihr zu verfluchen. Alles an ihr war makellos. Ein Zusammenspiel aus Kurven, Kanten, Wut und Licht. Klein und spitz und trotzdem so unglaublich weich.

Plötzlich überkam mich heftige Zuneigung und vermengte sich tief in meinem Bauch mit zehrendem Verlangen. Kat strich sich mit einer Hand über den Kopf. Langsam legte sich ein Lächeln auf ihre Lippen und ich musste mich mit aller Kraft davon abhalten, mich nach vorn zu beugen, um von diesem seltenen, perfekten Lächeln zu kosten.

„Danke, das hast du gut gemacht."

Stolz regte sich in mir. „Natürlich. Ich bin ein Meister der Klinge, Kat. Und jetzt weiß du es auch. Du hast es am eigenen Leib erlebt."

Ihr Lächeln verblasste und ihre Miene wurde ausdruckslos. „Weißt du noch, wie ich gesagt habe, dass du einen riesigen Schädel hast? Das muss er auch sein, denn wow, offenbar ist dir so einiges zu Kopf gestiegen."

„Was soll das heißen, *Wow, dir ist so einiges zu Kopf gestiegen*?" Soweit ich wusste, hatte mein Kopf genau die richtige Größe für meinen Körper und beherbergte auch nichts, was nichts darin verloren hatte. Andererseits hatte ich in der Vergangenheit wiederholt und von mehr als einer Person zu hören bekommen, dass ich mehr *dakrival*-Dung als Hirn im Schädel hätte.

„Ich will damit sagen, dass dir noch der Kopf platzt, wenn du dich weiter so lobst!"

Sie erhob sich auf die Knie und legte mir die winzige Hand auf den Kopf. Ein Funkenregen ergoss sich über meinen Rücken und ließ meinen Schwanz durch den Sand peitschen.

„Wow, dein Haar ist echt weich", murmelte Kat. Obwohl ich saß und sie kniete, war sie mit mir auf Augenhöhe. Und näher als je zuvor.

„Gefällt es dir?", fragte ich heiser, den Blick fest auf ihren Mund gerichtet.

„Ja, es fühlt sich nett an."

Nett. Da war es wieder, dieses Wort. Aber ich wollte mehr von ihr. Mehr als *nett*. Ich wollte tiefes Verlangen, Lust und Zuneigung. Ich wollte, dass sich ihr heißer Mund unter meinem öffnete. Ich wollte, dass sie nach vorn glitt, sich auf meinen Schoß setzte und mein hartes Glied tief in ihre …

Ich keuchte erstickt auf, griff zwischen uns und drückte fest zu. Allein die Vorstellung, wie Kat auf mir saß, hätte zusammen mit ihrer Nähe beinahe dazu geführt, dass ich meinen Samen vergossen hätte.

„Was ist los?", fragte sie mit zusammengezogenen Brauen. Als sie sah, wo meine Hand lag, riss sie die Augen auf. Sie zog hastig die Hand von meinem Kopf und fiel rückwärts auf den Po.

„Was glaubst du, was das hier wird? Eine Massage mit Happy End?", fauchte sie und trat mit einem Fuß in meine Richtung, sodass sich ein Schauer aus Sand über meinen Schritt ergoss. Als ob das bisschen Sand meine Männlichkeit bremsen könnte. Mit zusammengebissenen Fangzähnen holte ich tief Luft und ließ meinen schmerzenden Schaft los.

„Ich weiß nicht, was das heißt. Aber ich gestehe, dass ich mich gern auf jede Massage einlassen würde, die du mir mit deinen kleinen Händen zu geben bereit bist."

„Wovon träumst du eigentlich nachts, Alter?"

Von dir und es sind ziemlich fiebrige Träume.

„Ich entschuldige mich für den Übermut meiner gewaltigen Männlichkeit. Ich wollte nicht, dass du dich unwohl fühlst. Es ist eine unvermeidliche Reaktion auf deine Nähe. Und auf deine Anmut."

„Anmut? Okay, jetzt weiß ich genau, dass du mich *verarschst*."

„Was bedeutet *verarschen*?"

„Lügen."

Meine Sichtsterne mussten sich verwirrt nach außen wölben. „Aber warum sollte ich denn lügen?"

„Weil ich garantiert nicht *anmutig* bin. Ich bin laut und hart und *tough* und kann es mit jedem aufnehmen. Also nein, ich bin nicht anmutig. Und das war der Beweis, dass du mir nur an die Wäsche willst."

Was sie sagte, ergab mit jedem Moment weniger Sinn. „Was soll ich denn mit deiner Wäsche? Die passt mir doch überhaupt nicht." Ich legte den Kopf schief. Was für ein unsinniges Gespräch. „Das mit der Wäsche ist mir egal. Aber du sollst wissen, dass ich kein Lügner bin. Ich spreche nur aus, was ich denke. Und ich finde dich wunderbar, egal, wie laut oder *tough* du bist."

Sie machte große Augen, als hätte ich sie verblüfft. Aber wie war das möglich? Wie sollten ihre großen Augen, ihr rosiger Mund und ihre wütend zusammengezogenen Augenbrauen denn etwas anderes als wundervoll sein? Auch die glitzernden Steine in ihrem Gesicht und ihren Ohren waren reizend. Und ich wünschte mir nichts mehr, als dass sie das erkannte.

„Ich werde nie etwas von dir verlangen, was du nicht zu geben bereit bist. Auch wenn ich mal im Scherz etwas von dir fordere, sollst du wissen, dass es mir mit dir sehr ernst ist, Kat."

Ich achtete darauf, jegliche Heiterkeit und Witzelei aus meiner Stimme zu verbannen. Es war seltsam, so aufrichtig zu sagen, was in mir vorging. Ich hatte zuvor die Wahrheit gesagt: Ich log nie. Aber ich breitete oft einen Schleier aus Humor über meine Worte, vielleicht um mich zu schützen. Aber das hier, das war alles echt. In all meiner Verletzlichkeit.

„Aber du hast doch schon ganz richtig festgestellt, dass ich nicht deine Gefährtin bin", sagte Kat sehr leise.

Ich hob die Hand, um ihr mit dem Daumen übers Kinn zu streichen. „Und ich habe dir auch gesagt, dass das nicht weiter wichtig ist. Die Lavrika werden uns noch aneinanderbinden. Und selbst wenn es durch irgendeine Laune des Schicksals nicht dazu kommen sollte, werde ich mich ihren Wünschen widersetzen und trotzdem Anspruch auf dich erheben." Ich hielt inne und fuhr zärtlich mit der Klaue über ihre Unterlippe. Sie zitterte unter meiner Berührung. „Ich würde ja sagen, dass ich dich für mich einnehmen werde, falls du das willst. Aber das weiß ich ja bereits."

„Was weißt du?"

„Dass du mich akzeptieren wirst. Vielleicht nicht heute. Oder morgen. Vielleicht erst in ferner Zukunft. Vielleicht sind wir bis dahin beide alt und klapprig. Aber eines Tages wirst du dasselbe für mich empfinden wie ich für dich. Ich werde dein zurückhaltendes menschliches Herz erobern. Und das, kleine Kat, schwöre ich dir. Und du sollst wissen, dass ich noch nie einen Schwur gebrochen habe, den ich einmal ausgesprochen habe."

Kat starrte mich an. Ihre schmale Brust hob sich unter hektischen Atemzügen. Sie schluckte und ich sah, wie sich ihre anmutige Kehle in der Dunkelheit bewegte. Ich konnte nicht an mich halten und strich mit den Klauen von ihrem Kinn bis zu ihrem Hals, dann zum Schlüsselbein darunter. Meine Männlichkeit hob sich, aber ich verbot mir, zu tun, was ich wollte. Tiefer zu gleiten und die weichen Rundungen ihre kleinen Brüste zu umfassen.

Kat grummelte schon wieder etwas über meinen riesigen Schädel. Und bevor ich wusste, wie mir geschah, richtete sie sich auf die Knie auf. Sie packte meine Finger und warf sich nach vorn – beinahe, als hätte sie das Gleichgewicht verloren – und dann lag ihr winziger Mund auf meinem. Die Empfindung kam so unerwartet, dass ich zusammenfuhr – die festen, stumpfen Zähne hinter weichen Lippen, der winzige Lippenstein, der sich gegen meine Haut drückte. Aber kaum, dass ich die ungestüme Verwunderung hinter mir gelassen hatte, ließ ich mich darauf ein. Ich öffnete die Lippen und meine Zungen schnellten nach vorn. Suchten nach etwas, das nicht da war.

Kat hatte sich schon zurückgezogen und erschrocken die Hand vor den Mund geschlagen. Ihre Augen wirkten größer als je zuvor. Ein Schwall hastiger, verblüffter Worte in ihrer Muttersprache drang zwischen ihren Fingern hervor. Dann kam sie ungeschickt auf die Beine und rannte davon, um nach wenigen Schritten in ihr Zelt zu stürzen.

In überfordertem Schweigen sah ich ihr hinterher. Mein ganzer Mund kribbelte von der Brutalität ihres Überfalls.

Ich konnte es nicht erwarten, dass sie erneut über mich herfiel.

KAPITEL NEUN
Kat

ICH HABE DEN VERDAMMTEN Verstand verloren. Ich habe wirklich nicht mehr alle Tassen im Schrank.

Ich habe gerade einen verdammten Alien geküsst.

Und nicht irgendeinen Alien. Galok. Den lästigen, dämlichen, albernen Alien-Kerl, der mich seit Tagen den letzten Nerv kostete.

Innerlich ging ich den Moment wieder und wieder durch und versuchte herauszufinden, wann genau mir der Verstand abhandengekommen war. Als er mich als *anmutig* bezeichnet hatte? Oder als er geschworen hatte, ein Leben lang auf mich zu warten, wenn es sein musste?

Oh, verdammte Scheiße. Das hätte mich eher irritieren sollen, nicht faszinieren. Irgendwie war beides der Fall. Ich konnte das Gefühlschaos in meinem Innern nicht entwirren. Eine Empfindung konnte ich allerdings problemlos identifizieren.

Ich war verflucht scharf.

Auf einen Alien.

Oh Gott.

Ich erinnerte mich noch gut daran, wie Cece wieder aufgetaucht war und uns mitgeteilt hatte, dass der große Gahn namens Buroudei ihr neuer Freund sei. Ich war entsetzt gewesen. Sogar angewidert. Hatte geglaubt, dass sie sich den Kopf angeschlagen haben musste, um sich auf so etwas einzulassen. Und dann war es Chapman ebenso ergangen, gefolgt von Melanie. Und jetzt ich?

Nein. Verdammt noch mal, nein. Ich spiele da nicht mit. Für niemanden. Mein Körper mochte auf Galoks Nähe reagiert haben, auf das Gefühl seiner Hände, die mir im Licht der Asteroiden über die Haut strichen, aber das war auch schon alles. Reine Chemie. Nicht mehr.

Aber warum hast du ihn dann geküsst?

Unwillkürlich hob ich die Hände, um mir an den Haaren zu ziehen, aber sie waren verschwunden. Seufzend legte ich die Handflächen an den Kopf und strich mir über die glatte Haut. Galok hatte keine einzige Stelle übersehen. Und meine Haut war auch nicht wund. Keine Schnitte. *Der Mann hat geschickte Hände.*

Geschickte Hände? Was zum Henker? Denk nicht mal daran, wo du seine Hände noch spüren willst. Die bleiben schön dort, wo sie hingehören. Mit anderen Worten: weit fort von dir.

An seinem Schwanz zum Beispiel …

Das Bild von Galok, der sich vor mir wand und zuckte, während er eine Hand zwischen die Beine presste, ließ mich keuchen. Hitze fuhr mir durch den Körper und direkt in meine Pussy. Meine Klitoris pulsierte und ich widerstand dem Drang, sie zu berühren.

Ich kämpfte dagegen an. Wirklich.

Und falls ich verlor, dann war wenigstens niemand in der Nähe, der sah, wie tief ich gesunken war.

Als ich am nächsten Tag mit steifen Gliedern und benommen erwachte, brauchte ich einen Augenblick, um mich an die Ereignisse der vergangenen Nacht zu erinnern. Aber als es so weit war, kamen die Erinnerungen in einer Flutwelle zurück. Ächzend rollte ich mich auf den Bauch und vergrub das Gesicht in den Händen. Ich war mit Galok draußen gewesen. Ich hatte ihn geküsst. Und dann hatte ich mich verflucht noch mal gefingert, während ich an ihn gedacht hatte.

Oh Gott. Ich bin verrückt.

„Kat, bist du wach?"

Melanies Stimme ließ mich den Kopf heben. „Ja. Allerdings wünschte ich, jemand würde mich von meinem Elend erlösen", grollte ich und setzte mich auf, als sie ins Zelt kam.

„Taliok will bald los. Meinst du, du schaffst es, dich in den nächsten Minuten fertig zu machen?" Sie verengte die dunklen Augen. „Was ist los?"

Muss sie denn immer so verdammt aufmerksam sein?

„Nichts." Ich schnaubte und griff nach meiner Solarschutzjacke neben mir auf dem Boden.

„Sieht aber nicht danach aus. Du scheinst noch mehr neben dir zu stehen als sonst."

„Es geht mir bestens, okay?" *Abgesehen davon, dass ich den verflixten Verstand verloren habe.*

Melanie zog angesichts meines bissigen Tonfalls die Augenbrauen nach oben, bevor sie wieder eine neutrale Miene aufsetzte. „Tut mir leid, dass ich nachgebohrt habe." Damit verschwand sie.

Und ich fühlte mich wie das größte Arschloch der Welt.

„Scheiße", murmelte ich und setzte mir nachdrücklich die Sonnenbrille auf die Nase.

Das war mein größtes Talent. Was ich schon immer getan hatte. Leute wegstoßen. Wenn ich sie gleich am Anfang nur genug enttäuschte, würde mir nie jemand nah genug kommen, um echte Erwartungen an mich zu stellen, denen ich sowieso nicht gerecht werden konnte, nicht wahr?

Als ich mein Stipendium erhalten hatte, hatte ich zum ersten Mal Hoffnung gehabt, diese Unart zu überwinden. Ich hatte mich zum ersten Mal in meinem Leben geöffnet, mich voll reingehängt und deshalb auch Erfolg gehabt. Zuvor hatte ich in der Schule immer noch eine große Klappe gehabt und Freunde weggeschubst. Scheiße, ich hatte sogar eine Bombe gebaut, um der ganzen Welt zu zeigen, was für ein hoffnungsloser Fall ich war. Aber die Welt hatte mich wieder zurückgezerrt. Ich hatte mir ein neues Leben aufgebaut und zum ersten Mal einen Anflug von Potenzial in mir erkannt. Von dem, was sein könnte.

Aber dann hatte sich der ganze verfluchte Planet gegen mich verschworen, mich aus meinem Leben gerissen und hierher befördert.

Nicht mein ganzer Planet.

Da waren immer noch die anderen Frauen, die ebenfalls verschleppt worden waren. Freundinnen wie Melanie, die nur mein Bestes wollten.

Und dann waren da natürlich noch die Aliens. Wie zum Beispiel Galok.

Okay, ich darf jetzt nicht an ihn denken. Zuerst kümmere ich mich um Melanie, dann zerbreche ich mir den Kopf über Galok.

Ich packte meinen Kram zusammen und rieb mich mit Sonnenmilch ein. Dann zog ich die Riemen meines Rucksacks fest und ging nach draußen.

Nur um mit dem einen Mann zusammenzustoßen, mit dem ich mich gerade nicht auseinandersetzen wollte. Ich taumelte nach hinten und blinzelte hinauf in Galoks strahlendes Lächeln.

„Guten Morgen, Kat. Ich habe dir Frühstück zubereitet. Bitte genieß es, während ich dein Zelt abbaue."

Ich ... hatte keine Zeit für so was. Ich murmelte ein halbherziges Dankeschön und wich seinem Blick aus, während ich mich nach Melanie umsah. Schließlich entdeckte ich sie neben Talioks *irkdu*, wo sie gebückt ihren Rucksack neu packte. Ich lief zu ihr und ließ mein Gepäck neben ihres fallen.

„Hallo, Frau Geologin", sagte ich und sah lächelnd auf ihre Kapuze hinab. Kurz darauf richtete sie sich auf und ich spürte trotz der dunklen Gläser unserer hochwertigen Sonnenbrillen ihren Blick auf mir lasten.

„Hey", sagte sie kühl.

Ich seufzte leise. „Hör mal, ich bin ein Arschloch, okay? Ich wollte dich nicht anfahren. Ich bin nur ..." Ich vergewisserte mich, dass Galok nicht in der Nähe war, bevor ich Melanie zuflüsterte. „Ich bin gerade nur total durch den Wind, verstehst du? Gestern Nacht habe ich ..." Oh Gott. Wollte ich das wirklich tun? Oh ja, das würde ich. „Ich habe gestern Nacht Galok geküsst. Und ich habe keinen blassen Schimmer, was ich jetzt tun soll. Also ... tut mir leid."

Mich zu entschuldigen, hatte noch nie zu meinen Stärken gehört. Ich war besser darin, Leuten die Nase zu brechen oder irgendetwas in die Luft zu jagen. Daher hoffte ich, dass dieser kägliche Versuch reichen würde.

Wie sich herausstellte, tat er das.

Melanies Miene wurde weicher und sie lächelte. „Ehrlich, ich verstehe, wie du dich fühlst. Du bist nicht verrückt, versprochen."

„Woher willst du das wissen? Vielleicht sind wir einfach alle verrückt. Vielleicht hat irgendein Alien-Virus unser Gehirn infiziert, sodass wir mit den Einheimischen vögeln wollen."

Melanie lachte leise und setzte sich auf den Boden. Dann klopfte sie auf den freien Platz neben sich. Ich folgte der Aufforderung schwerfällig, zog die Knie an und stützte schlecht gelaunt das Kinn darauf.

„Ehrlich, selbst wenn es ein Virus wäre, selbst wenn wir verrückt wären ... Ich würde nichts daran ändern wollen. Taliok ist das Beste, was mir je passiert ist. Er ist so gut zu mir, so lieb. Aber ich war anfangs auch von meinen Gefühlen zu ihm überrascht."

„Wirklich?" Meine Stimme klang erbärmlich piepsig, als gehörte sie einem kleinen Kind. Aber falls Mel derselben Meinung war, zog sie mich deshalb nicht auf.

„Jepp. Meine Beziehungen vor ihm waren ... nicht so toll. Es ist mir schwergefallen, jemandem zu vertrauen, verstehst du? Mich zu öffnen. Ich hatte solche Angst, verletzt zu werden. Ich hatte das Gefühl, mich selbst zu hintergehen, indem ich ihn liebe."

Mir schnürte sich die Kehle zu. Sie hatte so vieles von dem, was ich empfand, in Worte gefasst. Ich sah zu Galok hinüber, der mein Zelt abbaute. Seine Muskeln wölbten sich unter der glänzenden Haut, während er geschickt die klauenbewehrten Finger einsetzte.

„Was hat dich letztendlich dazu gebracht, ihm zu vertrauen? Was hat dich davon überzeugt, dass alles echt ist?"

„Das war kein einzelner Moment oder so", murmelte sie. Sie sah sich nach Taliok um, der ihr gemeinsames Zelt verließ, und ihre Mundwinkel hoben sich. Ich hatte sie noch nie so oft lächeln sehen. Und auch noch nie so viel reden hören. Mit Taliok zusammen zu sein, hatte sie wirklich verändert.

Würde ich mich auch verändern, wenn ich mit Galok zusammenkam? Und wenn ja, würde mir die Veränderung gefallen?

„Wie gesagt, es war kein bestimmter Punkt, ab dem ich ihm vertraut habe. Es lag an seiner ... seiner kompromisslosen Liebe, glaube ich. Er hat mich nie bedrängt, nie etwas überstürzt. Er hat mich nur wieder und wieder wissen lassen, dass er für mich da ist. Und dass er immer für mich da sein wird."

Ich presste die Lippen zusammen, als mir Galoks Worte von letzter Nacht einfielen. *Ich werde dein zurückhaltendes menschliches Herz erobern. Vielleicht nicht heute oder morgen ...*

„Aber du wusstest ja schon, dass er dein Gefährte werden soll. Sie haben dieses Gefährtenband oder wie das heißt, das sie in die Helden eines verdammten Liebesromans verwandelt. Galok hat mir aber schon gesagt, dass die Lavrika mich nicht für ihn ausgesucht haben."

Mann, warum klang ich so verflucht unsicher? Das war ja furchtbar. *Warum rede ich überhaupt über die ganze Sache? Ich sollte lieber rumfauchen, bis ich wieder ich selbst bin.*

„Hm. Guter Hinweis. Ich schätze, von dieser ganzen Gefährtenkiste zu wissen, hat mir noch zusätzlich Sicherheit gegeben, was seine Absichten angeht. Aber willst du meine ehrliche Meinung hören?"

„Kommt darauf an, wie sie ausfällt", brummte ich.

„In Ordnung, ich sage sie dir so oder so. So wie ich das sehe, ist das Ganze ohne den Hintergrund des Gefährtenbands wie der Anfang einer menschlichen Beziehung. Bei einem Menschenmann gibt es diese Vorstellung vom Schicksal und einer besonderen Bindung auch nicht, aus der man Sicherheit ziehen könnte. Also muss man sich auf sein Bauchgefühl verlassen. Nicht, dass das immer recht hätte ..."

Bei den letzten Worten wurde ihre Stimme kühl und sie sah mich ernst an. „Ich glaube, wenn du wie auch immer geartete Gefühle für Galok hegst, musst du genauso vorgehen wie bei einem Mann auf der Erde. Sondier das Terrain. Geh mit ihm aus, soweit das hier möglich ist. Natürlich nur, wenn du das möchtest."

„Das hilft mir auch nicht weiter", ächzte ich und zog die Kapuze fest um den Kopf, damit meine Wangen darin verschwanden. „Ich war noch nie mit einem Mann zusammen."

„Wirklich nicht?"

„Nein, wirklich nicht", gab ich scharf zurück. „Ich meine, ich bin keine Jungfrau. Ich habe in meinem ersten Jahr an der Uni mit einem Kerl geschlafen. Es war tierisch peinlich und mehr ist daraus auch nicht geworden. Bis dahin habe ich nie einen Mann in meine Nähe gelassen. Und selbst das mit ihm war eine einmalige Angelegenheit."

„Tja, wenn du der Sache eine Chance geben willst, sagt mir irgendwas, dass Galok der perfekte erste Freund für dich wäre."

„Wie kommst du darauf?"

Ich stellte mir vor, wie Galok im Auto vorfuhr, mit Blumen in der Hand, um mich zum Essen auszuführen, während seine Känguru-Gladiator-Muskeln seinen Anzug zu sprengen droht-en. Was für eine absurde Vorstellung.

„Weil er mir wie ein guter Kandidat vorkommt. Einige der Alien-Männer sind ziemlich heftig drauf. Schließlich sind sie Krieger. Selbst Taliok kann auf seine Weise ziemlich ein-schüchternd sein. Aber Galok ... Er ist von all den Kerlen der unbeschwerteste. Ich will dir wirklich nicht sagen, dass du deine Instinkte ignorieren oder etwas tun sollst, womit du dich nicht wohlfühlst", stellte sie klar. „Aber nach allem, was ich gesehen habe, scheint Galok ein anständiger Kerl zu sein. Und Taliok vertraut ihm, was meiner Meinung nach viel über ihn aussagt."

Ich saß schweigend da und dachte über ihre Worte nach, die durch meinen winzigen Menschenkopf wirbelten. Ich war immer noch keinen Schritt weiter, aber wenigstens kam ich mir inzwischen weniger verrückt vor, weil ich Galok geküsst hatte.

„Danke, Mel", murmelte ich und klopfte mir im Aufstehen den Sand von der Hose.

Galok hatte inzwischen mein Zelt abgebaut und an seinem *irkdu* festgezurrt. Jetzt kam er zu mir. Dank seiner langen Alien-Beine hatte er den Abstand zwischen uns in Windeseile überbrückt.

„Hast du etwas gegessen, Kat? Ich habe dir dein Essen dort drüben hingestellt." Er zeigte auf etwas Fleisch und eine bere-its geöffnete *valok*-Pflanze, die in der Nähe auf einem flachen Stein lagen.

„Ähm, nein. Habe ich nicht." Ich sah skeptisch zu ihm hoch. Trotz allem, was gestern Nacht geschehen war, strahlte er keine Spur von Verlegenheit oder Unbehagen aus. Er war einfach durch nichts zu erschüttern. Ich dagegen kam mir vor, als stünde ich im Zentrum eines Erdbebens. Das war echt nicht cool.

Ich wandte mich von ihm ab, schnappte mir mein Frühstück und schaufelte es mir in den Mund, um mich abzulenken. Melanie und Taliok befestigten ihren restlichen Kram an ihrem *irkdu* und bald war es Zeit zum Aufbruch.

Ich verschlang die letzten Bissen und schulterte meinen Rucksack. Galok wartete bereits auf mich. Er stand gebückt und hielt mir die flache Hand für meinen Stiefel entgegen. Er war genau dort, wo ich ihn zu finden erwartet hatte. Genau wie jeden Tag, seitdem wir auf dem *irkdu* unterwegs waren.

Ich musste an Melanies Bemerkung denken, dass Taliok ihr wieder und wieder bewiesen hatte, dass er für sie da war und es auch immer sein würde.

Ich stählte mich innerlich, ging zu Galok und stellte den Fuß auf seine Hand. Wie üblich schob er mich hoch, aber dieses Mal legte er mir kaum merklich stützend die Hand ins Kreuz. Hitze jagte an meiner Wirbelsäule entlang und ich fiel unelegant und mit heißen Wangen in den Sattel.

Kurz darauf saß Galok hinter mir auf. Ich konnte ihn förmlich hinter mir atmen spüren. Er schien näher bei mir zu sitzen als sonst. Ich überprüfte meinen Eindruck, indem ich mich leicht nach hinten lehnte. Als ich sofort gegen seine harte Brust stieß, sah ich meine Vermutung bestätigt.

Ich richtete mich auf und unterbrach den Kontakt.

Dann ließ ich mich mit rasendem Puls wieder nach hinten sinken.

Und dieses Mal blieb ich, wo ich war.

KAPITEL ZEHN
Galok

ICH GLAUBTE NICHT, dass ich es mir einbildete. Kats zierliche Gestalt lehnte sich an meine Brust. Nein, das war sicher keine Einbildung. Ich spürte den steifen Stoff ihres Umhangs. Ihren Körper darunter. Und ich spürte die Hitze, die ihre Berührung durch meinen Körper jagte.

War ihr bewusst, was sie tat? Sie war mir am Morgen recht verschlossen vorgekommen. Gar nicht so anders als sonst, aber nachdem sie in der Nacht ihren Mund auf meinen gedrückt hatte, war ihr Verhalten ein wenig befremdlich. Sie war schon ein Rätsel, meine Kat. Erst presste sie die Lippen auf meine, dann ignorierte sie mich und jetzt lehnte sie sich sacht gegen meine Brust. *Sie ist ein Ausbund unausgesprochener Worte. Ich muss lernen, ihren Körper zu lesen, bis ich ihn ebenso gut verstehe wie eine Stimme.*

Denn obwohl sie sich im Augenblick an mich lehnte, sprach sie kein Wort. Ich sehnte mich danach, mich nach vorn zu beugen und ihr durch die Kapuze etwas zuzuraunen, sie zu fragen, ob sie es bequem hatte. Ihr zu sagen, wie sehr ich ihre Nähe genoss. Doch ich wusste, dass ich sie damit verschrecken würde.

Wir ritten weiter und weiter und allmählich wurden mir die Dünen um uns herum vertrauter. Wir erreichten nun ein Gebiet, das nicht weit von dem Ort entfernt lag, an dem ich aufgewachsen war, in Gahn Buroudeis Herrschaftsgebiet. Abgesehen von dem einen oder anderen Felsen, einigen Vorsprüngen oder einem Hain aus *babkit*-Bäumen erstreckte sich die Wüste endlos bis in weite Ferne. Ich betrachtete sie mit Bewunderung und gesundem Respekt, während ich die Augen nach Raubtieren wie den *zeelk* offen hielt, die auf flinken Klauen und mit erhobenen Stachelschwänzen aus dem Sand auftauchen könnten. Aber heute herrschte Ruhe in den Dünen.

Schließlich kam der gewaltige Aufbau, den die neuen Frauen als ihr *Schiff* bezeichneten, in Sicht. Kat spannte sich spürbar an, setzte sich auf und reckte den Kopf, um es im Vorbeireiten anzustarren. Ich bedauerte, dass wir Melanie und sie nicht sofort hinbringen konnten, wie wir es ursprünglich versprochen hatten. Die Art, wie Kat das *Schiff* hinter ihren dunklen Augenschalen ansah, verriet mir, dass sie es nicht erwarten konnte, sich in die Arbeit zu stürzen.

In einer Hand hielt ich den Speer bereit, doch mit der anderen strich ich über den Ärmel ihres steifen Umhangs. „Ich werde dich hinbringen, sobald ich kann, Kleines."

Kat sprach kein Wort, aber ich meinte zu sehen, wie sie leicht den Kopf neigte. Eine menschliche Geste, die zumindest von Zeit zu Zeit Einverständnis oder Bestätigung ausdrückte.

Als das *Schiff* hinter uns verschwand, dachte ich darüber nach, wie fremd es mir war und wie sehr das auch für die neuen Frauen galt. Buroudei hatte das *Schiff* in der Wüste landen sehen. Er behauptete, es wäre geflogen wie ein *brazel*-Vogel ohne Flügel. Eine gewaltige fliegende Scheibe wie die, die sich unsere

Jungen zum Zeitvertreib zuwarfen. Es flog wie ein geflügeltes
Wesen und war doch nicht lebendig. Die neuen Frauen mocht-
en klein und zerbrechlich sein, aber sie mussten über große
Macht verfügen, wenn sie so fulminante Alchemie beherrscht-
en, dass sie Bewegung, Flugfähigkeit und Leben erschaffen
konnten, wo es keins gab. Bewundernd sah ich auf Kats winzige
Gestalt hinab.

Bald nachdem wir das *Schiff* hinter uns gelassen hatten,
tauchte am Horizont das zerklüftete Band der Klippen von
Uruzai auf. Mit unserem neuen Zuhause im Blick ritten wir
schneller, flogen über den Sand, um uns der enormen Felsen-
wand zu nähern. Wir ritten hintereinander, bis unser Lager in
Sicht kam. Die Zelte von Gahn Fallos Leuten verteilten sich
auf einer Seite der Ausbuchtung der Klippen, die Zelte unseres
Clans auf der anderen. Dazwischen, in der Mitte und an der
geschütztesten Stelle, erhob sich das große Zelt, in dem die
ungebundenen neuen Frauen lebten. Und da nur Sziszi, Chapman und Melanie sich ihren Gefährten angeschlossen hatten,
schliefen die meisten Frauen dort, fast zwanzig. Gahn Taliok
war mit seinem Clan zuletzt an den Klippen eingetroffen, sodass für die Zelte seines Volks nicht genug Platz gewesen war.
Daher war er mit seinen Leuten tiefer in die Klippen gezogen,
in eine Schlucht, die sich zu einem großen Tal öffnete.

Aber wir hielten uns fürs Erste von Talioks Heimstatt fern.
Er trieb sein Reittier zum größeren Lager und sobald wir uns
den Zelten näherten, wurden wir langsamer. Die *irkdu* grasten
nicht zwischen den Zelten. Ihre schwerfälligen Körper waren
zu gewaltig. Sie suchten sich Futter und Schutz im Labyrinth
der Klippen.

Gahn Taliok sprang rasch ab, bevor er seiner Gahnala zu Boden half. Ich hielt inne und wartete, ob Kat wie üblich auf ungeschickte und sicher schmerzhafte Weise seitlich vom *irkdu* gleiten würde. Aber zu meiner größten Überraschung ließ sie es bleiben. Sie schwang ein Bein über den Sattel und rutschte an die Kante, bevor sie sich mir zuwandte. Ihre weichen Wangen wiesen rote Flecken auf.

„Also? Hilfst du mir jetzt oder nicht?"

Meine Sichtsterne mussten erstaunt pulsieren, aber darüber hinaus ließ ich mir nichts anmerken. Ich zögerte nicht. Ich würde diese Gelegenheit, meiner kleinen Frau zu helfen, nicht verstreichen lassen. Ich sprang vom *irkdu*, landete in der Hocke, richtete mich auf und streckte ihr die Hände entgegen.

„Spring in meine Arme, Kat!", rief ich.

Sie verzog den Mund und ihr Gesicht nahm einen tieferen Rotton an. „Oh. *Nope.* Weißt du was? Ich habe es mir anders überlegt."

Ich trat auf sie zu und hielt die Hände zu beiden Seiten ihrer schmalen Hüften, ohne sie zu berühren.

„Sei nicht albern. Wenn du so weitermachst wie bisher, wird von deiner Kehrseite nicht viel übrig bleiben." Sie öffnete den winzigen Mund, um mit mir zu diskutieren, aber ich fügte mit neu gewonnenem Mut hinzu: „Abgesehen davon, gefällt mir deine Kehrseite. Erlaube mir, dir runterzuhelfen, damit sie bleibt, wie sie ist."

Leider ignorierte sie mein Angebot. Sie stieß mir die harte Hülle ihrer Fußbekleidung gegen die Schulter, um mich aus dem Weg zu schieben. Dann ließ sie sich auf wahrhaft eindrucksvolle Weise fallen und schlug hart im Sand auf. Aber sie war auf den Beinen, bevor ich ihr eine helfende Hand reichen konnte.

„Siehst du? Meinem Hintern geht es bestens, vielen Dank."

Ich musterte sie eindringlich und entblößte lächelnd meine Fangzähne. „Sieh an, tut es wirklich."

Kats ganzes Gesicht und ihr Hals waren tiefrot angelaufen, soweit ich es unter der Kapuze erkennen konnte. Allmählich hatte ich Sorge, dass sie einen Hitzschlag erleiden könnte. Aber offensichtlich fühlte sie sich gut, da sie genug Kraft aufbrachte, um auf das Zelt der neuen Frauen zuzustapfen. Die ganze Zeit murmelte sie in ihrer Muttersprache vor sich hin, vermutlich Beschimpfungen. Ich sah ihr nach und fühlte mich von Wärme erfüllt.

Mir war vage bewusst, dass Gahnala Melanie kurz mit Gahn Taliok sprach und ihm sagte, dass sie ihre Freundinnen besuchen würde. Dann legte sich eine starke Hand auf meine Schulter.

Als ich mich umdrehte, fand ich mich Gahn Taliok gegenüber. Im grellen Sonnenlicht wirkten die Narben auf seinem Gesicht, Nacken und Oberkörper dunkel und hoben sich deutlich von der Haut ab.

„Komm. Wir müssen Gahn Buroudei berichten, was geschehen ist."

„Du hast recht", sagte ich mit erhobenem Schwanz. Ich warf einen letzten Blick in die Richtung, in die Kat marschiert war, aber sie war schon nicht mehr zu sehen. Das versetzte mir einen Stich, aber ich schob ihn beiseite. Gahn Taliok hatte recht. Wir hatten zu tun.

Wir mussten Buroudei, meinen Gahn und guten Freund, nicht erst suchen. Er kam bereits von seiner Seite der Siedlung auf uns zu.

Genau wie Gahn Taliok erhob ich den Schwanz und Buroudei erwiderte die Geste, um dem anderen Gahn seinen Respekt zu erweisen.

Obwohl ich Buroudei näherstand – ich gehörte zu seinem Clan, war sein engster Freund und in der Schlacht sein Kommandant –, gestattete ich Gahn Taliok, als Erster das Wort zu ergreifen.

„Wir haben viel von unserer Reise zu erzählen. Wir sollten einen Ort aufsuchen, an dem wir in Ruhe und friedlich miteinander reden können."

Gahn Buroudei schlug mit dem Schwanz. „Das ist annehmbar. Aber wenn ihr wichtige Neuigkeiten bringt, müssen wir Gahn Fallo einbeziehen."

Taliok ballte die Hände zu Fäusten. „Ich sprach von Ruhe und Frieden. Wenn Gahn Fallo dabei ist, werden wir weder das eine noch das andere finden."

Mir entging die Bitterkeit in seiner Stimme nicht. Meiner Meinung nach hatte er recht, aber seine Worte gingen über Verärgerung über Gahn Fallos verrücktes Verhalten hinaus. Fallo hatte den einstigen Gahn von Talioks Clan, Gahn Irokai, in der Schlacht getötet. Zwar hatte Taliok auf die Blutrache am Irren Gahn Fallo verzichtet, aber der Hass fraß immer noch an ihm.

„Ich würde gern Rücksicht auf deine Gefühle nehmen, Gahn Taliok. Aber wir wissen beide, dass Gahn Fallo es uns ewig vorhalten wird, wenn wir wichtige Angelegenheiten ohne ihn besprechen. Er ist ein Gahn und er ist für seinen Clan verantwortlich. Gar nicht erst davon zu reden, dass er der Gefährte einer der neuen Frauen ist. Er muss erfahren, was ihr zu berichten habt."

Taliok schwieg lange, bevor er etwas darauf erwiderte. „In Ordnung. Aber ich werde meinen Gefolgsmann Oxriel zu dem Treffen mitbringen."

Gahn Buroudei war einverstanden. Nachdem wir ein Treffen am Abend ausgemacht hatten, trennten sich unsere Wege.

KAPITEL ELF
Kat

ICH TROTTETE DURCH den Sand, während der Rucksack auf meinem Rücken lastete. Dank der Gesteinsproben war er verdammt schwer. Ich hörte Schritte hinter mir und wandte den Kopf, um unter der Kapuze herauszuspähen. Melanie nickte mir zu, als sie mich einholte.

„Ach, die Prinzessin des neuen Alien-Clans beehrt das Zelt der Bürgerlichen mit ihrer Anwesenheit?", zog ich sie auf. Ich war davon ausgegangen, dass sie Taliok sofort in sein Lager begleiten würde.

Sie warf mir einen gereizten Blick zu, als wir das Zelt erreichten. „Ich muss meine restlichen Sachen holen. Abgesehen davon will ich allen selbst erzählen, was passiert ist und wo ich hingehe. Und ich werde sicher noch oft vorbeikommen. Talioks Zelte stehen nicht weit entfernt. Es ist also nicht so, als wäre ich einfach vom Erdboden verschwunden. Obwohl das genau genommen schon passiert ist, was?"

Ich nickte lächelnd. Das freute mich zu hören. Cece und Chapman lebten bei ihren Gefährten, aber sie waren räumlich gesehen immer noch in unserer Nähe. Ich wollte nicht das Gefühl haben, dass Melanie uns verließ.

Ich schlug die Zeltklappe für sie hoch. Sie duckte sich unter meinem Arm hindurch. Ich folgte ihr und ließ die Klappe zufallen, um das Licht wieder auszuschließen, das mit unserem Eintreten ins Zelt gefallen war. Dann schob ich die Sonnenbrille auf die Stirn und streifte die Kapuze ab. Danach blinzelte ich ein paarmal hektisch, um meine Augen nach der gleißenden Helligkeit an die Dunkelheit zu gewöhnen.

„Hey! Da seid ihr ja wieder!"

Theresa und einige der anderen Frauen hatten hier Zuflucht vor der Hitze gesucht. Theresa stand auf, um uns zu begrüßen, als Mel und ich das Gepäck auf den Boden fallen ließen und die Jacken auszogen.

„Und du hast dir die Haare schneiden lassen", rief sie breit lächelnd und betrachtete meinen Kopf.

Ich spürte Melanies Blick auf mir lasten. „Wann ist das denn passiert?", fragte sie. Der Unterton in ihrer Stimme gefiel mir gar nicht.

„Unterwegs", erklärte ich hastig und winkte mit heißen Ohren ab. Ich wollte nicht unbedingt erzählen, dass ich wie ein braves kleines Mädchen zwischen den breiten Oberschenkeln eines Aliens gesessen hatte, während er mir den Kopf rasiert hatte. Und ich wollte erst recht nicht über das reden, was danach passiert ist. *Zeit, das Thema zu wechseln.*

„Melanie hat euch etwas mitzuteilen", platzte ich heraus.

Theresa richtete ihre Aufmerksamkeit auf Melanie und dasselbe galt für die anderen Frauen im Zelt. Serena, Taylor und Jocelyn sahen sie neugierig an, als Melanie und ich uns in den Sand setzten. Plötzlich holte uns die Erschöpfung all der Arbeit, der Reise und des damit einhergehenden Stresses ein.

Auch Theresa nahm Platz und die anderen Frauen rutschten nach vorn, um zu hören, was Melanie zu berichten hatte.

„Ich schätze, ich rede nicht drum herum. Ich habe Taliok als meinen ... meinen Gefährten akzeptiert. Es fühlt sich immer noch ein bisschen seltsam an, es laut auszusprechen."

Unser kleines Publikum schnappte nach Luft und Theresa fiel die Kinnlade herunter. „Oh wow, Süße! Dann sind jetzt wohl Glückwünsche fällig. Zu schade, dass wir keinen Sekt haben ..."

Melanie zog eine Grimasse und winkte ab, als fühlte sie sich nicht wohl dabei, im Mittelpunkt zu stehen. „Das ist nicht nötig, aber trotzdem danke."

„Dann mal los. Erzähl uns alles!" Je aufgeregter Theresa war, desto mehr brach ihr Südstaatenakzent durch.

Melanie schilderte in allen Einzelheiten unsere Reise, auch unter welchen Umständen und warum sie sich schließlich auf Taliok eingelassen hatte. Ich zappelte herum, während sie redete, und fügte innerlich ein paar Einzelheiten hinzu – Haarschnitte und Küsse und einen Haufen andere Seltsamkeiten, die Melanie nicht erwähnte. Als sie zum Schluss kam, hatte Theresa glänzende Augen und ihre Wangen waren rosig.

„Ich freu mich ja so für dich, Süße. Ich hoffe, ihr habt ein herrliches Leben." Dann trat ein teuflisches Funkeln in ihre braunen Augen. Sie schob sich eine strohblonde Strähne hinters Ohr und senkte die Stimme. „Als ihr aufgebrochen seid, ist mir aufgefallen, dass euch noch ein Krieger begleitet hat. Ich glaube, er heißt Galok."

Ein Ruck ging durch meinen Körper. „Stimmt. Und?", sagte ich und starrte Theresa nieder.

Erstaunt über meinen vollkommen bescheuerten Eifersuchtsanfall zog sie die Brauen nach oben. „He, ich habe mir nichts dabei gedacht. Warum regst du dich so auf?"

Einmal mehr sah ich mich Melanies wissendem Blick ausgesetzt. Hitze, Eifersucht und Scham bauten sich in mir auf, stachelten sich immer weiter an. Ich rang sie nieder und stieß den Atem aus.

„Ich mein ja nur. Wann hast du denn deine Meinung über die Aliens so geändert?" Als Cece wieder zu uns zurückgefunden hatte, war Theresa genauso entsetzt gewesen wie ich, dass Cece es mit dem Gahn eines anderen Territoriums trieb.

„Na ja, als Cece zum ersten Mal davon gesprochen hat, hatte ich Sorge, dass sie ausgenutzt werden könnte. Ich dachte, sie wäre irgendwie in diese Beziehung hineingedrängt worden oder dass sie Sex gegen Sicherheit tauscht. Aber habt ihr euch mal angeschaut, wie Gahn Buroudei sie auf Händen trägt? Und jetzt ist es bei Chapman genauso. Gahn Fallo liegt ihr praktisch zu Füßen. Cece und Chapman wirken so glücklich. Und du jetzt auch, Mel." Theresa sah sich zu Melanie um und lächelte. „Du strahlst geradezu."

Ich murmelte etwas Unverständliches, während Mel sich bedankte. Dann sah Theresa mit schief gelegtem Kopf wieder zu mir „Ist auch egal, ich fand diesen Galok bloß süß. Das ist alles. Ein paar der Aliens sind ganz schön ernst. Aber er lächelt immer. Er scheint ein netter, lustiger Typ zu sein. Aber wenn er schon vergeben ist ..."

Sie hob fragend eine Braue und ich legte stöhnend die Stirn auf die Knie. „Definitiv nicht. Überhaupt nicht. An niemanden."

Aber warum wollte ich bei der Vorstellung, dass sich Theresa oder irgendjemand sonst an Galok heranmachte, auf etwas einschlagen? So lange, bis meine Knöchel bluteten?

Theresa ließ sich seufzend auf den Rücken sinken und verschränkte die Hände vor der Brust.

„Ich finde es nur so toll, dass ein paar von euch hier Liebe gefunden haben. Jetzt, wo wir wissen, dass die Aliens keine gruseligen, widerlichen Typen sind, ist das wirklich schön." Sie schniefte und mir wurde schwer ums Herz, als mir klar wurde, dass sie den Tränen nahe war.

„Ihr wisst ja, dass ich im Pflegesystem groß geworden bin und dass ich gerade meinen treulosen Arsch von einem Freund abserviert hatte, als man mich hierher verschleppt hat. Anfangs war ich todunglücklich, dass man mich von allem weggerissen hat, was ich kannte. Aber ganz ehrlich? Abgesehen von meiner Arbeit, gab es zu Hause nicht viel für mich. Ich hatte an meinem neuen Wohnort keine Freunde. Eine Familie sowieso nicht. Also hoffe ich einfach ... Ich hoffe ..."

Ihr stockte die Stimme und ihre Brust hob sich unter einem erstickten Atemzug. Ich biss mir auf die Lippe, löste eine ihrer Hände von ihrer Brust und drückte sie. Mel ergriff ihre andere Hand und auch die übrigen Frauen rückten näher.

Theresa lächelte uns unter Tränen zu, ihre Worte hingen unausgesprochen in der Luft. Aber sie musste sie gar nicht laut sagen. Wir wussten alle, worauf sie hinauswollte.

Sie hoffte, hier eines Tages ebenfalls einen Gefährten zu finden. Eine Familie. Ein Zuhause.

Und irgendwie dachte ich auf einmal selbst darüber nach. Zögernd stellte ich mir ein Leben an Galoks Seite vor. Mir mit ihm ein Zelt zu teilen und für den Rest meines Lebens seine freche Art zu ertragen.

Meine Wangen wurden heiß und ich kam zu dem Schluss, dass diese Vorstellung nicht ganz und gar abstoßend war.

Ich meine, vermutlich.

Irgendwie. Wahrscheinlich.

Uff.

KAPITEL ZWÖLF
Galok

ALS SICH DIE SONNE dem Horizont zustrebte, erreichte ich Gahn Buroudeis Zelt. In der Nähe errichteten die Männer unseres Clans das abendliche Feuer und die Frauen zerlegten die Beute der Jäger. Ich sah mich um, vorbei am Zelt der neuen Frauen, hinter dem in Gahn Fallos Lager die gleichen Vorbereitungen getroffen wurden.

Abgesehen von Gahnala Sziszi hatten die neuen Frauen vor unserem Umzug an die Klippen alle bei Gahn Fallos Clan gelebt und aßen jetzt immer noch jeden Abend an seinem Feuer. Das ärgerte mich, weil es bedeutete, dass Kat abends beim Essen weit von mir entfernt sein würde. Es war ziemlich unvorstellbar, mich abends der Runde um Fallos Feuer anzuschließen. Ich könnte es natürlich trotzdem versuchen. Wenn es sich um Gahn Talioks Feuer handeln würde, sähen meine Chancen wohl besser aus, besonders nachdem wir so viel Zeit zusammen verbracht hatten. Aber ich kannte Gahn Fallo nicht besonders gut und was ich über ihn wusste, verriet mir, dass er ein grausamer, herrischer Gahn war, der wahrscheinlich keinen fremden Mann an seinem Feuer willkommen heißen würde.

Mein Blick glitt suchend über die Zelte seines Clans, dann über die Behausung der neuen Frauen. Ich hoffte, meine Kleine zu sehen. Aber ich entdeckte sie nicht. Auch gut. Ich musste mich konzentrieren und diesem Treffen meine ganze Aufmerksamkeit widmen, ohne mich ständig in Kats Anblick zu verlieren.

„Grüße, Gahn Buroudei, hier bin ich."

Ich hörte Bewegung, dann wurde die Zeltklappe aufgeschlagen. Gahnala Sziszi begrüßte mich lächelnd. Respektvoll hob ich den Schwanz vor die Augen, bevor ich ihn grinsend senkte.

Sie war die erste neue Frau gewesen, die mir je begegnet war. Ich erinnerte mich noch gut, wie sehr mich ihre Beschaffenheit verblüfft und fasziniert hatte – ihr eigenartiges kleines Gesicht, ihre Brüste. Ihre Ankunft und die Neuigkeit, dass sie von weiteren Frauen begleitet worden war, hatte mir Hoffnung gegeben. Hoffnung, dass ich am Ende doch eine Gefährtin und eine Familie haben könnte.

Sziszis Ankunft hatte das Schicksal aller Clans auf den Kopf gestellt. Und dank Kat galt für mich dasselbe.

„Grüße, Gahnala. Ich komme zu dem Treffen mit Gahn Buroudei."

„Tritt ein, Galok", ertönte Buroudeis dröhnende Stimme aus dem Zelt. Sziszi trat beiseite und folgte mir hinein.

Gahn Buroudei saß in der Mitte des Zelts im Sand. Mein Blick fiel auf das Bündel Tierhäute, das den beiden als Lagerstatt diente. Bei der Vorstellung, dass ein Mann des Sandmeers mit einer der neuen Frauen sein Bett teilte, wurde mir heiß. *Wie würde es sich anfühlen, Kat in meinem Bett zu haben?*

Als würde ich mit einer der wilden Bestien der Wüste das Lager teilen, davon war ich überzeugt. Aber mit einer kleinen, mit stumpfen Klauen und winzigen Zähnen, die dafür sehr laut knurrte.

„Galok ..."

Meinem Gahn war aufgefallen, wo ich hingeschaut hatte. Ich zwang mich, ihn anzusehen und den Schwanz zu heben. Sziszi schlenderte zu Buroudei, warf sich den hellbraunen Zopf über die Schulter und beugte sich zu ihm.

„Ich gehe ans Feuer zum Essen", sagte sie und lächelte ihrem Gefährten liebevoll zu. Dann drückte sie ihren Mund auf Buroudeis. Bei diesem Anblick zuckte mein Schwanz. Sie vollführte genau dieselbe Geste wie Kat bei mir. Nur etwas weniger ... gewaltsam.

„Wir sehen uns dort, Liebste", erwiderte Buroudei und strich mit einer klauenbewehrten Hand über Sziszis kleine weiße.

Sziszi lächelte erneut, dann spazierte sie aus dem Zelt. Ich sah ihr nach, bevor ich mich lächelnd meinem Gahn zuwandte.

„Sie hat den mächtigen Gahn Buroudei wahrhaft gezähmt, wie ich sehe", zog ich ihn auf.

Buroudei sah mich ungerührt an. „Das kann ich nicht leugnen. Ihre Liebe hat mich verändert. Aber ich glaube, sie hat mich zu einem besseren Mann gemacht."

Seine Worte riefen die Erinnerung an Talioks Bemerkung in mir wach – dass die neuen Frauen uns stärker machen würden. Ich schlug in entschiedener Zustimmung mit dem Schwanz. Selbst ich hatte diese Erfahrung bereits gemacht, als ich zum ersten Mal allein ein *dakrival* erlegt hatte. Für Kat.

Wie sehr werde ich mich wohl noch verändern, wenn wir erst zusammengefunden haben? Und in welcher Hinsicht wird ihre Liebe mich verändern?

Ich würde jede Veränderung willkommen heißen, die Kat auf mein Leben hatte. Ich würde sie alle annehmen und als die Geschenke ansehen, die sie waren.

Einen Moment später waren draußen Geräusche zu hören. Dann erkannte ich das tiefe Grollen von Gahn Talioks Stimme. „Gahn Buroudei, Oxriel und ich sind eingetroffen. Dürfen wir eintreten?"

Buroudei erhob sich und ich trat dem Eingang zugewandt an seine Seite. „Kommt rein, Gahn Taliok und Oxriel."

Gahn Taliok trat ein, sein Begleiter folgte ihm. Oxriel war ein großer Krieger, dem ich früher schon begegnet war.

„Gahn Fallo ist noch nicht da?", fragte Taliok und sah sich suchend um.

„Bisher nicht. Ich habe ihn von diesem Treffen in Kenntnis gesetzt. Bestimmt gesellt er sich bald zu uns."

Als hätte Gahn Buroudei ihn mit seinen Worten aus einem dunklen Abgrund heraufbeschworen, stürmte Gahn Fallo in diesem Moment herein. Der Blick aus seinen roten Augen schweifte durch das Innere des Zelts. Als er die versammelte Gruppe bemerkte, zischte er. „Ihr habt eure Männer mitgebracht. Davon hat mir niemand etwas gesagt. Ich wünsche, dass mein eigener Gefolgsmann Vakal ebenfalls teilnimmt."

Gahn Taliok spannte sich sichtlich an, die Klauen an seinen Seiten zuckten.

„Du bringst Gahn Buroudei und uns allen Respektlosigkeit entgegen, indem du ohne Bitte um Einlass dieses Zelt betrittst und Forderungen stellst, ohne den Schwanz zu heben", knurrte er.

Mein Herzschlag dröhnte mir in den Ohren, während ich die Anwesenden wachsam im Auge behielt. Jederzeit bereit, nach einer Klinge zu greifen. Ich sah meinem Freund und Gahn Buroudei an, dass für ihn dasselbe galt. Er war stets bereit für den Kampf. Er war der stärkste Krieger unseres Clans und einer der größten Gahns, die es je gegeben hatte. Aber er war auch ein besonnener Mann. Ganz anders als Gahn Fallo.

„Gahn Taliok, das ist nicht weiter wichtig. Gahn Fallo, wenn du das Treffen verschieben möchtest, kannst du gern deinen Krieger holen gehen."

Gahn Fallos gewaltiger Schwanz peitschte von links nach rechts. „Wer weiß, welche Geheimnisse in meiner Abwesenheit ans Licht kommen, wenn ich jetzt gehe. Nein. Ich bleibe."

„Sehr gut." Gahn Buroudei ließ Fallo nicht aus den Augen. Ich tat es ihm gleich, widmete meine Aufmerksamkeit jedoch gleich darauf Gahn Taliok. Die Feindschaft zwischen den beiden brodelte spürbar zwischen uns in der Luft. Aber keiner erhob die Hand gegen den anderen.

„Machen wir es uns doch bequem", sagte Gahn Buroudei schließlich.

Er nahm zuerst Platz, gefolgt von mir und den anderen drei, sodass wir einen lockeren Kreis bildeten. Das Unbehagen war allen anzusehen. Taliok saß neben mir und das freute mich. Seit unserer gemeinsamen Reise hatte ich den stillen, vernarbten Gahn zu schätzen gelernt.

Gespannt wartete ich, dass er das Wort ergriff. Aber das tat er nicht. In seiner steinernen Miene regte sich nichts, seine Sichtsterne waren fest auf Gahn Fallo gerichtet.

Und während Taliok stillsaß, ließ sich von Gahn Fallo nicht dasselbe behaupten. Er rollte den Kopf auf den Schultern und ließ die Gelenke knacken, bevor er sich im Sand zurechtsetzte. Schließlich glitt der Blick seiner roten Augen zu uns.

„Nun, dann sprecht schon, wer immer etwas zu sagen hat. Meine Gefährtin ist ohne mich dort draußen und ich würde viel lieber mit ihr meine Zeit verbringen als mit einem von euch", verkündete der Irre Gahn.

Ich konnte förmlich spüren, wie Gahn Buroudei neben mir tief durchatmete. Doch als er antwortete, klang er ruhig und gefasst. „Damit bist du nicht allein, Gahn Fallo. Auch meine Gefährtin ist dort draußen. Dasselbe gilt für Gahn Talioks."

Gahn Fallo riss den Kopf herum, wodurch seine vielen Zöpfe herumpeitschten. „Dieser elende Gahn ist mit einer Gefährtin aus den Reihen der neuen Frauen beschenkt worden?" Seine roten Sichtsterne schossen nach außen, bevor sie sich zusammenzogen.

Ein Muskel an Gahn Talioks Kiefer zuckte und er zeigte die Zähne. Ein tiefes, warnendes Knurren löste sich aus seiner Kehle. Ich spannte mich an, einmal mehr bereit, zur Waffe zu greifen. Jeden Moment würde Chaos im Zelt ausbrechen, dessen war ich mir sicher. Ich konnte den Blutdurst geradezu riechen. Den Gestank jahrelanger Feindschaft zwischen den Clans.

„Wahrt den Frieden, Gahns!", brüllte Buroudei. „Wir wissen alle, dass wir uns hier nicht zu Gewalt hinreißen lassen dürfen. Das verlangt die Gemeinschaft der neuen Frauen. Wir sind jetzt Verbündete. Und wir sind alle hier, um uns Gahn Talioks Bericht anzuhören."

Gahn Fallo knirschte mit den Zähnen, beruhigte sich jedoch. Taliok blieb angespannt und schwieg, sodass Buroudei gezwungen war, ihn erneut zum Sprechen zu ermuntern. „Gahn Taliok, bitte sag uns, was du uns mitzuteilen hast."

Taliok holte tief Luft. Als er sprach, klangen seine Worte harsch und abgehackt. „Wie schon erwähnt wurde, habe ich die wundervolle Melanie als Gefährtin gewonnen. Die Lavrika haben mir vor vielen, vielen Tag ihr Gesicht gezeigt. Und sie hat sich bereit erklärt, meine Gahnala zu sein."

Gahn Fallo schnaubte und ungeachtet seiner Macht und seiner Stellung als Gahn seines Clans, warf ich ihm wider besseres Wissen einen hasserfüllten Blick zu. Gahn Taliok hingegen brachte die Würde auf, ihn zu ignorieren, und fuhr fort.

„Unsere Reise in mein Herrschaftsgebiet ist ohne Zwischenfall verlaufen. Aber am zweiten Tag nach der Ankunft in meinen Bergen wurden wir von Gahn Baldors Männern angegriffen, von einem kleinen Jagdtrupp."

„Hmm." Gahn Buroudei gab ein Brummen von sich, das tief in seiner Brust widerhallte. Gahn Fallo erwiderte nichts, sondern musterte uns nur.

„Ich habe bereits Verstärkung losgeschickt, um mein Gebiet zu sichern. Galok und ich haben vier der fünf Angreifer getötet."

„Nur vier? Wie schwach bist du, dass du einen deiner Angreifer entkommen lässt?", zischte Fallo.

Taliok knurrte und schlug mit dem Schwanz. „Wir haben den fünften nicht getötet, weil er bereits tot war, als ich bei ihm ankam. Er wurde von einem fremden Krieger umgebracht. Von einem, wie ich ihn noch nie gesehen habe."

Ich spitzte die Ohren. Taliok hatte bereits erwähnt, dass Melanie in den Bergen auf einen seltsamen Krieger getroffen war, aber bisher hatten die beiden ihn mir nicht weiter beschrieben. Stille breitete sich im Zelt aus, als alle sich nach vorn beugten, um besser lauschen zu können. Selbst Gahn Fallo schien ausnahmsweise ernsthaft zuzuhören.

„Ich selbst habe den Krieger nicht gesehen. Aber meine Gefährtin Melanie. Sie meinte, er wäre einer von uns gewesen und doch wieder ganz anders. Er hatte zwei Arme, zwei Beine und einen Schwanz wie ein Mann des Sandmeers. Aber sie erzählte, er hätte eine Schnauze wie ein *irkdu* gehabt. Und dunkle Schuppen."

Das Schweigen hielt an, bis es von Gahn Fallos schrillem Gelächter durchbrochen wurde.

„Du erwartest, dass ich dir glaube, dass da draußen ein *irkdu*-Mann herumläuft, der einen deiner Angreifer getötet hat? Wie kommt es, dass deine Gefährtin die Einzige ist, die dieses Ungeheuer zu Gesicht bekommen hat? Vielleicht hat ihr Verstand unter Hitze und Angst gelitten."

Sofort war Gahn Taliok auf den Beinen. Die lange, geschwungene Klinge, die er stets auf dem Rücken trug, zischte durch die Luft auf Gahn Fallos Kehle zu, um nur eine Haaresbreite vor Haut und Knochen innezuhalten.

Ich sprang auf und zog ebenfalls eine Waffe, gefolgt von den anderen.

„Sprich noch einmal über meine Gefährtin, ohne ihr die gebührende Höflichkeit und Ehrerbietung entgegenzubringen, und ich schneide dir die Zungen raus, Fallo."

Gahn Fallo grinste irre und Taliok spannte die Muskeln an. Es war, als würde er mit sich selbst ringen – ein Teil von ihm wollte zuschlagen, der andere versuchte, sich zurückzuhalten.

„Gahn Fallo, pass auf, was du sagst. Gahn Taliok, wir müssen mehr davon erfahren. Wenn das stimmt, könnte es uns alle betreffen. Wir müssen uns auf jede neue Bedrohung vorbereiten, die auf uns zukommen könnte", warf Buroudei ein.

Einen langen, angespannten Augenblick später steckte Taliok seine große Klinge weg. Er setzte sich jedoch nicht, sondern marschierte mit geballten Fäusten durchs Zelt.

„Es stimmt, dass ich das *irkdu*-Biest, das meine Melanie beschrieben hat, nicht selbst gesehen habe. Aber ich habe es gewittert. So einen Geruch habe ich noch nie wahrgenommen. Bitter und fremdartig ..."

Gahn Buroudei wandte sich an mich. „Was kannst du dazu beitragen, Galok?"

„Nur wenig", gab ich zu und steckte meine Waffe weg. „Ich war noch in einen Kampf mit zwei von Gahn Baldors Männern verstrickt. Sobald sie tot waren, bin ich ins Tal gelaufen, um Kat zu holen und mich zu vergewissern, dass es ihr gut geht. Ich habe den fremden Krieger weder gesehen, noch habe ich seine Witterung aufgenommen. Ich habe nur den Mann gesehen, den er getötet hat. Das ist alles."

„Wie wurde der Mann getötet?", fragte Buroudei.

Ich rief die Erinnerung in mir wach, wie sein Leichnam im Tal gelegen hatte. „Er hatte eine Wunde, als wäre er von einer Klinge oder einem Speer ganz durchbohrt worden", antwortete ich.

Taliok brummte zustimmend. „Melanie sagte, er hätte einen Speer unserer Machart benutzt. Und dass er auch einen

Lendenschurz trug. Er gehörte eindeutig nicht zu unserem Volk, aber sie hat außerdem erzählt, dass er in der Zunge des Sandmeers sprach."

„Was?", fauchte Fallo und sprang auf. „Dort draußen ist irgendwo ein *irkdu*-Krieger, irgendeine abscheuliche Kreatur, die mit unseren Bräuchen vertraut ist und unsere Sprache beherrscht?"

Taliok schlug mit dem Schwanz. „Ja. So hat es Melanie berichtet. Und ich glaube meiner Gefährtin jedes Wort."

„Das sind wahrhaft merkwürdige Entwicklungen", murmelte Buroudei und rieb sich das Kinn. „Was hat er zu deiner Gefährtin gesagt?"

Wieder spitzte ich die Ohren, um bloß nichts von Talioks Antwort zu verpassen. Auch diesen Teil der Geschichte kannte ich noch nicht. Und als Gahn Taliok sprach, durchlief mich ein Schauder.

„Dass er auf der Suche nach einer der neuen Frauen ist. Melanie glaubt, dass er eine Gefährtin unter ihnen hat."

Düsteres, zähes Schweigen legte sich über uns. Eine unvertraute Unruhe erfasste mich. Was, wenn diese Kreatur, dieses Ungeheuer von einem Mann, auf der Suche nach Kat war? Ich ballte die Fäuste. *Soll er doch herkommen. Ich werde mit jedem Mann, selbst mit diesem wundersamen* irkdu-*Ungeheuer, um sie kämpfen. Niemand wird ihr ein Haar auf dem winzigen Kopf krümmen.*

Und da sie keine Haare hatte, die man krümmen könnte, würde ihr auch sonst niemand zu nahe kommen.

Gahn Buroudei war der Erste, der sich wieder zu Wort meldete. „Was könnt ihr uns sonst noch berichten, Gahn Taliok? Ich werde nicht leugnen, dass deine Kunde mich beunruhigt hat. Wenn es darüber hinaus nichts zu erzählen gibt, würde ich gern meine Gefährtin suchen und mich vergewissern, dass sie in Sicherheit ist."

„Es gibt nicht mehr viel hinzuzufügen." Gahn Taliok blieb stehen. „Nur, dass wir nicht wissen, ob noch mehr von Gahn Baldors Männern vor Ort waren, die uns entkommen sind. Es wäre denkbar, dass zumindest ein Mann geflohen ist, wenn nicht sogar mehr. Und es ist auch denkbar, dass sie Kat und Melanie gesehen haben und ihren Gahn gerade in diesem Moment von den neuen Frauen in Kenntnis setzen."

„Wir müssen uns auf diese Möglichkeit vorbereiten", meinte Gahn Buroudei mit zuckendem Schwanz. „Dank Gahn Baldor und dem *irkdu*-Mann nähert sich uns der Feind womöglich von allen Seiten. Ganz zu schweigen vom fünften Clan …"

„Sollen sie doch kommen", zischte Fallo mit flackernden Sichtsternen. „Wir töten sie alle. Reißen sie in Stücke. Niemand bedroht uns oder die neuen Frauen. Wir werden jeden Feind töten, der uns zu nahe kommt."

Gahn Taliok grollte, als wollte er seinem Feind zustimmen, aber Buroudei seufzte. „Wir werden nicht zulassen, dass eine der neuen Frauen gegen ihren Willen von hier weggebracht wird, das stimmt. Aber ihr wisst genauso gut wie ich, dass wir kein Recht haben, uns einer Verbindung entgegenzustellen, sollten die Lavrika einem Mitglied eines fremden Clans eine von ihnen als Gefährtin zugesprochen haben."

„Und was ist mit diesem Neuen, diesem Ungeheuer?"

Alle sahen mich an und ich brauchte einen Moment, um zu begreifen, dass ich gesprochen hatte. Aber ich konnte nicht anders. Falls sich herausstellen sollte, dass dem *irkdu*-Krieger eine

Gefährtin versprochen war und es sich um Kat handelte, würde man ihm erlauben, sich ihr zu nähern? *Das darf nicht geschehen.*

„Wir werden uns mit dieser Bedrohung auseinandersetzen, sobald wir mehr wissen", antwortete mein Gahn. „Falls er unser Lager aufsucht und bereit ist, unsere Sprache zu sprechen, können wir ihn anhören. Aber wenn er uns angreift oder versucht, eine der neuen Frauen zu rauben, werden wir ihn töten."

„Wir sollten abends gemeinsam essen. Ein großes Feuer miteinander teilen", warf ich ein.

Schon wieder wandten sich mir alle Blicke zu. Oxriel wirkte verblüfft, wie selbstverständlich ich in Anwesenheit der Gahns das Wort erhoben hatte. Ich wunderte mich selbst ein wenig. Aber es ging um Kat und ich konnte nicht länger schweigen. Die Vorstellung, dass sie jeden Abend so weit von mir entfernt sein sollte, fühlte sich an, als wäre meine Haut von innen mit Stacheln besetzt.

„Dein Begleiter nimmt sich viel in der Gegenwart von Gahns heraus, Buroudei", bemerkte Gahn Fallo und fixierte mich.

Ich erwiderte seinen Blick entschlossen.

„Galok ist meine rechte Hand und ja, manchmal spricht er, obwohl es ihm nicht zusteht", gab Buroudei zu. Doch seine nächsten Worte erfüllten mich mit Stolz. „Aber er ist mein vertrauenswürdigster Krieger und ich möchte hören, was er zu sagen hat."

Die anderen warteten, dass ich fortfuhr, und ich beeilte mich, weiterzureden. Ich wusste nur zu gut, wie unwahrscheinlich es war, dass mir je wieder drei Gahns auf einmal zuhören würden.

„Wir sind mehr denn je auf Einigkeit angewiesen. Wir gehören nicht demselben Clan an, aber wir haben alle unsere Zelte an diesem Ort errichtet. Wir verfolgen dasselbe Ziel und schützen etwas Wertvolles. Die neuen Frauen haben uns zusammengeführt und um ihnen ausreichend Schutz zu bieten und unser Herrschaftsgebiet zu verteidigen, müssen wir uns verhalten, als wären wir ein einziger Clan. Also sollten wir jeden Abend Feuer und Essen teilen, damit sich die Krieger aneinander gewöhnen, sich kennenlernen und einander allmählich vertrauen. Dann könnten sich die Clans auch Abend für Abend miteinander abstimmen, während sie essen."

Die Vorstellung gefiel mir. Dass alle Krieger sich näherkamen und dadurch zu besseren Verbündeten wurden. Und dass Kat neben mir ihr Fleisch aß, statt an Gahn Fallos Feuer.

„Wir könnten sogar noch weiter gehen", rutschte es mir heraus, als mir eine neue Idee kam. „Im Hauptlager ist Platz genug für die Zelte aller Clans. Ich verstehe, warum du mit deinen Leuten tiefer in die Klippen gezogen bist, Gahn Taliok. Der Platz hier reicht nicht aus, zumindest, wenn du deine Zelte von denen der anderen Clans fernzuhalten wünschst. Aber es spricht nichts dagegen, dass unsere Zelte nahe beieinander oder sogar durcheinander stehen, mit dem der Frauen in der Mitte. Dann hätten alle Platz. Wir sind inzwischen so viele, dass wir durch unsere schiere Menge zusätzlichen Schutz und neue Stärke genießen, und falls wir wirklich angegriffen werden, könnten sich unsere Krieger sofort gemeinsam gegen den Feind stellen."

Kaum dass ich zum Schluss gekommen war, rümpfte Fallo abfällig die Nase. „Dir sind unsere Einigkeit und Stärke doch egal. Du willst nur jeden Abend die neuen Frauen an deinem Feuer sitzen haben."

„Ich kann nicht leugnen, dass die Vorstellung verlockend ist", grollte ich. Die Aussicht, jeden Abend neben Kat sitzen zu können, war wirklich ein starker Antrieb. „Aber ich stehe zu dem, was ich gesagt habe. Ich glaube, diese Entwicklung könnte für unsere Clans und unsere Zukunft Großes bewirken."

Gahn Fallo fletschte aufgebracht die Zähne. Es überraschte mich nicht, dass ihm mein Plan nicht gefiel. Bisher aßen alle neuen Frauen außer Sziszi und ab jetzt wohl auch Melanie an seinem Feuer. Darauf würde er nicht gern verzichten.

„Warum fragen wir nicht die neuen Frauen selbst, was sie wollen?", schlug ich vor.

Gahn Fallo spannte sich an. Da wusste ich, dass ich den Irren Gahn in der Falle hatte. Jetzt lag die Entscheidung nicht mehr bei ihm.

„Ja, sollen sie selbst entscheiden. Sie können an Gahn Fallos Feuer bleiben oder wir veranstalten abends ein großes Feuer für alle. Was den Vorschlag angeht, die Zelte anders aufzubauen, liegt die Entscheidung bei den Gahns, da das Zelt der Frauen nicht betroffen ist", verkündete Gahn Buroudei. Ich lächelte meinem Freund zu, weil er meine Ideen unterstützte.

„Dem stimme ich zu. Die neuen Frauen sollen ihre Wahl treffen", sagte Gahn Taliok. Dann richtete er den Blick seiner goldenen Sichtsterne auf mich. „Was einen Umzug meines Clans angeht, bin ich mir noch unsicher. Aber ich werde über deinen Vorschlag nachdenken, Galok."

Ich schlug mit dem Schwanz. „Um mehr bitte ich nicht, Gahn Taliok."

„Ich werde meine Gefährtin einweihen und sie bitten, die Idee ihren Freundinnen vorzustellen. Morgen werden wir wissen, was sie davon halten."

„Ich halte es mit Sziszi genauso", fügte Gahn Buroudei hinzu. Er warf Gahn Fallo einen finsteren Blick zu. „Und du musst ebenfalls mit deiner Gefährtin sprechen. Wir müssen in diesem Punkt die Wünsche der neuen Frauen berücksichtigen und nachfragen, was die Mehrheit von ihnen möchte."

Gahn Fallo knurrte, dann verließ er das Zelt. Gahn Taliok tat es ihm nach, jedoch nicht, ohne den Schwanz vor Gahn Buroudei zu heben. Dann brach er mit Oxriel auf.

„Du hast heute gut gesprochen, Galok", sagte Buroudei. „Ich mache mich auf die Suche nach Sziszi und unterbreite ihr deinen Vorschlag."

„Vielen Dank, Gahn", sagte ich ernst.

Wir verließen gemeinsam das Zelt. Gahn Buroudei ging sofort zum Feuer unseres Clans, um die einzige menschliche Gestalt zwischen denen des Sandmeervolks ausfindig zu machen. Ich würde mich ihnen ebenfalls anschließen müssen. An Gahn Fallos Feuer, wo Kat aß, würde ich heute Abend unwillkommener denn je sein, nachdem ich ihn verärgert hatte.

Na gut. Schon morgen würden wir hoffentlich alle gemeinsam essen. Dann konnte ich Fallo und seine Wut vergessen und mich ganz auf meine wunderbare kleine Kat konzentrieren. Ich fragte mich, was sie wohl gerade tat, und spähte zu Gahn Fallos Feuer, in der Hoffnung, sie dort bei den Flammen sitzen zu sehen. Aber aus der Ferne und in der Dunkelheit konnte ich sie nicht erkennen.

Doch das war nicht weiter wichtig. Ich würde rasch aufessen und dann warten, bis Kat ebenfalls fertig war. Ich könnte zu ihr gehen, wenn sie zum Zelt der neuen Frauen zurückkehrte. Es war schon viel zu lange her, dass ich mit ihr gesprochen hatte, dass ich ihren scharfen Bemerkungen gelauscht und in ihre großen Augen gesehen hatte. Auch wenn ich vorhin noch mit ihr zusammen gewesen war.

Ja, ich würde sie heute Abend sehen. Dafür würde ich sorgen.

Nachdem ich diesen Plan gefasst hatte, gesellte ich mich schließlich zu meinem Clan. Aber während ich auf das eine Feuer zuging, war mein Blick auf das andere gerichtet.

Und da wurde mir bewusst, dass ich stets nach Kat suchen würde, wenn sie nicht an meiner Seite war.

Immer.

KAPITEL DREIZEHN
Kat

„HAST DU SCHON DIE NEUIGKEITEN gehört?"

„Oh Gott!", quietschte ich überrascht.

Ich war gerade aus dem Bereich der Klippen gekommen, den wir zur menschlichen Toilette auserkoren hatten, und die Worte aus der Dunkelheit erwischten mich kalt. Ich reagierte rein instinktiv und stieß die Faust nach vorn, als ob mich gerade jemand in einer dunklen Gasse meiner Heimatstadt angefallen hätte. Meine Knöchel trafen auf etwas, das sich in etwa so anfühlte wie eine Ziegelmauer unter einer dünnen Samtschicht. Ich riss die Hand zwischen die Knie, kauerte mich hin und stieß zischend Luft durch die Zähne aus.

„Winzige Kat, hat meine Brust deine Hand verletzt?"

Verfluchter Galok.

Wenigstens hatte er den Anstand, ein bisschen besorgt zu klingen.

„Alles super", murmelte ich und erhob mich, um zu ihm aufzusehen.

Wir standen bei den Klippen, nicht weit vom Menschenzelt entfernt. Die meisten Frauen saßen noch am Feuer oder waren bereits ins Bett gegangen. Ich stemmte die unverletzte

Hand in die Hüfte, schüttelte die angeschlagene wild in der Luft und fuchtelte mit den Fingern, um den Schmerz loszuwerden.

Galok trat zu mir, fing meine Hand ein und hielt sie sich vors Gesicht. Er war so verdammt groß, dass er sich dafür bücken musste.

„Wie kommt es eigentlich, dass du ständig damit beschäftigt bist, meine Finger auf Verletzungen zu untersuchen, wenn wir uns sehen?", grummelte ich. Doch aus irgendeinem Grund entzog ich ihm meine Hand nicht.

Seine Finger fühlten sich in meiner Handfläche unglaublich stark und glatt an. Er strich mir über die wunden Knöchel. Dann führte er die Fingerspitzen zu meiner Überraschung – und zu meinem leichten Ekel – an die Lippen und leckte sie ab.

Mit einer seiner drei verfluchten Zungen.

„Kein Blut", verkündete er fröhlich.

„Na toll, danke. Siehst du, so toll sind deine Muskeln gar nicht, *Mister Universe*. Du hast mich nicht mal zum Bluten gebracht."

Das war natürlich Unfug. Wie alle Aliens war Galok gebaut wie ein verdammter Bodybuilder. Er war nur etwas größer und schmaler als die meisten anderen. Ich biss mir auf die Lippe und betrachtete die wie geschnitzt wirkenden Linien seiner Bauch- und Brustmuskeln.

Dann holte ich tief Luft und konzentrierte mich wieder auf sein Gesicht. „Eigentlich sollte ich dich fragen, ob alles okay ist. Dort, wo ich herkomme, bin ich für meinen fiesen rechten Haken bekannt."

Galok sah mich einen Moment ausdruckslos an, dann sackte er zu Boden. „Oh bitte, schickt nach den Heilerinnen! Die mächtige Kat hat mich mit einer ihrer winzigen, wunderschönen Fäuste niedergeschlagen!"

„Steh auf, du Loser", sagte ich, musste jedoch über seine übertriebene Theatralik lachen.

Sofort kam er auf die Beine. Er grinste so breit, dass sich das Licht in seinen Fangzähnen verfing.

Plötzlich wurde es zwischen uns ganz still und mein Gelächter erstarb. Ich starrte auf seinen Mund, ging mir auf. Auf den Mund, den ich gestern Nacht geküsst hatte ...

„Also, hast du schon die Neuigkeiten gehört?"

Ich blinzelte. Wie bitte?

Ach, richtig. Das hatte er ja schon gefragt, als er mich so erschreckt hatte.

„Nee, glaub nicht. Was für Neuigkeiten denn?"

Galok kam näher, bis unsere Zehen sich berührten. Oder eher seine Alien-Krallen meine Stiefelspitze.

Das Asteroidenband, das den Planeten umgab, befand sich in meinem Rücken und beleuchtete Galoks Gesicht. Sein langes, offenes Haar fiel ihm in dunklen Locken über die Schultern und den Rücken. Lange Schatten lagen auf seinem Gesicht – ein Gesicht, das schmaler war als das der anderen Aliens, denen ich bisher begegnet war. Und trotzdem lächelte er breiter als sie.

„Die Gahns werden den neuen Frauen ein Angebot unterbreiten. Oder eher eine Wahl. Die Wahl, sich abends weiter an Gahn Fallos Feuer zu versammeln und dadurch von den Frauen getrennt zu sein, die Gefährten bei anderen Clans gefunden haben, oder stattdessen zukünftig ein gemeinsames Feuer zu errichten, an dem alle drei Clans sich zum Essen zusammenfinden."

Meine Augenbrauen schossen nach oben. „Ich glaube kaum, dass Fallo sich darauf einlassen würde", bemerkte ich skeptisch. Gahn Fallo war mit Abstand der Anführer mit dem stärksten Territorialverhalten – und ehrlich gesagt auch der nervigste.

„Da hast du nicht unrecht. Es war nicht leicht, ihn und die anderen zu überzeugen."

Ich legte den Kopf schief. „Wie meinst du das? Überzeugen?"

„Oh, habe ich das etwa nicht erwähnt?" Er lächelte aufgesetzt bescheiden. „Mich hat die Vorstellung, jeden Abend mit dir gemeinsam zu essen, so sehr verzückt, dass ich drei der mächtigen Gahns des Sandmeers überzeugt habe, mir zuzuhören. Aber nun liegt die Angelegenheit in den Händen der neuen Frauen." Sein Lächeln verblasste ein wenig und seine Stimme wurde leiser, bis sie mir einen Schauer über die nackten Arme jagte. „Ich hoffe, dass ich bei der Abstimmung auf deine Stimme zählen darf."

„Wenn ich dem zustimme, dann nur, weil es eine gute Idee ist, nicht wegen dir", spöttelte ich. Nichtsdestotrotz wurden meine Wangen warm.

„Es ist eine gute Idee", sagte Galok ernster. „Nicht nur, weil ich abends gern beim Essen bei dir sitzen würde. Ich glaube, es würde die Clans vereinigen. Unsere Reise in die Berge hat bewiesen, dass wir mehr als einen Feind dort draußen haben."

„Mehr als einen? Oh, du meinst den Eidechsenmann? Oder, wie ihr ihn nennt, den *irkdu*-Mann. Jedenfalls den, den Melanie gesehen hat?"

Galoks Miene wurde auf einmal so düster, wie ich es noch nie bei ihm erlebt hatte. Na ja, das stimmte nicht ganz. Er sah drein wie in dem Moment, in dem Gahn Baldors Männer die Speere fliegen gelassen hatten. Kurz bevor er mich wie einen Sack menschlicher Kartoffeln über seine Schulter geworfen hatte.

„Ja, diese Geschichte beunruhigt mich. Es gefällt mir nicht, von einem Wesen zu hören, das dort draußen in der Wüste lauert und nach einer Gefährtin unter den neuen Frauen sucht." Er gab einen Stoßseufzer von sich und strich sich mit den Klauen durch das lange Haar. „Und es gefällt mir erst recht nicht, dass womöglich du diejenige sein könntest, nach der er Ausschau hält."

Mir fiel die Kinnlade herunter. „Oh mein Gott, Galok. Hast du Angst? Oder bist du eifersüchtig? Oder beides?"

„Ha! Ich habe keinen Grund, eifersüchtig zu sein. Wie ich schon sagte, du wirst einmal zu mir gehören, kleine Kat. Und ich würde nicht behaupten, dass ich Angst habe. Du musst jedenfalls bestimmt keine haben. Ich bin ein fähiger Krieger und werde dich um jeden Preis beschützen."

Ich wusste, ich hätte schweigen sollen. Ich wusste, dass es vielleicht ein bisschen grausam war. Aber ich konnte nicht anders, als ihn ein bisschen zu triezen. Nur noch ein bisschen.

„Tja, ich habe überhaupt keine Angst. Ich hatte schon immer einen Godzilla-Fetisch. Vielleicht ist dieser Typ ja für mich bestimmt. Vielleicht reite ich mit ihm in den Sonnenuntergang. *Adios amigos*."

Plötzlich lagen zwei starke Hände an meinem Gesicht und ich keuchte auf.

„Ich bin kein sehr besitzergreifender Krieger. Zumindest habe ich mich bisher nicht so verstanden." Galok war mir so nah, dass ich seinen Atem über mein Gesicht streichen spürte. Seine Sichtsterne pulsierten, Tausende schimmernde Funken, die alle auf mich gerichtet waren. „Aber eines werde ich dir jetzt sagen, Kat: Das wird nie geschehen. Das werde ich nicht zulassen."

„Und was ist mit dem, was ich will?", fragte ich heiser und mit gebrochener Stimme. Es war schon allzu oft ignoriert worden, was ich mir wünschte. Meine Eltern hatte es nicht geschert, was ich wollte. Und erst recht nicht die Machthaber auf der Erde, die mich in ein verrücktes Leben geworfen hatten, um das ich nicht gebeten hatte. Absurderweise traten mir Tränen in die Augen und blinzelnd verzog ich das Gesicht.

Alles in mir verkrampfte sich, als Galok die warme Stirn an meine legte. Irgendwie waren meine Hände auf seiner Brust gelandet. Wann zum Geier war das denn passiert?

„Im Augenblick ist das, was du möchtest, das Einzige, was mich interessiert. Und das ist ein Problem. Ich beschäftige mich viel zu sehr mit dir."

Ich öffnete die Augen. Der eindringliche Ausdruck seiner Sichtsterne blendete mich fast und verwandelte das Dunkel der Nacht in den Bronzeton gegossenen Metalls. Galoks Miene war schmerzerfüllt, geradezu wild.

„Was du möchtest und dass du glücklich bist, liegt mir sehr am Herzen. Aber lass dir eins gesagt sein, Kleines: Ich werde dich glücklicher machen als jeder andere Mann, selbst als diese *irkdu*-Kreatur, über die du scherzt. Ich widme mein Leben deinem Glück."

„Du machst es einem wirklich schwer, dich zu hassen, weißt du?", flüsterte ich mit belegter Stimme.

„Ich übernehme die Verantwortung für deine Zufriedenheit, Kleines. Aber ich werde auch deinen Hass akzeptieren, wenn es das ist, was du anzubieten hast. Ich nehme alles. Was immer du zu geben hast. Ich hungere nach dir, in allen Facetten und mit allen Gefühlen."

Mit allen Gefühlen. Und jedem Verlangen.

Was ist mit dem, was ich will?

Meine Worte hallten gemeinsam mit meinem Herzschlag in meinem Kopf wider. Ersetzten ihn.

Was wollte ich?

Im Augenblick wollte ich nichts lieber, als einen Alien zu küssen.

Nicht irgendeinen Alien.

Galok.

Mit einem erstickten Laut schob ich die Hände von seinen Schultern zu seinem Hals und zog ihn mit aller Kraft nach unten. Anfangs sperrte er sich, aber als er begriff, was vor sich ging, kam er mir eifrig entgegen.

Unsere Münder trafen hart aufeinander, aber nicht so ungeschickt wie beim ersten Mal, und wir öffneten uns füreinander. Ich erzitterte unter dem vollkommen verrückten Gefühl, das seine drei Zungen in mir entzündeten. Oder eher die eine Zunge, die sich vorn zu dreien spaltete – wer wusste das schon so genau? – und sich in meinen Mund schob. Alles an Galok war so verdammt riesig. Es war überwältigend – seine großen Hände, die sanft mein Gesicht hielten, sein gewaltiger Körper, der sich an meinen schmiegte, seine breiten Zungen in meinem Mund. Aber ich würde ihm nicht so leicht den

Sieg überlassen und erwiderte den Druck mit meiner winzigen, menschlichen Zunge. Galok schob mir das Becken entgegen und stöhnte bei jeder meiner Bewegungen. Und oh Gott, das war mal ein riesiges Alien-Glied, das sich an meinen Bauch drängte. Ich gab mein Bestes, es zu ignorieren, denn hübsch langsam mit den jungen Pferden, so weit war ich noch nicht.

Einen heißen Moment später löste Galok sich schwer atmend von mir. Es ertönte ein grässlich sinnliches, feuchtes Geräusch, als unsere Lippen sich trennten, und ich stieß unwillkürlich ein sehnsüchtiges Stöhnen aus, bei dessen Klang ich mich innerlich wand.

„Was ist los?", keuchte ich.

„Du bist wunderbar, Kat. Aber du bist so klein. Das macht mein Rücken nicht lange mit."

Verlegenheit und Scham schossen durch meine Adern und ich legte die Hände an seine Brust, um ihn wegzuschubsen. „Tja, dann such dir halt eine größere Frau, Blödmann!"

Aber Galok umfasste meine Hüften und zog mich näher an sich. „Ich will keine andere, Kat. Ich hoffe, das kannst du mir bald glauben. Abgesehen davon kann mich so etwas wie unser Größenunterschied nicht davon abhalten, weiterzumachen."

Er beugte sich schwungvoll vor und fing einmal mehr meinen Mund ein, brachte mich mit all meinen Widerworten, Argumenten und Beschwerden zum Schweigen. Dann legte er die Hände um meine Taille und ich stieß einen überraschten Laut an seinem Mund aus, als ich mich plötzlich in der Luft wiederfand. Galok hob mich mit Leichtigkeit hoch und ich schlang instinktiv die Beine um seine Taille, sodass mein Po an seinen harten Bauchmuskeln Halt fand. Er griff nach unten und umfasste meinen Hintern, um mich besser stützen zu können, und ich konnte nicht anders, als mich dem Gefühl seiner starken Finger entgegenzudrängen. Ich trug nur mein Tanktop, keinen BH, und meine Nippel wurden steif, als sie über Galoks Brust strichen.

Galoks Küsse wurden dringlicher, die Bewegungen seiner Zungen kraftvoller. Für einen Moment hielt er inne und als ich die Augen öffnete, keuchte ich angesichts des Anblicks, der sich mir bot. Die Tiefe seines Verlangens spiegelte sich in seinen verhangenen Sichtsternen wider.

„Darauf habe ich seit gestern Nacht gewartet. Ich hatte gehofft, dass du das mit mir wiederholen würdest, Kat."

„Du meinst das Küssen?" Oh Mann, würde er etwa weiterhin so peinlich direkt sein? Immer genau das sagen, was ihm durch den Kopf ging, und zwar ständig? Wie sollte ich darauf reagieren?

„Weißt du, worauf ich noch warte?", murmelte Galok an meinen Lippen. Sein Atem verschaffte mir eine Gänsehaut.

„Worauf?", fragte ich wider besseres Wissen.

„Darauf, dein anderes Piercing zu sehen. Das in deinem Bauchnabel."

Ich lachte kurz auf. „So aufregend ist das nicht, versprochen", sagte ich.

Galok packte fester zu und drängte meinen Schritt an seinen Körper, sodass ich leise aufstöhnte.

„Und ich verspreche dir, Kat, dass das sehr wohl sehr aufregend ist."

Wie betrunken sank ich nach hinten. Dann riss ich mein Tanktop ein Stück in die Höhe. Das Licht der Asteroiden und Sterne fing sich in dem schlichten Piercing. Galoks Blick schien daran festzukleben und seine Nasenflügel bebten.

„Wird es deinen Erwartungen gerecht?", fragte ich. Unsicherheit ließ meine Stimme schrill klingen. Wie sehr ich das hasste.

Aber Galok stöhnte nur leise und peitschte mit dem Schwanz durch den Sand. „Wie alles, was du zu bieten hast, übertrifft es alle Erwartungen, die ich je haben könnte."

„Ich kann dich nicht ernst nehmen, wenn du so eine Scheiße redest." Ich schüttelte den Kopf. „Das ist einfach zu viel des Guten."

Galok löste mühsam den Blick vom Piercing, um mich anzusehen, und hinterließ eine Bahn aus Hitze in meinem Körper, als er den Kopf langsam hob.

„Es ist nichts als die Wahrheit. Du scheinst nicht zu begreifen, dass ich vor der Begegnung mit dir davon ausgegangen bin, nie eine Gefährtin zu finden. Nie eine Familie zu haben. Ich hatte damit meinen Frieden gemacht, aber jetzt ..." Sein Blick wurde dunkel, der Zug um seinen Mund gierig. „Jetzt, wo ich von dir gekostet habe und ein Funken deiner Herrlichkeit in meinem Leben Platz genommen hat, werde ich dich nicht wieder gehen lassen."

„Damit setzt du eine Frau ziemlich unter Druck", gab ich stirnrunzelnd zurück. Ich wollte mich nicht großartig auf ein Gespräch über Gefährten, Familie und die Zukunft einlassen. Denn ehrlich, diese Themen jagten mir eine Scheißangst ein.

Galok strich sanft mit den Lippen über meine, ein Gefühl, das mich aufseufzen ließ. Dann lehnte er sich wieder zurück. „Ich möchte dich nicht unter Druck setzen. Aber ich kann auch nicht leugnen, wie viel ich für dich empfinde. Auch dir gegenüber nicht. Ich hätte nicht gedacht, dass ich überhaupt so viel empfinden kann."

„Weniger quatschen, mehr küssen", murmelte ich und drückte den Mund wieder auf seinen.

Ich war nicht bereit für dieses Gespräch. Mir fiel ein, was Mel gesagt hatte, dass ich so tun sollte, als sei Galok ein Menschenmann, ohne die Sache mit dem Gefährtenband. Mich so verhalten sollte, als würde ich ihn daten. Also bitte, wer zum Teufel erzählte einer Frau denn schon beim ersten Rummachen, dass er sie heiraten und Kinder mit ihr haben wollte? Nur ein Freak.

Und doch, als Galok sich gierig über meinen Mund hermachte, fühlte ich mich irgendwie ... zu ihm hingezogen. Zu seinem jungenhaften Charme. Weil er jemandem, den er mochte, einfach von seinen Hoffnungen und Träumen erzählte. Ich fragte mich, ob ich das überhaupt verdient hatte. Seine Zuneigung. Dass er mir seine Träume zu Füßen legte. Auch wenn er betont hatte, dass er mich nicht unter Druck setzen wollte, musste ich hier eine Menge verarbeiten.

Aber darüber musste ich mir jetzt keine Gedanken machen. Ich konnte einfach abwarten, wie es sich entwickeln würde. Denn im Augenblick genoss ich es viel zu sehr, Galoks Zungen in meinem Mund zu spüren.

Und es ging darüber hinaus. Ich genoss seine Nähe, seinen festen Körper, das Gefühl seiner Haut unter meinen Fingern, das Donnern seines Herzschlags an meiner Brust. Ich schob die Hände höher, um sie in seinem Haar zu vergraben, genoss das Gefühl der dicken, glatten Strähnen. Ich ballte die Hände zu Fäusten und zog sanft daran. Prompt grollte Galok und zuckte mir entgegen.

Interessant ... Ich wiederholte die Bewegung, wenn auch ein bisschen härter. Und Galok stöhnte an meinem Mund.

Er entzog sich mir keuchend. „Was machst du da?", fragte er. „Soll ich so kahl werden wie du?"

„Ich weiß nicht. Ich wollte es einfach tun. Scheint dir zu gefallen."

„Tut es", antwortete er sofort. „Zu sehr. Ich habe es bis in die Schwanzspitze gespürt und dann auch ..."

Ich errötete, als ich begriff, worauf er anspielte. Er hatte es in seinem Glied gespürt.

„Schau mal, ich will nicht, dass deine Eier noch blau anlaufen oder so. Hast du überhaupt Eier? Egal." Ich plapperte wie ein Volltrottel vor mich hin. „Aber ich bin nicht bereit, heute Nacht übers Küssen hinauszugehen." Ich wollte schon fragen, ob das in Ordnung war, aber dann meldete sich eine trotzige Stimme in mir zu Wort. *Er muss damit einverstanden sein. Falls nicht und falls er diese Grenze überschreiten will, ist er nicht der nette Kerl, der er vorgibt zu sein.*

Aber mit seinen nächsten Worten bestätigte Galok seinen Anstand.

„Als ich sagte, dass ich alles nehmen würde, was du zu bieten hast, war es mir ernst. Selbst das hier, das Küssen, war ein großer Moment des Ruhms in meinem jungen Leben."

Ich erstickte fast – halb lachend, halb keuchend – bei seiner lächerlichen Verkündigung. *Mich zu küssen, ist also ruhmreich? Ach du Scheiße ...*

Aber als ich seinen Blick bemerkte – so aufrichtig, dass er fast niedergeschlagen wirkte –, wusste ich, dass er die Wahrheit sagte.

„Nun, ich glaube, ich kann dir noch ein bisschen mehr Ruhm verschaffen, bevor die Nacht zu Ende geht."

KAPITEL VIERZEHN
Galok

KAT NACH ALL DEN KÜSSEN loszulassen, fiel mir so schwer wie noch nie etwas zuvor. Und als Krieger hatte ich viele, viele schwierige Aufgaben gemeistert. Ich hatte Bestien und Männer zur Strecke gebracht. Aber das war nichts im Vergleich dazu, ihren winzigen, weichen Körper wieder auf dem Boden abzusetzen. Und was noch härter war? Meine unberührte Männlichkeit, die sich schmerzend unter dem Lendenschurz erhob.

Ich war nicht bereit, sie allein zum Zelt der neuen Frauen gehen zu lassen, und begleitete sie. Dies war vermutlich der sicherste Ort im Sandmeer, umgeben von Klippen auf der einen und den Kriegern der Clans auf der anderen Seite. Aber ich wollte sie trotzdem nicht allein gehen lassen, nicht einmal die kurze Strecke bis zum Zelt.

„Tja, ich denke, jetzt sollten wir uns Gute Nacht sagen", flüsterte sie, als wir den Zelteingang erreichten. Im Innern herrschte Stille, hier und da durchbrochen von den merkwürdigen, kleinen Schnaufgeräuschen, die so viele der neuen Frauen im Schlaf von sich zu geben schienen, auch Kat.

„Tatsächlich, es ist eine sehr gute Nacht", antwortete ich grinsend.

Sie verdrehte die schönen Augen. „Du weißt genau, was ich meine. *Gute Nacht* im Sinne von *Lebwohl*."

Ihre Worte fühlten sich merkwürdig kratzig an, wie ein Schmerz unterhalb meiner Rippen. Ich strich ihr mit der Spitze einer Klaue über das Kinn und hob ihr Gesicht an. „Kein *Lebwohl*, winzige Kat. Nicht bei mir."

„Nicht einmal, wenn du einen Abschiedskuss bekommst?"

Hm. Das war wirklich eine schwierige Wahl. Auf der einen Seite wollte ich auf jeden Fall einen weiteren Kuss, auf der anderen aber auch nicht, denn das würde bedeuten, dass wir uns für diese Nacht voneinander trennten.

Aber wir würden unweigerlich irgendwann auseinandergehen. Also beugte ich mich vor, um mir meinen Abschiedskuss zu holen. „Wir sehen uns morgen früh, Kat. Ich werde dir frisches Frühstück jagen und dafür sorgen, dass alles bereit ist, wenn du aufwachst", sagte ich, als ich mich aufrichtete.

Sie ächzte. „Bitte nicht. Ich will mir nicht ausmalen, was für Fragen mir die anderen dann stellen."

Ich grinste. „Wenn sie Fragen haben, brauchst du ihnen ja nur die Wahrheit sagen. Sag ihnen, dass der beste Krieger von Gahn Buroudeis Stamm ein Auge auf dich geworfen hat und dass er vorhat, durch fortwährende Lieferungen frischen Fleischs am Morgen deine Liebe zu gewinnen."

Sie wirkte beleidigt, aber ich fuhr fort. „Und sag ihnen, dass derselbe Krieger dich heute Nacht mit seinen Küssen zum Stöhnen gebracht hat."

„Entschuldige mal!"

„Jetzt geh rein, kleine Kat, bevor du dich so aufregst, dass du heute Nacht nicht schlafen kannst."

„Das sagt der Richtige", murmelte sie und warf einen vielsagenden Blick zu meinem Glied.

Ich lachte, auch wenn das wirklich nicht witzig war. Meine Männlichkeit schmerzte gewaltig. Aber damit würde ich sie jetzt nicht belasten.

„Keine Sorge. Ich werde mich darum kümmern, bevor ich mich schlafen lege. Und danach werde ich so entspannt sein, dass ich wie ein Junges in seinen ersten Häuten schlafen werde."

„Alles klar, *Spinner*", murmelte sie. Das letzte Wort stammte aus ihrer Sprache. Vermutlich bedeutete es so etwas wie *machtvoller Krieger*. Oder vielleicht *mein zukünftiger Gefährte*. Das hoffte ich zumindest.

Und damit hob sie die Zeltklappe und verschwand im Innern, um mich der Nacht, meinen Sehnsüchten und meinem übel vernachlässigten Glied zu überlassen.

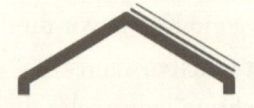

KAPITEL FÜNFZEHN
Kat

ICH TAUMELTE INS DUNKLE Zelt, fühlte mich fiebrig und wie betrunken. Betrunken von Galok.

Ich konnte es nicht abstreiten. Ihn zu küssen, war ... Okay, es hatte sich wirklich, wirklich gut angefühlt. Mein ganzer Körper fühlte sich gleichzeitig locker und angespannt an, ein Prickeln jagte über meine Haut, rollte an meiner Wirbelsäule auf und ab, um sich tief in meinem Bauch zu sammeln. Ich biss mir auf die Lippen, als ich an das Gefühl seiner Zungen in meinem Mund dachte, an seine riesigen Hände, die mich festhielten. An seine Härte, seine Festigkeit.

Verdammt, ich kann jetzt garantiert nicht schlafen.

Das Gefühl war mir vollkommen fremd und ich hatte das Bedürfnis, mit jemandem zu reden. Mit jemandem, der wusste, was ich durchmachte. Ich sah mich blinzelnd um, mein Blick huschte über die reglosen Körper der anderen Frauen. Alle anderen verrückten Alien-Fans – Cece, Chapman und Melanie – waren bei ihren Gefährten. Also war ich ganz allein mit meinem Irrsinn.

Außer ...

Mein Blick blieb an Theresas blondem Haarschopf ganz am Ende des Zelts hängen, der aus einem Stapel Tierhäute hervorschaute.

Ich schlich mich zu ihr und ging neben ihr in die Hocke. „Theresa", zischte ich in die Dunkelheit.

Sie regte sich verschlafen und öffnete die Augen. Als sie mich über sich aufragen sah, zuckte sie zusammen und schlug unbeholfen nach mir.

„Entspann dich, ich bin's nur."

„Du meine Güte, mit deinem kahlen Schädel und den großen Augen hast du im Dunkeln wie ein verdammter Totenkopf ausgesehen. Was ist los?" Sie setzte sich auf und legte eine Hand auf die Brust, um tief durchzuatmen. *Ups*. Ich hatte sie wohl echt heftig erschreckt.

„Tut mir leid. Ich wollte ... ich wollte nur nicht allein sein."

Ich bezweifelte, dass ich diesen Satz jemals zuvor ausgesprochen hatte. Zu Hause in Detroit hatte ich ein paar Bekannte gehabt. Na ja, eben Leute, mit denen ich in Baumärkte einbrechen konnte, um mir die Bestandteile für meine Bombe zu besorgen. Aber ich hatte nie das Bedürfnis gehabt, mit jemandem abzuhängen und ein Gespräch unter Frauen zu führen. Bis jetzt.

„Oh, Schatz, schon gut. Ich bin da. Bei so was kannst du mich jederzeit aufwecken", sagte Theresa und selbst in der Dunkelheit erkannte ich, dass sie lächelte. Ein Anblick, bei dem etwas in meiner Brust schmerzte.

Wie konnte man nur so lieb sein? Neben ihr kam ich mir wie ein Arschloch übelster Sorte vor. Ich wusste noch allzu gut, wie sie Galok als süß bezeichnet hatte und ich daraufhin kratzbürstig die Schotten dicht gemacht hatte Sie passte viel besser zu einem fröhlichen Trottel wie ihm. Vermutlich würde sie ihm einfach um den Hals fallen.

Ich frage mich, was er in mir sieht ...

„Kat?" Theresas Flüstern erregte meine Aufmerksamkeit. „Wolltest du über irgendwas Bestimmtes reden? Wir können aber auch einfach hier sitzen und schweigen, wenn du magst."

Sie wäre eine tolle Mutter.

Der Gedanke war aufrichtig, tat aber weh. Theresa sah mich voller Fürsorge an, ohne sich daran zu stören, dass ich sie aus dem Tiefschlaf gerissen hatte. Das war wahre mütterliche Gutmütigkeit, gefangen im Körper einer blonden Tierarzthelferin aus den Südstaaten. Die Art Fürsorge, die jedes Kind verdiente.

Meine Mutter hatte den Job nie gewollt und mir mehr als einmal gesagt, dass sie wünschte, ich wäre nie geboren worden. Ich wusste damals nicht, ob sie das ernst meinte oder ob die Drogen aus ihr sprachen. Aber es hatte trotzdem echt wehgetan. Also hatte ich dafür gesorgt, dass ich so laut und wütend auftrat, dass niemand mich zurückweisen musste, denn ich nervte alle so sehr, dass sie mich von vornherein nicht in ihrer Nähe haben wollten.

„Ich habe Galok geküsst", platzte es in der Dunkelheit aus mir heraus. Serena regte sich in der Nähe und ich senkte meine viel zu laute Stimme zu einem Flüstern. „Heute Abend. Gerade eben."

Theresa schlug sich die Hände vor den Mund, um ein Keuchen zu unterdrücken. „Oh mein Gott! Galok? Den Süßen? Hol ihn dir, Süße!"

„Nein, du sollst mich nicht auch noch ermuntern", stöhnte ich und hielt mir die Hände vor die Augen.

„Warum nicht?"

Als ich die Hände senkte, bemerkte ich, dass sie mich verwirrt anschaute. „Ich weiß es nicht. Es ist so seltsam. Er ist ein Alien. Und ... ich habe sowieso nicht gerade tonnenweise Erfahrung mit Männern. Ich habe keine Scheißahnung, was ich tue. Oder ob ich es überhaupt tun sollte."

Theresa seufzte und lächelte mir matt zu. „Hör mal, so wie ich es sehe, ist das hier jetzt unser Leben. Wir sind hier und müssen das Beste daraus machen. Wir haben Menschen verloren, Kat. Die Menschen aus unserem alten Leben. Und auch hier. Die ganze Crew unseres Schiffs wurde getötet und sogar eine der Frauen. Zoey ..."

Bei der Erwähnung von Zoey schnürte sich mir die Kehle zu. Sie war die einzige Frau, die wir beim *zeelk*-Angriff nach der Landung verloren hatten. Theresa, Melanie und Cece waren an Bord meine Mitbewohnerinnen gewesen und ihnen stand ich am nächsten. Insofern war ich nicht oft dazu gekommen, mich mit Zoey zu unterhalten. Aber ich konnte sie immer noch vor mir sehen, wie sie durch die Korridore des Schiffs lief oder im Speisesaal saß, die Augen riesig hinter den Brillengläsern und mit schwarzen Zöpfen, die unter der Beleuchtung schimmerten.

Mir gefiel die Traurigkeit nicht, die mich bei ihrer Erinnerung überfiel. Also ersetzte ich sie durch Zorn. Zorn auf Colonel Jackson und die Crew und meinen ganzen verfluchten Planeten, dass sie uns das angetan hatten. Er erfüllte mich rasend schnell und ließ mein Herz schneller schlagen.

Aber Theresas nächste Worte brachten mich wieder zur Ruhe, waren wie eine kühle Salbe, die sich auf meine Haut legte.

„Wir wissen nicht, was uns als Nächstes erwartet, Schatz. Das weiß niemand. Früher – und das ist schon wirklich lange her – hätte ich gesagt, dass Gott es weiß. Und ich hätte es todernst gemeint. Aber inzwischen bin ich mir da nicht mehr so sicher. Ich weiß nur, dass wir nach jedem bisschen Freude greifen sollten, das wir in diesem Leben finden können, egal, wo wir sind." Sie hielt inne und ihre Augen schimmerten in der Finsternis. „Und wenn du diese Freude findest, indem du mit einem rattenscharfen Alien-Hengst rummachst, dann sage ich: Greif zu."

Ich atmete zittrig aus. „Wo nimmst du nur deinen Optimismus her?"

Sie zuckte mit den Schultern. „Keine Ahnung. Ich bin einfach so gestrickt, schätze ich."

„Kannst du mir das beibringen?"

Sie lachte leise. „Das versuche ich doch gerade! Deswegen sage ich dir ja, dass du ihn dir schnappen sollst! Du magst ihn, oder?"

„Nein!" Nein. Definitiv nicht. Auf gar keinen Fall. Er war nervig und arrogant und ein verdammter Alien ...

„Okay, bevor wir an deinem Optimismus arbeiten können, müssen wir uns erst mal deine Ehrlichkeit vornehmen." Theresas Worte durchbrachen meine Abwehr und ich zog eine finstere Miene.

„Was soll das heißen?"

„Das heißt, du solltest lernen, dir selbst gegenüber ehrlich zu sein und dir einzugestehen, was du wirklich willst. Was du wirklich empfindest."

Das war leicht gesagt. Sie wusste immerhin schon, wie man das machte. Rein instinktiv.

Was empfinde ich wirklich für Galok?

Ich stellte mir sein entspanntes Lächeln vor, sein langes Haar, die kupferfarbenen Augen. Und zum Teufel, ich hatte Schmetterlinge im Bauch und bediente damit das wohl dämlichste Klischee, das man sich vorstellen konnte.

„In Ordnung, mal angenommen, ich mag ihn. Ein bisschen."

„Gut. Der erste Schritt ist Selbsterkenntnis", zog Theresa mich sanft auf. „Und jetzt, wo du dir eingestanden hast, dass du ihn magst, kannst du dir überlegen, was du als Nächstes tun willst. Ich meine, du hast erzählt, dass du ihn geküsst hast, ja? Vielleicht solltest du einfach damit weitermachen ..."

Sie wackelte vielsagend mit den Augenbrauen.

„Du klingst schon wie Melanie. Galok ist, soweit wir wissen, nicht mein Gefährte oder so. Also meinte Mel, ich soll mit ihm umgehen, als wäre es eine ganz normale Beziehung. So tun, als würden wir daten."

„Oh, ich halte das für eine fantastische Idee. Melanie ist schon ein helles Köpfchen. Und schau dir an, was es ihr eingebracht hat: einen heißen Alien-Kerl, der sie von vorn bis hinten bedient!"

„Tja, ich schätze ... Also ich meine ..." Um ehrlich zu sein, bediente mich Galok auch jetzt schon von vorn bis hinten. Brachte mir Essen. Bot mir Massagen an. Schnitt mir nachts spontan die Haare.

„Was könnte denn im schlimmsten Fall passieren?"

Theresas unerwartete Frage ließ mich erstarren. Sie traf das Problem erschreckend genau auf den Punkt.

„Im schlimmsten Fall passiert das, was immer passiert. Ich schubse ihn weg und er stellt fest, dass ich die Mühe nicht wert bin. Oder die Lavrika teilen ihm eine andere Gefährtin zu und er endet mit einer netteren Frau als mir."

„Oh, Süße." Theresa rutschte näher und legte mir sanft den Arm um die Schulter. Ich verkrampfte mich, wollte mich zeitgleich an sie lehnen und sie wegstoßen. Also tat ich weder das eine noch das andere und saß starr da, während sie mir über den Arm strich. „Das ist das Schlimmste, was du dir ausmalen kannst? Das mit den Lavrika liegt nicht in deiner Hand. Das Einzige, was du wirklich in der Hand hast, ist dein eigenes Verhalten. Also schubs ihn nicht weg. Lass ihn an dich ran. Genieß das Hier und Jetzt."

„*Carpe Diem* und dieser ganze Scheiß, ja?"

„Ganz genau." Ich hörte Theresa an, dass sie lächelte. Schließlich und obwohl es mir verdammt schwerfiel, lehnte ich mich an sie und sank in ihrer Umarmung zusammen, genoss ihre Wärme.

Anschließend kroch ich unter meine Häute, in mein Bett. Galok daten ... Könnte das funktionieren? Und wie genau fragte man eigentlich einen Alien, ob er mit einem ausgehen wollte?

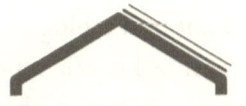

KAPITEL SECHZEHN
Galok

ICH LÄCHELTE BREIT, als die neuen Frauen am frühen Morgen aus dem Zelt kamen. Einige ignorierten mich, andere warfen mir neugierige Blicke zu und mehr als eine erwiderte mein Lächeln. Aber es gab nur eine, auf die ich wartete: Kat.

Wie versprochen hatte ich ihr zum Frühstück frisches Fleisch gejagt, dazu *valok* gesammelt, damit sie sich ausreichend für ihr Tagwerk stärken konnte, wie immer es auch aussehen mochte. Ich dagegen hatte von Gahn Buroudei den Befehl erhalten, mich heute den Jägern anzuschließen. Aber bis dahin war noch Zeit. Die Sonne war gerade erst aufgegangen und das rötliche Morgenlicht ergoss sich über die Welt.

Eine der neuen Frauen blieb stehen, als sie mich bemerkte. Sie trug das übliche Gewand mit Kapuze und Augenschalen, die die neuen Frauen vor der Sonne schützten. Daher konnte ich ihr Gesicht nicht gut erkennen. Aber ich sah ein paar helle Strähnen unter der Kapuze hervorquellen.

„Du bist Galok, nicht wahr?"

Ich hob den Schwanz. „Ja. Grüße. Ich kenne deinen Namen nicht."

„Ich bin Theresa. Bist du hier, um Kat zu besuchen?"

145

Ich blies die Brust auf und schlug mit dem Schwanz. „Ja, ich habe ihr Frühstück gebracht. Wie versprochen."

Theresa nickte lächelnd. „Dachte ich mir. Die Schlafmütze schnarcht da drinnen immer noch. Ich werde ihr Bescheid sagen, dass du da bist." Sie verschwand im Zelt und kehrte bald darauf zurück. „Sie kommt gleich. Allerdings hätte ich sie vielleicht lieber nicht wecken sollen. Damit dürfte ich es dir nur noch schwerer gemacht haben."

„Inwiefern schwerer?", fragte ich verblüfft.

Theresa seufzte. „Du wirst schon sehen."

Hastig folgte sie den anderen Frauen. Ich runzelte die Stirn und sah mich gerade rechtzeitig um, als Kat aus dem Zelt trat. Trotz Kapuze und Augenschalen war ihre finstere Miene nicht zu übersehen. Und ihr Anblick brachte mein Herz zum Singen.

„Guten Morgen, Kleines. Ich habe dir das versprochene Frühstück gebracht."

Nach gestern Nacht fiel es mir schwer, sie nicht zu berühren. Ich betrachtete sie und mein Blick blieb an ihrem Bauch hängen. Obwohl er jetzt von ihrem Umhang bedeckt war, konnte ich nichts anderes sehen als flache Haut, in deren Mitte der Stein aus ihrem Bauchnabel ragte. Meine Männlichkeit regte sich und ich atmete tief durch. *Du kannst dich so früh am Morgen nicht deiner Erregung ergeben, du Narr. Du hast Pflichten zu erfüllen.*

Kat kam auf mich zu und spähte auf meine Hände. Ich hatte ihr Frühstück mit einem sehr dünnen, biegsamen Stück *babkit*-Rinde zu einem Bündel gewickelt. Zu meiner Überraschung nahm sie es mir ohne zu diskutieren ab und murmelte sogar ein leises Dankeschön. Ich war nicht sicher, ob ich mich freuen sollte, dass sie mein Geschenk widerstandslos angenommen hatte, oder ob ich mir Sorgen machen sollte. Das ... passte gar nicht zu ihr.

„Ist alles in Ordnung, Kat?"

„Ja. Warum auch nicht?" Sie runzelte die Stirn und legte den Kopf schief.

„Du reagierst nicht mit deinem üblichen Zorn. Aber versteh das bitte nicht als Beschwerde."

„Ich ... versuche etwas Neues", murmelte sie und sah hinab auf das Bündel in ihren Händen. Dann hob sie das Kinn, um mich anzusehen.

„Galok, willst du mit mir auf ein *Date* gehen?"

„Ja", antwortete ich sofort, obwohl ich keine Ahnung hatte, was sie eigentlich von mir wollte. „Was ist ein *Date*?"

Sie stöhnte. „*Oh mein Gott*, warum hast du einfach Ja gesagt, wenn du gar nicht weißt, wovon ich rede? Ich hätte damit rechnen sollen, dass es keine Übersetzung für dieses Wort gibt."

„Ich habe Ja gesagt, weil ich mit Freuden alles für dich und mit dir tun würde", erwiderte ich. „Aber ich würde mich trotzdem freuen, wenn du mir erklärst, was dieses *Date* ist."

„Das ist ... Es ist ... So was wie ..." Sie ließ ihr Frühstück fallen und gestikulierte wild, während sie abrupt Worte ausstieß. Ihr Gesicht unter der Kapuze lief tiefrot an.

„Es ist ...", half ich ihr behutsam auf die Sprünge und vielleicht war es gemein von mir, dass ich diese Situation ein bisschen zu sehr genoss.

„Das macht man, wenn jemanden besser kennenlernen will. Man geht irgendwo hin, zu zweit, und redet. Vielleicht isst man auch was."

Freude erfasste mich. Das musste ein gutes Vorzeichen sein. Kat wollte mit mir allein sein und irgendwo mit mir hingehen.

„Sag mir, was du gern tun würdest, und wir tun es. Sag mir, wo du hinmöchtest, und wir gehen hin."

„Ich weiß es nicht. So weit war ich mit meinem Plan noch nicht gekommen."

Sie biss sich auf die rosige Unterlippe und wieder spürte ich, wie mein Glied zuckte. „Ich könnte mit dir zu Gahn Buroudeis Herrschaftsgebiet reiten. Es ist weniger als einen Tagesritt von hier entfernt. Dort bin ich aufgewachsen."

Ich könnte ihr all die geheimen Orte meiner Kindheit zeigen. Sie im Land meiner Geburt willkommen heißen. Der Gedanke war erfrischend.

„Ähm, okay. Ja. Gern." Sie nickte ein paarmal, bevor sie nach Luft schnappte. „Oh hey, könnten wir auf dem Rückweg endlich am Schiff haltmachen? Ich muss wirklich anfangen, die Gesteinsproben zu untersuchen, die ich mit Melanie gesammelt habe. Uns geht die *Sonnenmilch* aus. Und wenn wir im Schiff sind, kann ich auch nachschauen, ob irgendwo noch weitere Vorräte an *Sonnenmilch* eingelagert sind, die wir bis dahin benutzen können."

„Natürlich, das sollte kein Problem sein."

„Also … Wann wollen wir los?" Kat sprach leise und sanft, ihre Stimme vibrierte beinahe. Es gefiel mir, sie so zu erleben. Dass sie um etwas bat. Etwas wollte. Von mir.

„Heute muss ich für den Clan auf die Jagd gehen. Aber wir können morgen bei Tagesanbruch aufbrechen." Ich würde noch mit Gahn Buroudei reden müssen, aber ich glaubte nicht, dass er mir meinen Wunsch abschlagen würde. Er wusste von uns allen am besten, was ein Krieger alles auf sich nahm, um eine neue Frau zufriedenzustellen.

„Okay. Das hört sich gut an", sagte Kat. Sie bückte sich rasch nach dem Frühstück, das ich ihr gebracht hatte, und hob es wieder auf. „Tja, dann danke, dass du mir was zum *Mampfen* gebracht hast. Tschüss." Ihre Stimme überschlug sich herrlich, als sie mir ihre letzten Worte über die Schulter zuwarf und wieder im Zelt verschwand. *Bezaubernd.*

Den restlichen Tag über war ich ganz mit Kat und unserem baldigen *Date* beschäftigt. Die Jagd war erfolgreich und unsere Gruppe erlegte drei große *dakrival*. Während ich eines der Beutetiere auf meinem *irkdu* festband, um es zurück ins Lager zu bringen, grübelte ich, was die nächsten Tage mit sich bringen mochten. *Ich hätte nachfragen sollen, wie genau so ein Date aussieht.*

Sie hatte behauptet, man würde sich dabei kennenlernen und etwas essen. Ich war nicht ganz sicher, inwiefern sich das davon entschied, nebeneinander am Feuer zu essen, aber sie hatte auch erwähnt, dass man dafür allein sein müsste.

Mein Herz – und mein Glied – schwoll an, als mir bewusst wurde, dass Kat und ich zum ersten Mal wirklich allein sein würden. Zwar hatten wir auf der Reise zu Talioks Bergen einiges an Zeit miteinander verbracht, aber dieses Mal würde es nur uns beide geben. Ich fragte mich, ob sie dieses Mal bereit sein würde, das Zelt mit mir zu teilen ...

Ich lachte mich selbst aus. Wahrscheinlich würde ich wieder dazu verdammt sein, draußen zu schlafen. Aber das war in Ordnung. Es reichte mir, in ihrer Nähe zu sein. Obwohl man natürlich immer hoffen konnte, dass sich mehr daraus entwickelte.

Als ich bei Sonnenuntergang mit den anderen Jägern ins Lager zurückkehrte, entdeckte ich, dass in der Mitte der Siedlung ein einziges großes Feuer loderte. Ein breites Grinsen legte sich auf meine Züge. Die neuen Frauen hatten meinem Vorschlag zugestimmt. Die Clans teilten sich ein abendliches Feuer.

Als wir uns näherten, sah ich, dass tatsächlich alle drei Clans daran teilnahmen. Die Gahns Buroudei und Taliok saßen bei ihren Gefährtinnen. Dasselbe galt für Gahn Fallo, auch wenn er deutlich wütender wirkte als die anderen. Das überraschte mich nicht weiter. Zweifelsohne hatte er das Gefühl, dass ihm seine Stellung als Beschützer der neuen Frauen abhandenkam.

Aber das war meiner Meinung nach eine gute Entwicklung. Wir mussten vereint stehen. Zusammenarbeiten.

Ich sprang vom *irkdu* und zerrte das *dakrival* zu einer Gruppe Sandmeer-Frauen, die darauf warteten, es zu zerlegen. Erfreut bemerkte ich, dass sich auch einige der neuen Frauen unter ihnen befanden, bereit zu helfen und zu lernen. Kat war allerdings nicht dabei und ich sah mich nach ihr um.

Da entdeckte ich sie. Sie saß bei der Frau, die sich mir heute Morgen als Theresa vorgestellt hatte. Der Feuerschein tanzte über Kats Gesicht und ließ ihre Augen glänzen.

Obwohl ich mich mit jeder Faser zu ihr hingezogen fühlte und mich danach sehnte, zu ihr zu eilen, entschied ich, zuerst mit Gahn Buroudei zu sprechen und ihm von unserem *Date* zu berichten. Ich wollte Kat sagen können, dass er unseren Plan abgesegnet hatte, wenn ich zu ihr ging.

In diesem Sinne umrundete ich das Feuer und ging zu der Stelle, an der die meisten Mitglieder unseres Clans saßen. Ich bahnte mir einen Weg durch meine Kameraden, bis ich Gahn Buroudei und seine Gahnala Sziszi erreicht hatte. Dann hob ich den Schwanz.

„Setz dich und iss mit uns, Galok", lud Gahn Buroudei mich ein.

„Ich setze mich gern, aber nur kurz", erklärte ich, bevor ich neben ihm Platz nahm. „Ich würde gern etwas Persönliches mit dir besprechen."

„Ach ja?" Überrascht wandte Buroudei sich mir zu.

„Ja. Ich würde gern mit der neuen Frau Kat in unser Herrschaftsgebiet reiten. Ich möchte ihr unser Land zeigen ... Bei einem *Date*."

Sziszi, die auf Buroudeis anderer Seite saß, lehnte sich über ihn und riss die Augen auf. „Du gehst mit Kat auf ein Date? Wie hast du sie denn dazu bekommen?"

„Es war Kats Vorschlag", erklärte ich selig.

„Das soll wohl ein Witz sein", sagte die Gahnala ungläubig.

„Ist es nicht. Es ist die reine Wahrheit", versicherte ich ihr.

„Wow. Ich ... ich kann's nicht glauben. Das freut mich für dich, Galok. Ich hoffe, ihr habt bei eurem *Date* jede Menge Spaß!"

Buroudei, der unseren Austausch schweigend verfolgt hatte, meldete sich zu Wort. „Nicht so hastig, Geliebte. Ich bin mir bei dieser Sache nicht so sicher."

Meine Freude fiel in sich zusammen und hinterließ gähnende Leere in meiner Brust. Was könnte Buroudei gegen unsere Pläne einzuwenden haben? Er war nicht nur mein Gahn, sondern auch mein engster Freund. Er wollte sich meinem Glück doch sicher nicht in den Weg stellen.

Sziszi schien genauso verwundert wie ich. „Wie meinst du das? Liegt es daran, dass die Lavrika sich ihm noch nicht offenbart haben?"

„Nein, das ist es nicht", erwiderte Buroudei rasch. „Auch wenn die Lavrika das Gefährtenband wachrufen, braucht man es nicht, um in Gemeinschaft zu leben. Ich habe kein Problem damit, dass Galok mit Kat dieses *Date* vollführen will." Er wandte sich von seiner schönen Gahnala ab, um mich anzusehen. „Nein, meine Sorge gilt der Tatsache, dass du mit ihr allein unterwegs sein wirst. Du hast doch erlebt, wie Gahn Fallo reagiert hat, als Gahn Taliok mit Melanie und Kat aufbrechen wollte. Wir waren uns alle einig, dass er das Recht hat, Melanie mitzunehmen, da sie seine Gefährtin ist. Aber nicht Kat."

Seufzend rang ich die Hände und dachte angestrengt nach. Gahn Buroudei hatte recht. Das war überhaupt erst der Grund gewesen, warum ich sie in die Berge begleitet hatte – als eine Art Wächter, damit die neuen Frauen nicht unter dem Schutz eines einzelnen Clans standen, solange sie sich außerhalb der Siedlung bewegten.

Auch wenn ich nichts dagegen einzuwenden hatte, dass wir auch dieses Mal von einem Wächter begleitet wurden, bezweifelte ich, dass Kat diese Idee gefallen würde.

„Kat hat betont, dass es bei einem *Date* darauf ankommt, miteinander allein zu sein. Ich glaube nicht, dass ich ihren Wünschen gerecht werden kann, wenn uns jemand begleitet", erklärte ich Buroudei.

Er schürzte die Lippen, wie er es oft tat, wenn er nachdachte. Sziszi beugte sich wieder über ihn und legte ihm sacht die Hand auf den Oberschenkel. Die Sehnen an seinem Hals spannten sich an und er schluckte.

„Komm schon, Buroudei. Lass ihn gehen. Fallo ist ein Schwachkopf. Er muss ja nichts davon erfahren."

„Es gefällt mir nicht, einen anderen Gahn zu hintergehen", sagte Buroudei nachdenklich und kratzte sich am Kinn.

„Aber wenn Kat Galok begleiten will und sie allein sein möchte, hat sie jedes Recht dazu", gab Sziszi aufgebracht zurück. „Als wir uns kennengelernt haben, haben wir viel Zeit allein verbracht. Du konntest mit mir überallhin, wo du wolltest. Es ist nicht fair, Galok dasselbe zu verweigern."

Danke, Gahnala. Es war wirklich großzügig von ihr, mir zur Seite zu stehen.

Und sie war stärker, als mir bewusst gewesen war. Ihre Miene verhärtete sich und ihre Augen funkelten, als sie ihren mächtigen Gefährten niederstarrte. „Es ist mein Ernst, Buroudei. Lass sie allein aufbrechen."

Buroudei strich mit einer Klaue über Sziszis vorgerecktes Kinn. „Meine wunderbare Gefährtin, du hast mich wirklich bezwungen", murmelte er mit so zärtlicher Stimme, dass ich sie kaum wiedererkannte. An mich gewandt fuhr er fort: „Geh, Galok. Brecht morgen auf. Du hast meinen Segen, Kat mitzunehmen, wenn sie es wünscht. Aber beeilt euch besser und verhaltet euch still."

Ich legte Buroudei die Hand auf die Schulter und drückte sie kurz. „Danke, mein Freund. Vielen Dank."

Damit sprang ich auf, um Kat zu suchen und ihr die guten Neuigkeiten zu überbringen.

Morgen würden wir aufbrechen. Morgen würde unser *Date* beginnen.

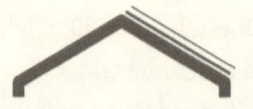

KAPITEL SIEBZEHN
Kat

ICH ERWACHTE NOCH VOR Sonnenaufgang, wie ich an den zaghaften blassen Strahlen des Dämmerlichts erkannte, die sich zwischen den Zeltplanen hindurchzwängten. Es überraschte mich nicht, dass ich so früh aufgewacht war. Ich hatte sowieso kaum geschlafen. Seitdem Galok mir gestern Abend erzählt hatte, dass wir heute aufbrechen konnten, war ich ein einziges dämliches Nervenbündel, dem außerdem auch noch übel war.

Ich zog mich im Dunkeln an, da ich niemanden wecken wollte. Mein Rucksack stand schon bereit, aber bevor ich ging, weckte ich Theresa mit einem Stups auf, um mich bei ihr abzumelden. Galok hatte mir erklärt, dass wir uns so leise wie möglich aus dem Staub machen sollten, weil es den Männern genau genommen nicht erlaubt war, eine von uns ohne weiteren Begleiter aus dem Lager wegzubringen. Aber ich musste wenigstens einem Menschen Bescheid sagen, wohin ich ging. Ich wollte sie nicht in der Sorge zurücklassen, dass ich verschwunden oder aufgefressen worden war.

„Theresa, ich bin jetzt weg."

Sie drehte sich zu mir um und schlug ein Auge auf. Lächelnd sah sie zu mir hoch. „Viel Spaß, ihr zwei."

„Spaß? Wie denn? Ich bin so nervös, dass ich jeden Moment kotze."

„Das ist bei einem ersten Date ganz normal", murmelte sie, obwohl ich das kaum glauben konnte. Wenn sich alle vor einem Date so mies fühlten, warum zum Teufel ließ man sich dann überhaupt darauf ein?

Ich verabschiedete mich von ihr und ging zum Zeltausgang. Die ganze Zeit über versuchte ich, mich zu beruhigen.

Du musst dich entspannen. Es ist nur Galok.

Aber als ich ins Freie trat und ihn dort stehen sah, wusste ich mit so überwältigender Gewissheit, dass es mich fast von deinen Beinen holte, dass er nicht *nur Galok* war. Nicht mehr. Er wurde viel mehr für mich, und zwar sehr viel schneller, als mir lieb war. So schnell, dass es meine Komfortzone sprengte. Aber als ich sein Lächeln und seine Gestalt auf mich wirken ließ, konnte ich es nicht mehr abstreiten. Vor wenigen Tagen war er noch dieser nervige Typ gewesen, den ich wieder und wieder abgewiesen hatte. Und jetzt? Na ja, war er immer noch irgendwie nervig. Aber ... auf eine liebenswerte Weise.

Ich ging auf ihn zu und wünschte, ich hätte schon meine Sonnenbrille aufgesetzt, um ihm nicht in die Augen sehen zu müssen. Ich hatte sie in den Rucksack gepackt und es würde ziemlich seltsam wirken, wenn ich sie im Dämmerlicht hervorholte. Also sah ich ihm mit einem gezwungenen Lächeln entgegen.

„Hey", sagte ich und trat von einem Fuß auf den anderen.

„Hallo, Kat. Ich habe dir etwas mitgebracht."

Ich erwartete, dass es sich um Frühstück handelte – nicht, dass ich gerade etwas essen könnte –, aber stattdessen war es ... ein Büschel Gras?

Peet-Gras genau genommen, jene faserige Pflanze, die in der Wüste wuchs. Galok hielt mir ein großes Büschel entgegen. Stirnrunzelnd griff ich danach. „Danke?"

Galok legte den Kopf schief, während sein Lächeln verblasste. „Gefällt es dir nicht? Ich habe Gahnala Sziszi gestern Abend um Rat gebeten. Sie meinte, es ist üblich, dass der Mann der Frau beim Date Pflanzenmaterial mitbringt."

Pflanzenmaterial?

Ich lachte laut auf und schlug mir schnell die Hand vor den Mund, um das Geräusch zu dämpfen. „Ich glaube, sie hat Blumen gemeint. Auf der Erde gibt es jede Menge davon, wie eure *rindla*-Pflanzen", erklärte ich und kämpfte gegen das Gelächter an. Sobald ich Galoks betroffene Miene bemerkte, fiel mir das nicht mehr schwer.

„Oh, ich verstehe. Ich bin auf einen Irrweg geraten. Ich werde mich bemühen, mich zu bessern. Du musst das Gras nicht behalten." Er griff nach meinen Händen.

„Nein, schon gut." Ich entzog mich ihm. Plötzlich hatte ich das Bedürfnis, mein komisches kleines Grasbündel zu beschützen. Mit knallrotem Gesicht stopfte ich es zu meinen anderen Sachen in den Rucksack – zu Ersatzkleidung, Sonnenmilch, Sonnenbrille und all den Steinen, die ich auf dem Rückweg im Labor analysieren wollte.

Sobald alles sicher verstaut war, richtete ich mich auf. „Also, wollen wir los?"

„Ja. Wollen wir."

Wir schlichen durchs Lager, bis wir die offene Wüste erreicht hatten. Galoks *irkdu* wartete bereits auf uns und streifte schnüffelnd umher. Diese Tiere sahen wirklich verrückt aus mit ihrer großen Krokodilschnauze und den vielen, vielen Augen. Davon, dass sie viel zu viele Beine hatten, wollte ich gar nicht erst anfangen. Aber auf ihrem Rücken kam man definitiv dort an, wo man hinwollte, und allmählich wuchsen sie mir ans Herz.

Das *irkdu* schnaubte und warf seinen gewaltigen Kopf in die Höhe, als wir uns näherten. Ich entdeckte meinen Sattel auf seinem Rücken, dazu eine Reihe Lederbündel und das Zeltzubehör.

„Möchtest du etwas essen, bevor wir losreiten?", fragte Galok, aber ich schüttelte den Kopf. Die Nervosität war wieder da.

„Nee, lass uns einfach gehen."

Galok grinste mich an, seine Sichtsterne wirbelten umher. „Gut. Ich kann es auch nicht erwarten, unser Date anzutreten."

Oh Gott.

Er half mir hoch, dann sprang er selbst auf den Rücken des *irkdu* und nahm hinter mir Platz. Und zwar sehr, sehr nah. Im Gegensatz zu früher machte er keine Anstalten, Abstand zu halten, und ich spürte seine Brust als Mauer schierer Muskeln in meinem Rücken.

Wir ritten los, glitten schnell und mühelos über den Sand. Hinter uns ging der Asteroidengürtel unter und es wurde zunehmend heller. Die Sonne kletterte über den Horizont und begann ihre heiße Bahn über den Himmel. Mir stockte der Atem, so herrlich war der Anblick.

Der Himmel glühte in verschiedenen Abstufungen von Orange und einem durchsichtigen Scharlachrot. In diesem Licht schimmerte der Sand, nein, leuchtete förmlich wie von selbst, ein kupferfarbener und goldener Teppich, soweit das Auge reichte. Es war kaum vorstellbar, dass ein Ort so wunderschön sein konnte. Und ich konnte kaum fassen, dass ich jetzt hier lebte. Es war ein verdammt steiniger Weg gewesen, der mich hergeführt hatte, aber das Ziel erwies sich als verflucht großartig.

Ich lehnte mich fester an Galok und genoss seine Wärme. Es war nicht nur die Schönheit der Landschaft, die diesen Augenblick perfekt machte. Es war auch der Alien in meinem Rücken. Der, der mir Frühstück brachte, selbst wenn ich es nicht wollte. Der mir stolz eine Handvoll Gras überreicht hatte, nur weil er glaubte, dass es mir gefiel.

Der, dessen Zungen meine Pussy in Brand setzten.

Jetzt stell dir bloß vor, wie sich diese Zungen woanders als in deinem Mund anfühlen würden.

Oh Gott! Halt die Klappe, Hirn. Halt die Klappe. Halt die Klappe. HALT DIE KLAPPE!

Galoks Stimme erklang an meiner Kapuze und ließ mich zusammenzucken. Ich wollte vor Scham im Boden versinken und fragte mich, ob er meine wirren Gedanken irgendwie gehört hatte. Aber anscheinend war ich aus dem Schneider, denn er hatte nur eine Frage.

„Wenn ich hier draußen unterwegs bin, reite ich gern sehr schnell. Ich habe mich gefragt, ob ich dir zeigen darf, wie schnell. Würde dir das gefallen?"

Mit klopfendem Herzen setzte ich mich ein wenig aufrechter hin.

Dann griff ich in den Rucksack, der an meiner Seite hing, und holte meine Sonnenbrille hervor. Ich setzte sie auf und ließ die Kapuze folgen. Die Sonne stieg immer höher und übergoss die Wüste mit gleißender Hitze.

Schließlich setzte ich mich zurecht, griff nach den ledernen Kanten des Sattels und grinste. „Dann mal los! Ab die Post!"

Galok rief seinem Reittier etwas zu und wir schossen vorwärts. Ich hatte vorher schon geglaubt, dass wir recht fix unterwegs wären, aber jetzt kam ich mir vor wie auf einer Achterbahn. Oder zumindest stellte ich mir vor, dass sich so eine Achterbahnfahrt anfühlen musste, da ich noch nie in einer gesessen hatte. Ich stieß ein Jubeln aus, als mein Magen einen Salto schlug. Mir war schwummerig und federleicht zumute. Meine Kapuze flog nach hinten, aber Galok zog sie schnell wieder nach vorn und fixierte sie mit einer Hand auf meinem Kopf, während er mit der anderen den Speer an seine Seite drückte.

„Das ist unglaublich!", schrie ich gegen den Wind an. Es kam mir vor, als würde ich fliegen.

Als würden *wir* fliegen.

Wir jagten über den Sand, fegten in einem Tempo die Dünen hinauf und auf der anderen Seite wieder runter, dass ich das Gefühl hatte, gleichzeitig zu schweben und zu fallen. Ich jubelte und lachte und fühlte mich so verdammt frei. Freier als jemals zuvor in meinem ganzen verfluchten Leben. Ich wollte ewig so weiterreiten, diese perfekte Freude niemals hinter mir lassen.

Aber irgendwann mussten wir langsamer werden.

Das *irkdu* drosselte das Tempo und ich rang mit wild pochendem Herzen nach Atem.

„Das war extrem cool", sagte ich über die Schulter zu Galok.

„Das freut mich. Ich hatte schon befürchtet, es könnte dir
in der Sonne zu heiß werden."

Lachend schüttelte ich den Kopf und wir setzten unseren
Weg fort.

Nach einer Weile passierten wir eine größere Ansammlung
zackiger, dunkler Felsen, in deren Schutz sich einige Zelte erhoben.

„Hier war früher unser Lager, bevor wir zu den Klippen
von Uruzai gezogen sind. Wie du sehen kannst, sind noch ein
paar Zelte für die Wachposten hier, die vor Ort geblieben sind,
um unser Herrschaftsgebiet zu sichern."

„Bleiben wir auch hier?", entgegnete ich.

„Nein", erwiderte Galok. „Ich möchte dir gern noch etwas
anderes zeigen. Aber wir legen hier eine Pause ein."

Er brachte sein Reittier zum Stehen, dann sprang er ab und
hielt mir die Hände entgegen. Mit einer Grimasse ergriff ich
sie. Bei der Berührung jagte ein Prickeln durch meine Arme.
Alles in mir schrie danach, ihn wegzuscheuchen, nach ihm zu
treten und wie sonst allein zu Boden zu gleiten. Aber mich so
zu verhalten wie immer, führte letztendlich nur dazu, dass ich
mir einen wunden Hintern holte. Mit Galoks Händen in festem Griff rutschte ich seitlich vom *irkdu* und landete zur Ab-
wechslung auf den Füßen, wenn auch unsicher. Galok ergriff
meine Handgelenke und packte fester zu, um mir Halt zu
geben.

„Mir ist nicht entgangen, dass du heute noch nichts
gegessen hast", bemerkte Galok und öffnete eines der Bündel,
die er am Sattel befestigt hatte.

Nickend beobachtete ich ihn. Nun, da ich mich etwas beruhigt hatte, kam ich vor Hunger fast um. Galok bot mir dir übliche Auswahl an Fleisch und *valok* an und ich verschlang alles gierig, während ich mich umsah.

Dabei gab es gar nicht viel zu entdecken. Abgesehen von den riesigen, gezackten Steinen und den Zelten hinter uns war da nichts als kupferfarbener Sand, der sich in alle Richtungen erstreckte.

„Was willst du mir denn zeigen?", fragte ich mit dem Mund voll Fleisch.

Auf Galoks Lippen glänzte *valok*-Gel und mein Innerstes zog sich zusammen.

„Ein Stück entfernt von hier verändert sich die Landschaft. Ich habe dort als Junge viel Zeit verbracht. Der Ort ist meiner Meinung nach einzigartig. Ich denke, er wird dir gefallen."

„Hm", sagte ich, während ich aufaß. Ich konnte mir hier draußen eigentlich gar keine andere Landschaft vorstellen. In diesem Teil der Wüste wirkte alles so gleichförmig.

Ich schätze, ich werde es schon sehen, wenn wir da sind.

Nach dem Essen ruhten wir uns eine Weile aus. Galok wollte abwarten, ob eine der Patrouillen im Gebiet zu den Zelten zurückkehrte, damit er sie begrüßen konnte. Aber es kam niemand.

„Gahn Buroudeis Herrschaftsgebiet ist riesig", erklärte er, während er mit weit aufgerissenen Sichtsternen zum Horizont blickte. „Sie könnten weit, weit weg sein."

Mit vollen Mägen stiegen wir wieder aufs *irkdu*, um den letzten Abschnitt der Reise anzutreten. Inzwischen war ich deutlich entspannter. Mit Galok schien einfach alles … leicht zu sein und sogar Spaß zu machen, jetzt wo ich meine Gefühle zuließ.

Wir ritten noch lange durch die Dünen. Es mussten Stunden vergangen sein, als ich mich schließlich im Sattel umdrehte. „Bist du sicher, dass du weißt, wo wir hinreiten?", fragte ich und verengte die Augen hinter der Sonnenbrille. Ich wollte einen Witz reißen à la *Sollen wir nicht lieber mal anhalten und nach dem Weg fragen*, aber ich ahnte, dass ich Galoks riesigen Alien-Schädel damit überfordert hätte.

„Ich kenne dieses Land besser als meine Klingen", antwortete Galok mit einem Lächeln, bei dem sich ein seltsam zärtliches Gefühl in meiner Brust breitmachte. „Keine Sorge. Wir sind fast da."

„Ich mache mir keine Sorgen", grummelte ich und sah wieder nach vorn.

Gerade als die Sonne hinter uns zu sinken begann, fiel mir auf, dass sich die Umgebung zu wandeln begann. Wir ritten nicht länger über flachen Sand, der nur hier und da von ein paar Dünen unterbrochen wurde. Stattdessen schienen wir nach oben zu reiten, immer höher auf einen gewaltigen Sandhügel hinauf. Der Anstieg wurde immer steiler, bis die Schwerkraft meinen Rücken an Galoks Brust drückte. Zum Glück saß er hinter mir, denn sonst wäre ich aus dem Sattel gerutscht.

Gerade als ich dachte, dass das *irkdu* jeden Moment den Halt verlieren würde, erreichten wir die Hügelkuppe, und als ich auf der anderen Seite nach unten schaute, schnappte ich nach Luft.

Vor uns lag eine Oase. Ein heller, bunter Fleck des Lebens inmitten der endlosen Wüste.

„Ach du Scheiße", hauchte ich, während ich den Anblick auf mich wirken ließ.

Am Fuße des Hügels, den wir gerade hochgeritten waren, befand sich ein großes, flaches und kreisrundes Areal. Braune *babkit*-Bäume umrahmten das Gelände abwechselnd mit Büschen, die ich noch nie gesehen hatte. Sie waren groß, so groß wie ich, und hatten schimmernde Äste, die mich an Pinien erinnerten. Aber statt von einem tiefen Grün wie die Pinien der Erde glitzerten sie in metallischen Silber-, Gold- und Bronzetönen. Ihre Oberfläche erinnerte an Folie.

In diesem Rund aus *babkit*-Bäumen und Metallbüschen befand sich der übliche kupferfarbene Sand, dazu flache Steine unterschiedlichster Größe, zwischen denen einige der Pflanzen wuchsen, die ich schon kannte: *peet*-Gras, *valok*-Pflanzen und *talka*-Kakteen. Doch es gab auch noch andere Pflanzen, die mir bisher noch nicht untergekommen waren: blassgelbe Dinger, die mich an Champignons erinnerten, bauschige weiße Blumen, die wie Weidenkätzchen aussahen, und große, glänzend schwarze Pflanzen, die sich wie dunkle Glassplitter aus dem Boden erhoben. Aber das Wunderbarste und Aufregendste an diesem Ort war das Wasser.

Richtiges, echtes, nasses *Wasser*.

Es war nicht viel, aber es war da. Es war echt. Ein schmaler Bach, der durch die Landschaft plätscherte und in einen kleinen Teich am anderen Ende der Oase mündete. Jenseits davon, hinter den Bäumen und Büschen, setzte sich das Sandmeer endlos fort.

Galok half mir beim Absteigen und ich stürzte davon. Halb rannte, halb schlitterte ich den Hügel hinab, bis ich ungeschickt am Fuß des Hangs zum Stehen kam. Nur knapp konnte ich einen Zusammenstoß mit dem dicken Stamm eines *babkit*-Baums verhindern. Ich ließ ihn hinter mir zurück und hielt kurz an, um den metallischen Glanz eines der stacheligen Silberbüsche zu bewundern. Er sah aus wie vergoldet, als würde es sich um eine Skulptur im Museum statt um einen natürlich gewachsenen Busch handeln.

Staunend schüttelte ich den Kopf, schob mich daran vorbei und betrat die Lichtung der Oase.

Es war, als hätte ich eine neue Welt betreten. Im Innern des Baumrings schien die Wüste zu verschwinden. Die leichte Brise ließ die Blätter der Pflanzen um mich herum rascheln, begleitet vom Schwirren der Insekten und anderer kleiner Lebewesen.

Von Stein zu Stein springend lief ich zum Bach. Je näher ich ihm kam, desto felsiger wurde der Untergrund und ich ging hingerissen am Ufer entlang, bis ich den kleinen Teich erreicht hatte. Diese Stelle lag am tiefsten und ich hatte den Eindruck, dass mir das Wasser kaum bis zum Knie reichen würde. Aber egal, wie flach der Teich war, ich würde reinspringen.

Selig grinsend zog ich mir die Stiefel aus, streifte die verschwitzten Socken ab und rollte die Hose hoch, um ins Wasser zu hüpfen. Vermutlich hätte ich es langsamer angehen oder Galok fragen sollen, ob mir irgendetwas im Teich die Zehen abbeißen könnte. Aber ich konnte einfach nicht warten. Ich wusste ja nicht, ob ich je wieder Wasser zu Gesicht bekommen würde. Wir tranken *valok* und wuschen uns mit diesem *talka*-Zeug, aber das war nicht dasselbe wie das Gefühl des herrlich feuchten, seidigen Wassers auf der Haut.

In der Mitte des Teichs blieb ich stehen und wackelte mit den Zehen auf dem sandigen Grund. Bisher hatte nichts nach ihnen geschnappt. Das war schon mal ein guter Anfang.

Ich war mir vage Galoks Schritte bewusst, die sich hinter mir dem Ufer näherten. Die Tatsache, dass er mich nicht panisch zurückgerufen hatte, bestärkte meine Einschätzung, dass es hier ziemlich sicher war. Also entspannte ich mich und grub die Zehen tiefer in den Sand. Ich starrte auf die kleinen Wellen, die ich ausgelöst hatte, und wie sie sich im Sonnenlicht zum Ufer bewegten und in den Schatten der *babkit*-Bäume und Büsche zerfaserten.

Ich stieß einen leisen Aufschrei aus und trat einen Schritt zurück, als auf einmal ein kleines Tier, das ich bisher nicht bemerkt hatte, von mir wegpaddelte. Auf den ersten Blick schien es sich um eine winzige Schildkröte zu handeln, kleiner als meine Handfläche und mit einem runden, dunklen Panzer. Doch statt vier Beinen, einem Schwanz und einem Kopf besaß es nur eine Reihe gleichförmiger Tentakel, jeder rund drei Zentimeter lang, die unter dem Panzer hervorragten. Sie bewegten sich wie kleine Propeller und trieben das Tier von mir weg. Es schreckte einen Schwarm Insekten auf, die von der nahen Böschung aufflogen, ein Gewirr aus silbernen Fühlern und durchsichtigen Schwingen.

Eine weitere kleine Kreatur sprang aus dem Wasser und auf einen Stein, von wo sie mich aus vier hervorquellenden Augen und mit einem froschartigen Gesicht beobachtete. Gleich darauf strichen smaragdgrüne Flügel über mich hinweg, als ein Vogel, der eher an einen Edelstein als ein Tier erinnerte, an mir vorbeiflog.

Lachend schüttelte ich den Kopf und verlagerte das Gewicht von einem Fuß auf den anderen. Das Gefühl des Wassers auf meiner Haut und die seltsame Schönheit all dieser Pflanzen und Tiere waren eine berauschende Mischung. Ich fühlte mich, als wäre ich in einem sehr realen Traum gelandet, den Willy Wonka persönlich entworfen hatte.

„Was machst du da?", fragte Galok schließlich.

Ich drehte mich zu ihm um und hakte die Finger in mein rechtes Hosenbein, das ins Wasser zu rutschen drohte. Ich rollte es fester über mein Knie, bevor ich mich aufrichtete.

„Wonach sieht es denn aus? Ich genieße das Wasser. Warum kommst du nicht dazu? Sind wir nicht deshalb hier?"

Galoks Sichtsterne wirbelten überrascht nach außen. „Um ins Wasser zu steigen? Nein, ganz bestimmt nicht. Ich wollte dir einen Ort zeigen, an dem ich in meiner Jugend viel Zeit verbracht habe. Ich dachte, du wüsstest es zu schätzen, mal etwas anderes zu sehen."

„Das tue ich", stimmte ich begeistert zu. „Hier ist es super."

„Das ist gut, dann bin ich zufrieden. Ich verstehe aber trotzdem nicht, was du da im Wasser machst."

Huch? Er war also in seiner Kindheit ständig hergekommen und hatte trotzdem nie im Wasser geplanscht?

„So etwas tun wir auf der Erde eben. Wir gehen schwimmen. Oder legen uns in den Whirlpool, in einen Teich oder eine heiße Quelle. Viele Menschen mögen Wasser." Galok verzog das Gesicht und ich musste lachen. „Was, wirst du nicht gern nass?"

„Es gibt nur einen Teil meines Körpers, den ich gern nass sehen würde, und zwar nicht, weil er mit Wasser in Berührung kommt."

Ich ignorierte die unverhohlene Anspielung. „Du bist wie eine Katze. Was schon eine ziemliche Ironie ist, weil mein Name auch Katze bedeutet."

„Ich bin wie eine was?"

„Egal."

Ich bückte mich, um mit den Fingern durchs Wasser zu streichen, und genoss den sanften Widerstand an meiner Haut, den Anblick der schimmernden, gläsernen Oberfläche unter der Sonne. Dann, bevor Galok reagieren konnte, wölbte ich die Hände und zog sie ruckartig nach oben. Wasser ergoss sich über Galoks Brust und Beine und er sprang mit einem Aufschrei zurück.

Unwillkürlich brach ich in Gelächter aus. In diesem Augenblick sah er wirklich wie eine Katze aus, und zwar wie eine, die in die volle Badewanne gefallen war.

Galok hörte auf, herumzufuchteln, holte tief Luft und suchte meinen Blick. „Winzige Kat, du vergisst, dass ich ein Krieger bin." Seine Sichtsterne verengten sich und in meinem Bauch zog sich alles zusammen, während mir Hitze in die Wangen stieg. „Ich bin ein Krieger des Sandmeers. Und du hast mir gerade den Krieg erklärt."

KAPITEL ACHTZEHN
Galok

MEINE KAT WAR SCHON eigenartig. Abgesehen von den Wesen, die hier am Bach lebten, konnte ich mir kein einziges vorstellen, das sich freiwillig dem Wasser aussetzen würde. Und doch stand sie nun vor mir, planschte fröhlich im Teich und sah drein, als würde sie sich am liebsten kopfüber hineinstürzen, wenn das Wasser nur tief genug wäre. Ich war ganz zufrieden damit, ihr vom Ufer aus zuzusehen und ihre offenkundige Freude über ihren Ausflug ins kühle Nass in mich aufzusaugen, als sie es wagte, mich mit eben diesem Wasser vollzuspritzen. Und das war eine Beleidigung, über die ich nicht hinwegsehen konnte.

Ich stürzte nach vorn und spritzte zurück. Das gruselige Gefühl, als die Flüssigkeit über meine Knöchel schwappte, ignorierte ich. Kat schlug um sich und presste die Lippen aufeinander, als ich entschlossen auf sie zukam. Sie wirbelte herum und watete auf das Ufer zu. Aber ihre Beine waren zu kurz, als dass sie mir hätte entkommen können, besonders, da das Wasser sie bremste. Rasch holte ich sie ein und griff mit einer Hand nach ihrem Unterarm, während ich mit der anderen Wasser schöpfte.

„Nein! Haha, nein!", schrie und lachte sie abwechselnd. Sie wand sich in meinem Griff und versuchte zu fliehen. Aber vor mir gab es kein Entkommen.

Ich schob die nasse Hand in ihre Kapuze und ließ das Wasser in ihr Gewand und über ihren Rücken rinnen.

Sie quietschte vor Lachen und konnte kaum atmen, während sie in meinem Griff einen merkwürdigen kleinen Tanz aufführte. Ich sog ihre Freude in mich auf und starrte auf ihr unbeschwertes, breites Lächeln, ihre rosigen Wangen, das vergnügte Beben ihrer Glieder. Ich wollte schon mehr Wasser schöpfen, um sie zu ärgern, aber dann entschied ich mich dagegen.

Noch immer mit einer Hand an ihrem Unterarm legte ich den anderen Arm um ihren Rücken und zog sie fest an mich. Langsam verebbte ihr Gelächter, bis sie schweigend zu mir aufsah. Ein einzelner Tropfen rann ihr über die Wange und fesselte meine Aufmerksamkeit. Er glänzte auf ihrer Haut wie die Steine, die sie trug. Ich wischte ihn mit der Spitze einer Kralle beiseite.

„Ich mag kein Wasser", entfuhr es mir heiser. „Aber ich muss zugeben, dass es auf deiner Haut wunderschön wirkt."

Kat schluckte und ich verfolgte die Bewegung ihres schlanken Halses in den Schatten ihrer Kapuze. „Weißt du, jetzt ist der Moment dieses *Dates*, in dem du mich küssen solltest."

Das musste sie mir nicht zweimal sagen. Mit einem Ruck hob ich sie hoch und das seltsam sinnliche Gefühl ihrer kühlen, feuchten Beine um meine Taille und in meinem Rücken ließ mich erschaudern. Sie umklammerte meine Schultern und wir fanden uns. Ihr Mund legte sich heiß und hungrig auf meinen, während sie mich näher an sich zog. Stumpfe Klauen gruben sich in meine Haut. Blut schoss in meine Männlichkeit und sie regte sich unter Kats Kehrseite, während ich in den Kuss hineinstöhnte.

Ich ließ sie ein Stück nach unten rutschen, sodass ihr Po gegen die Spitze meines Glieds stieß. Kat keuchte und wölbte den Rücken. Als sie die Muskeln anspannte, war es eine Qual für meine Härte. Wir erkundeten uns wie in der Nacht zuvor, öffneten uns einander, aber ich wollte mehr. Brauchte mehr.

Schwer keuchend zog ich mich zurück. Der Anblick von Kats Mund – geschwollen, feucht und rot – ließ meine Hoden schmerzen.

„Kat, ich möchte dich ewig weiterküssen. Aber können wir das bitte, bitte nicht im Wasser machen?"

Sie lachte zittrig auf, nickte jedoch. „Ja, ja, okay. Gehen wir an Land."

Ich packte ihren Po und pflügte schwerfällig durchs Wasser, bis wir das Ufer erreicht hatten. Dort angekommen, ließ ich auch die steinigeren Bereiche hinter mir, bis wir zu einer weichen, ebenen Sandfläche gelangten. Nach wie vor mit Kat in den Armen ging ich auf die Knie und legte sie im Schatten eines besonders großen *babkit*-Baums ab.

Ich hätte sie ewig betrachten können, wie sie dort auf dem Rücken lag, aber meine Kat war eine ungeduldige Schönheit. Mit einem Schnauben griff sie nach mir und schlang die Hände um meinen Hals, um mich mit überraschender Kraft auf sich zu ziehen. Ich konnte gerade noch verhindern, dass ich mit meinem ganzen Gewicht auf sie sank, indem ich mich auf Ellbogen und Knie stützte.

„Wow", sagte sie.

„Was? Was heißt das? Was bedeutet *Wow*?"

„Ich weiß es nicht. Es ist nur ... dich so auf mir zu haben, ist ... Ja, *wow*."

„Dann gehe ich mal davon aus, dass *wow* etwas sehr Gutes ist", sagte ich mit einem flüchtigen Lächeln.

Kat schob sich die Augenschalen auf die Stirn. Auch wenn der *babkit*-Baum und ich ihr Schatten spendeten, war es um uns herum immer noch sehr hell. Der einzelne schwarze Sichtstern in jedem ihrer Augen schrumpfte zu einem winzigen Punkt zusammen, sodass nur eine außergewöhnliche Mischung aus Weiß und erstaunlich hellem Blau übrig war. Ich hätte nie gedacht, dass ich Augen wie ihre einmal als wunderschön empfinden würde. Augen, die nicht schwarz und nicht voller Sichtsterne waren, die in alle Richtungen wirbelten. Und doch war ich auf einmal nicht in der Lage, andere Augen schön zu finden. Nicht im Vergleich zu ihren.

Nicht mehr.

In diesem Moment, in dem Kat unter mir keuchte und die Lider weit aufriss, wusste ich, dass ich verloren war. Ganz und gar verloren. Ich hatte mich an sie verloren, in ihr. Ich war nicht darauf angewiesen, dass die Lavrika sie zu meiner Gefährtin erklärten. Ich spürte es bereits tief in mir, in jedem Muskel, in jedem Knochen. In jedem Herzschlag. Dank ihr war jeder Schmerz, jedes Sehnen, jeder Funke meiner Selbst, jeder Moment meines Daseins mit Leben erfüllt. Durch meine Liebe zu ihr.

Und als ich den Kopf senkte, um ihren Mund einzufangen, wusste ich, dass mein Kampf nicht enden und ich sie unermüdlich umwerben würde, bis sie dasselbe empfand. Bis sie sich genauso sehr in mir verlor wie ich mich in ihr.

Egal, wie lange es dauern mochte.

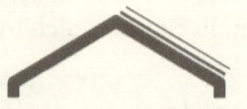

KAPITEL NEUNZEHN
Kat

WIR KÜSSTEN UNS EWIG. Zeit spielte keine Rolle. Alles, was ich wahrnahm, war die sanfte Hitze von Galoks Mund auf meinem, der Druck seiner Fangzähne an meiner Unterlippe und seine Hände, die von meinem Gesicht zu meiner Taille und wieder hinauf strichen. Als er sich seufzend von meinem Mund löste, um an meinem Kiefer zu lecken und zu knabbern, öffnete ich schließlich die Augen und stellte fest, dass die Sonne bereits unterging.

Keuchend lag ich da und strich über Galoks muskulösen Rücken, erschauderte unter seinen Lippen, die zu meinem Hals glitten, und sah nach oben. Der Sonnenuntergang verwandelte den Himmel in ein Gemälde aus Wasserfarben, ausgeleuchtet vom aufgehenden Asteroidengürtel, und die ersten Sterne zeigten sich.

Ich legte die Hände an Galoks Gesicht und schob ihn sacht von mir. Er richtete sich auf die Ellbogen auf, während seine Brust noch schwer an meiner lag. Seine Sichtsterne hatten sich weit ausgedehnt und funkelten vor Verlangen. Mir stockte der Atem.

„Es wird dunkel", verkündete ich wie ein Trottel. Das war schließlich kaum zu übersehen.

„Wird es", stimmte Galok mir zu. Sein Knurren ließ Flammen zwischen meinen Beinen auflodern, mein Innerstes zog sich zusammen. Es gab keinen Zweifel: Ich sehnte mich verdammt noch mal nach ihm. Ich spürte genau, wie feucht ich war. Aber nun, da wir aufgehört hatten, war es um die Dynamik dieses Augenblicks geschehen. Ich verkrampfte mich. Ich war einfach nicht bereit für das, was als Nächstes kommen würde.

Ich wand mich unter Galoks gewaltiger Gestalt hervor und kam ungeschickt auf die Beine.

„Tja, dann sollten wir vermutlich etwas essen und das Zelt aufbauen."

Galok setzte sich auf. „Ich hole so bald wie möglich Essen vom *irkdu* und kümmere mich ums Zelt. Aber im Augenblick kann ich nicht aufstehen, fürchte ich."

Hitze stieg mir in die Wangen, als ich begriff, worauf er hinauswollte. Mein Blick fiel auf die gewaltige Ausbeulung unter seinem Lendenschurz, die an einen Speer erinnerte. Der Anblick machte mich mehr als nur ein bisschen nervös, denn wie um Gottes willen sollte das in mich reinpassen?

Gleichzeitig erfasste mich fiebriger Stolz. *Ich* hatte ihn so angeturnt. *Ich* hatte ihn so hart gemacht.

Für den Bruchteil einer Sekunde wollte ich vor ihm auf die Knie fallen, den Lendenschurz wegreißen und herausfinden, was sich darunter befand. Die Vorstellung versetzte mir einen heißen, sehnsüchtigen Stich im Unterleib und ich wirbelte herum. Hastig lief ich zum Teich und holte meine Socken und Schuhe, bevor ich mir Wasser ins Gesicht spritzte. Ich achtete darauf, dass ich nichts in den Mund bekam. Wer wusste schon, was für Alien-Mikroben darin lebten? Aber das kalte Wasser an meinem heißen Gesicht fühlte sich großartig an. Ich rieb mir mit nassen Händen über den Kopf. Nebenbei hörte ich, wie Galok aufstand. Bis ich mich gesammelt hatte und mich wieder umdrehte, um mit meinen Stiefeln zu ihm zurückzukehren, hatte er Essen und Zeltmaterial herangeschafft.

Da das Fleisch bereits geräuchert war, brauchten wir kein Feuer, und wir aßen rasch, während es um uns herum zunehmend dunkler wurde. Nach dem Essen kam Bewegung in Galok und er baute das Zelt auf. Nachdem er die letzten Riemen angezogen hatte, zögerte er, bevor er sich zu mir umdrehte.

„Das Zelt ist fertig. Vielleicht möchtest du heute Gesellschaft haben. Es kann hier nachts ziemlich kalt werden."

„Ich komm schon klar. Heißblütig und so, du verstehst schon", krächzte ich, stürzte mich praktisch ins Zelt und zog die Klappe hinter mir zu. Das Herz schlug mir bis zum Hals und ich biss fest die Zähne zusammen. Ich wollte Galok nicht allein draußen schlafen lassen. Aber wenn ich ihn mit ins Zelt nahm, würden wir weiterknutschen und es wohl auch nicht dabei belassen. Ich meine, was sollte sonst passieren, wenn selbst schon so spitz war und mit einem heißen Alien-Krieger im Bett landete?

Ich musste wieder an Galoks Erektion denken. Meine Finger verkrampften sich um die Zeltklappe. Ich konnte nicht mehr abstreiten, dass ich ihn wollte. Ich wollte ihn unbedingt. Aber ich konnte auch nicht leugnen, dass ich verdammt unbeholfen war, wenn es um diese Männer-Frauen-Sache ging. *Was, wenn ich nicht gut bin?* Meine einzige sexuelle Erfahrung auf der Erde war nicht gerade überwältigend gewesen und ich hatte wirklich keine Ahnung, was ich tat. *Hat Galok so was schon mal gemacht?* Der Gedanke ... gefiel mir nicht. Die Vorstellung, dass Galok mit einer anderen geschlafen haben könnte, ließ mich innerlich kochen, auch wenn ich wusste, wie unfair das war.

Ächzend warf ich mich auf das Bett, das Galok für mich hergerichtet hatte. Ich rollte mich auf den Bauch, vergrub den Kopf in den verschränkten Armen und seufzte in den Stoff meiner Solarschutzjacke.

Es ärgerte mich, dass ich mich so dämlich anstellte. Was würde Theresa mir raten, wenn sie hier wäre? Oder Mel? Vermutlich würden sie irgendetwas Nettes sagen, darauf hinweisen, wie weit ich schon gekommen war, wie sehr ich mich bereits geöffnet hatte, als ich Galok auf ein Date angesprochen hatte.

Weil sie einfach zu nett sind.

Ich drehte mich auf den Rücken und wand mich aus meiner Jacke, ohne mich aufzusetzen. Stattdessen blieb ich darauf liegen und streckte die nackten Arme zu beiden Seiten aus. Eine ganze Weile rührte ich mich nicht, doch obwohl die verschiedenen Tiere und Insekten der Oase summten und zirpten, war es mir zu still. Ich wollte Galoks Stimme hören.

Oh Gott, er fehlte mir. Dieser alberne Alien fehlte mir doch tatsächlich.

Seufzend setzte ich mich auf und überlegte, ob ich meinen widerspenstigen Stolz weit genug überwinden konnte, um zu ihm nach draußen zu gehen. Und das, obwohl ich ihm zuvor gesagt hatte, dass ich ihn nicht im Zelt haben wollte.

Aber es war Galok, der zuerst sprach. Seine Stimme drang durch die Zeltwand und wärmte mich von innen heraus. „Ich merke, dass du nicht schläfst, Kleines."

Lächelnd schüttelte ich den Kopf. „Belauschst du mich etwa? Logisch. Deine Ohren sind schließlich genauso riesig wie dein Kopf."

„Ich werde nicht abstreiten, dass meine Ohren sehr gute Arbeit leisten. Für einen Krieger ist es überlebenswichtig, seine Sinne zu schärfen. Also nehme ich das mal als Kompliment, danke schön." Er lachte leise.

„Gern geschehen", murmelte ich und lächelte nach wie vor wie eine Irre. Doch bei seinen nächsten Worten wurde mein Lächeln schmal und ich biss mir auf die Unterlippe.

„Also, warum leistest du mir hier draußen nicht Gesellschaft, kleine Kat? Oder muss ich reinkommen und dich raustragen? Vielleicht muss auch überhaupt niemand von uns draußen sein ..."

„Ich komme raus", sagte ich hastig. Ich ließ Schuhe und Jacke aus und trat nur in Tanktop und Uniformhose ins Freie. Und erstarrte.

Schon tagsüber war mir die Oase herrlich vorgekommen, aber in der Nacht hatte sie etwas Magisches an sich. Das Licht der Asteroiden und Sterne brachte alles zum Glühen. Die Metallbüsche mit ihrer folienartigen Oberfläche waren von noch überwältigenderer Schönheit. Es ging etwas Winterliches von ihnen aus – als ob die *babkit*-Bäume und Büsche mit glitzerndem Frost überzogen wären. Das Wasser lag da wie ein runder, glatter Spiegel, auf den ein silbernes Band zuplätscherte. Ab und zu, wenn sich ein kleines Tier oder ein Insekt regte, geriet die Oberfläche in Bewegung und schimmernde Wellen liefen murmelnd ans Ufer.

„Wunderschön", sagte Galok hinter mir und ich wirbelte zu ihm herum.

„Ja, ist es", erwiderte ich.

Er lächelte schief und sah von seinem Sitzplatz zu mir auf. „Ich meinte nicht die Landschaft."

Sein Lächeln verblasste und er betrachtete mich ernst, entblößte mich mit seinem Blick. Die Nacht hatte auf ihn dieselbe Wirkung wie auf Pflanzen, Wasser und Sand – sie ließ ihn metallisch, merkwürdig und wunderbar wirken.

Inzwischen hatte ich einen Punkt erreicht, an dem ich zugeben konnte, dass er wirklich, wirklich gut aussah. Aber hier draußen, während das Licht seine Haut in Quecksilber verwandelte und seine Augen wie zersprungene Sterne leuchteten, erinnerte er mich an einen düsteren Alien-Engel. Ihm wohnte eine solche Schönheit inne, dass sich meine Brust zusammenzog und ich mich unwürdig fühlte.

„Ach, das hätte ich ja fast vergessen. Ich habe an etwas gearbeitet, während du dich da drin rumgewälzt hast."

Galok griff nach etwas, das neben ihm auf dem Boden lag. Ich konnte es von meinem Platz nicht richtig erkennen. Also ging ich zu ihm und setzte mich im Schneidersitz vor ihn, sodass meine Knie seine Schienbeine berührten.

„Es gibt hier keine *rindla*-Blumen, aber ich habe versucht, ein schöneres Geschenk für dich herzustellen. Zum Anlass unseres Dates."

Galok hielt mir etwas Langes, Dünnes entgegen. Behutsam nahm ich es und hielt es dicht vor mein Gesicht. Es handelte sich wieder um *peet*-Gras, wie er es mir schon zuvor überreicht hatte. Aber dieses Mal hatte er die langen Fasern geschickt gewunden und verflochten, um einen Stängel und eine vierblätterige Blüte nachzubilden.

Es war eine Blume. Eine Blume aus Gras.

„Die hast du selbst gemacht?", hauchte ich und betrachtete die zarten Windungen der Blütenblätter und den verschlungenen Stängel. Es war schwer vorstellbar, dass ein so großer Kerl etwas so Zartes und Detailliertes erschaffen konnte. Etwas so Schönes.

Die Tatsache, dass er es für mich getan hatte ... machte mich irgendwie fertig. Etwas in mir zersprang, und zwar genau der Teil von mir, der mich bisher so entschieden zurückgehalten hatte. Galok mochte ein Trottel sein, aber ich konnte nicht länger so tun, als wäre das zwischen uns nicht echt. Vielleicht gab es zwischen uns kein Gefährtenband oder so was, aber auf das, was Galok mir anbot, konnte ich mich verlassen. Er war zu hundert Prozent aufrichtig. Hinter all seinen Witzen, Angebereien und Neckereien verbarg sich eine so umfassende Ehrlichkeit, dass sie mir den Atem raubte.

Und eben diese Ehrlichkeit, diese Gefühle, wollte ich mit beiden Händen festhalten. Das wollte ich nicht verlieren. Ich wollte *ihn* nicht verlieren.

Ein Feuer loderte in mir auf und ich legte die Blume behutsam auf den Boden.

„Danke", flüsterte ich und stemmte mich auf die Knie hoch.

„Ich freue mich, dass sie dir gefällt." Galoks typisches Grinsen war wieder da. „Du solltest wissen, dass ich über viele Fähigkeiten verfüge, Kleines. Ich kann ..."

„Halt die Klappe." Ich setzte mich rittlings auf ihn und unterbrach ihn, indem ich ihn küsste. Galok sog überrascht Luft ein, sodass seine Brust sich abrupt hob. Und er legte die starken Hände an meinen Kiefer, während sein Glied unter mir zum Leben erwachte.

Wie es unter mir pulsierte und sich an mich drängte, war mein Untergang. Bevor ich es mir ausreden konnte, riss ich mein Tanktop hoch und über den Kopf. Galok schienen fast die Augen aus dem Kopf zu fallen. Sein dunkler Blick glitt über meinen Oberkörper, hoch und runter, bis er schließlich an meinen Brustwarzen hängen blieb.

„Meine Augen sind hier oben", witzelte ich.

Galoks Nasenflügel bebten, aber er hob nicht um einen Zentimeter den Blick. „Ja, deine Augen sind da oben. Und sie sind unvergleichlich und wunderbar. Aber dasselbe gilt für diesen Teil von dir. Und den habe ich noch nie gesehen. Also vergib mir, dass ich dich anstarre ..."

Sein Tonfall ließ darauf schließen, dass er nicht auf meine Vergebung angewiesen war. Und ich würde sie ihm auch nicht erteilen. Denn es störte mich überhaupt nicht, dass er mich betrachtete. Es machte mich nur noch schärfer. Zu erleben, wie sehr mein Körper ihn erregte, war wie eine Droge.

„Willst du mehr sehen?"

„Ich kann mir nicht vorstellen, dass es etwas noch Schöneres geben soll als das", sagte Galok erstickt. „Aber ich werde mir die Gelegenheit nicht entgehen lassen. Ja, ich möchte mehr sehen."

Ich rutschte von seinem Schoß, erhob mich und riss mir Hose und Slip herunter, bevor ich beides davonschleuderte. Nun, da ich vollkommen nackt war, holte mich die Unsicherheit ein und ich verschränkte die Arme vor der Brust, während Galok mich versonnen fixierte.

Dann richtete er sich auf die Knie auf, strich über die Rückseite meiner Beine und drückte das Gesicht zwischen meine Brüste, um tief einzuatmen. Er schloss die Hände um meinen Po, sodass ich mich ihm entgegendrängte. Da lehnte Galok sich ein Stück zurück, um zu mir aufzusehen, bevor er mit der mittleren Zunge langsam über meinen rechten Nippel strich.

Es war, als würde mir ein Blitz in den Unterleib fahren. Stöhnend vergrub ich die Hände in seinem Haar und warf den Kopf in den Nacken. Galok seufzte und dann spürte ich nicht nur seine Zunge, sondern auch seinen feuchten Mund, der sich um meine Brust schloss. Ich hatte keine sonderlich üppige Oberweite. Ich kam auch gut ohne BH zurecht. Und Galoks Mund war so groß, dass er praktisch meine ganze Brust in sich aufnehmen konnte. Seine Fangzähne kitzelten meine empfindliche Haut und seine Zungen weckten mit ihren Bewegungen einen berauschenden Cocktail aus Gefühlen in mir. Kurz darauf wechselte er zur anderen Brust und streichelte mit einer Hand die, an der er zuvor gesaugt hatte.

Meine Klitoris pochte, ein Gefühl, das sich bis in mein Innerstes fortsetzte. Ich spannte die Muskeln an und wand mich, wusste, dass ich mehr brauchte. Und als hätte Galok meine Gedanken gelesen, strich er kurz darauf zögernd mit einer Fingerspitze an meiner Pussy entlang.

Er erbebte und wich zurück, um seinen Finger zu betrachten. Dann leckte er sich vor meinen Augen und wie ein Irrer den Finger ab. Er knurrte und bevor ich wusste, wie mir geschah, riss er mich von den Beinen, hob mich an und legte mich auf den Rücken. Er verzog das Gesicht zu einem verzweifelten Fauchen, das ich noch nie bei ihm erlebt hatte. Es erschütterte meine Welt.

„Ich will dich nicht bedrängen, Kat. Aber du musst erfahren, was ich empfinde. Wie sehr ich mich nach dir sehne." Während er das sagte, löste er seinen Lendenschurz und warf ihn beiseite.

Ich machte große Augen, als ich zum ersten Mal sein Glied aus der Nähe sah. Er kniete sich über meine Taille, sodass sein gewaltiger Schaft zusammen mit den beiden Fortsätzen genau auf meiner Augenhöhe war.

Und gottverdammte Scheiße, er war ... beeindruckend. Riesig, leicht nach oben geschwungen, die Haut an der Wurzel bronzefarben und nach oben hin dunkler werdend. Seine Hoden hingen schwer und schwarz wie die Eichel darunter. *Jetzt wollen wir nur hoffen, dass er verdammt noch mal weiß, wie er damit umzugehen hat ...*

Umzugehen? Wollte ich etwa Sex mit ihm haben? Sex wie in *Penis-trifft-Vagina* mit einem Alien?

Ja. Ja, wollte ich. Ich sehnte mich genauso sehr danach wie Galok. Ich fühlte mich fürchterlich leer und zog mich immer wieder um diese Leere zusammen. Ich hatte kurz vor der Entführung meine Verhütungsspritze bekommen, sodass ich selbst dann nicht schwanger werden konnte, falls wir kompatibel sein sollten. Damit gab es nichts, was mich zurückhalten konnte.

„Hast du so was schon mal gemacht?", flüsterte ich. Das Letzte, was ich gebrauchen konnte, war eine geile Jungfrau, die keine Ahnung hatte, wie sie mit ihrem gewaltigen Glied umgehen musste. Nicht, dass es um mich viel besser bestellt war. Immerhin beschränkten sich meine Erfahrungen auf einen einzigen One-Night-Stand.

„Noch nie."

Oh oh. Ein ziemlich beängstigender Gedanke. Und doch fühlte ich mich dadurch irgendwie ... gut. Es tat gut zu wissen, dass ich seine Erste sein würde.

„Hast *du* denn so was schon mal gemacht?", fragte Galok.

Soll ich es ihm sagen? Ich zog in Erwägung, zu lügen, aber dann dachte ich: *Scheiß drauf. Wenn er das Interesse verliert, weil ich keine Jungfrau bin, verdient er es sowieso nicht, es mit mir zu treiben.*

„Hab ich. Einmal. Und ehrlich gesagt, war es nicht sehr berauschend."

„Berauschend?" Galoks Stirn legte sich in Falten. „Sollte es das denn sein? Sollte meine Männlichkeit dich in einen Rauschzustand versetzen?" Seinem Glied schien diese Idee zu gefallen, dann es regte sich über mir. „Das klingt auf jeden Fall sehr angenehm ..."

„Nein, das heißt, dass es nicht besonders toll war. Nicht angenehm." Es war auch keine Katastrophe gewesen oder so. Und wir hatten es beide gewollt. Es hatte nur nicht besonders viel Spaß gemacht.

„Soweit ich es verstanden habe, sollte es aber sehr angenehm sein. Jedenfalls wenn der Mann weiß, was er tut."

Ich leckte mir die Lippen, als sich ein Lusttropfen auf Galoks dunkler Eichel zeigte. „Du hast doch gerade selbst gesagt, dass du so was noch nie gemacht hast. Woher willst du dann wissen, was du tust?", fragte ich.

Galok grinste mich an, aber es war ein teuflisches Grinsen, versetzt mit überwältigender Leidenschaft. „Keine Sorge. Ich glaube, das meiste ist rein instinktiv. Und ich besitze ... viele Instinkte." Beim letzten Wort ließ er das Becken vorschnellen und stieß in einer schockierend sinnlichen Bewegung das Glied nach vorn. „Und was mir an Erfahrung fehlt, mache ich durch Begeisterung wett."

Ich musste lachen. Rasch glitt Galok auf mich und stützte sich auf die Ellbogen. Sein dunkles Haar legte sich wie ein Vorhang um mein Gesicht.

„Lass es uns langsam angehen", keuchte ich, obwohl ich bereits die Beine spreizte.

„Ich gebe mein Bestes", grollte Galok. Er hob das Becken und ich keuchte, als sich seine Eichel gegen meinen feuchten Eingang drängte.

„Oh fuck." Ich stöhnte lang anhaltend und tief auf und warf den Kopf in den Nacken. Ich konnte es nicht mehr erwarten, ihn in mir zu spüren. Aber das wäre eine wirklich miese Idee, wenn man unseren Größenunterschied bedachte. Also hielt ich still, jeder Muskel und Nerv bis zum Zerreißen gespannt, als Galok mit der Eichel über meine Schamlippen glitt, um die Feuchtigkeit zu verteilen.

Jedes Mal, wenn seine Bewegung den höchsten Punkt erreichte, strich er über meine Klitoris und schickte Lust durch meinen Körper.

„Du bist wunderschön, Kat. Und deine Lust ist ... überwältigend. Es fällt mir schwer, so weiterzumachen."

Benommen sah ich zu ihm auf und nickte schwerfällig. „Schon gut. Dring ein Stück ein, aber nicht zu weit."

„Woher weiß ich, wann es zu viel wird?"

„Wenn ich es dir sage. Und jetzt Schluss mit den Fragen." Ich griff nach ihm, zog sein Gesicht zu mir heran und leckte ihm über die Lippen. Dann legte ich die Hände an seinen Hals und spürte seinem starken, gleichmäßigen Puls nach, der heftig unter meinen Fingern schlug.

Mit einem grollenden Stöhnen öffnete Galok für mich den Mund. Gleichzeitig stieß er das Becken nach vorn und drang in mich ein. Ich warf den Kopf nach hinten, unfähig, meinen Aufschrei zu unterdrücken.

Sofort erstarrte er. „Kat! Habe ich dir wehgetan?"

„Nein, nein." Stöhnend vergrub ich die Fingernägel in seinem Rücken und umklammerte mit den Beinen seine Taille. „Im Gegenteil. Hör nicht auf. Ein bisschen mehr."

Galok stieß tiefer in mich hinein. Ich hob das Becken, um ihm entgegenzukommen, und wiegte mich von einer Seite zur anderen, als wollte ich ihm mehr Platz schaffen. Es war so eng, so viel auf einmal. Und doch nicht genug. Ich brauchte seine geschwungene Härte tiefer in mir.

„Mehr", hauchte ich.

„Ich höre und gehorche", raunte Galok, heiser vor Verlangen und mühsamer Zurückhaltung. Er glitt tiefer, bis er mich ganz ausfüllte. Als er so tief in mir war wie möglich, glitten seine biegsamen Fortsätze nach oben und rieben an meiner Klitoris. Ich griff zwischen uns und versuchte abzuschätzen, wie viel von ihm in mir war. Rund die Hälfte seines Glieds war noch draußen. Ich strich über die steife Länge und genoss es, als Galok starr wurde und hastiger atmete.

„Du kannst dich ein bisschen bewegen. Nur nicht so schnell", sagte ich.

Galok kniff die Augen zusammen, zog sich ein Stück aus mir heraus und glitt begleitet von einem Aufschrei meinerseits wieder in mich hinein.

„Noch mal."

Und wieder bewegte er sich. Er fand einen langsamen, gleichmäßigen Rhythmus, bei dem er jeden Lustpunkt meines Körpers traf. Die Fortsätze seines Glieds strichen über meine Klitoris, bis sich alles in mir zusammenzog. Ich gab mein Bestes, den Teil von ihm zu streicheln, der nicht in mir war. Aber als die Lust überhandnahm, hielt ich nicht länger durch. Ich verlor mich in meinen Gefühlen. Mein ganzer Körper öffnete sich ihm und zersprang wie die Funken seiner Sichtsterne.

Als ich kam, riss Galok die Augen auf, um mich zu beobachten. Seine Miene war dunkel vor Lust, aber gleichzeitig von etwas Eindringlichem erfüllt, das sich nicht mit Worten beschreiben ließ.

„Du bist alles, was ich mir je wünschen könnte, Kat", grollte er und erhöhte das Tempo, während ich um ihn herum pulsierte. Mir hatte es die Sprache verschlagen. „Du bist alles, was ich mir je erträumt habe, und mehr. Du bist mein Ein und Alles."

Du bist mein Ein und Alles.

Einmal mehr baute sich ein Orgasmus in mir auf und toste als zweite Lustwoge durch meinen Körper, bis mir Tränen in die Augen traten. Galok senkte den Kopf und strich mit den Lippen über meinen Hals, während er schneller zustieß und zunehmend hektischer wurde. Ich spürte jedoch, dass er sich immer noch zurückhielt. Er hatte Sorge, mir wehzutun, und das ließ mir erst recht die Tränen kommen. Sie lösten sich aus meinen Augenwinkeln, als Galok zusammenzuckte, sich in mir ergoss und seiner Lust freien Lauf ließ.

Danach stieß er noch ein paarmal langsam zu und verströmte genug Hitze, um der Sonne Konkurrenz zu machen, bevor er erschöpft verharrte. Er hob leicht den Kopf und legte die Stirn an meine. Sein Atem strich über mein Gesicht und jagte mir eine Gänsehaut über den Körper.

Sein Glied zuckte und pulsierte in mir, wurde weicher, war aber immer noch riesig. Nun, da seine Brust an meiner lag, nahm ich seinen Herzschlag wahr, der stark und gleichmäßig im Einklang mit meinem eigenen schlug.

Und in meinem Kopf hallten im gleichen Rhythmus immer dieselben Worte wider.

Du bist mein Ein und Alles. Du bist mein Ein und Alles. Du bist mein Ein und Alles.

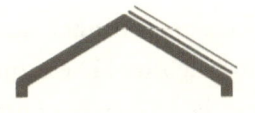

KAPITEL ZWANZIG
Galok

ICH WOLLTE MICH NIE wieder aus Kats enger Hitze zurückziehen. In ihr zu sein, war ein Segen, von dem ich nichts geahnt hatte. Mehr Lust hatte ich nie empfunden. Oder mehr Herrlichkeit.

Mein Atem ging schwer, meine Stirn lag an ihrer und am liebsten wäre ich ewig so liegen geblieben. Solange sie mich ließ. Genau genommen würde es wohl nicht lange dauern, bis ich wieder hart wurde. Ich spürte bereits, wie sich etwas in mir regte, wollte schon wieder in ihren winzigen Körper hineinstoßen.

Aber ich wollte sie auch nicht überfordern. Ich lehnte mich zurück und musterte ihr kleines, spitzes Gesicht. Ihre Augen waren geschlossen und ich strich ehrfürchtig über die Wimpern an ihren Augenlidern, verwundert, wie unglaublich weich sie waren. Dann ertastete ich den knochigen, hohen Rücken ihrer menschlichen Nase und glitt tiefer bis zu ihren geschwollenen Lippen. Bei meiner Berührung öffneten sie sich sofort und mein Glied wurde härter.

Sie schlug die Augen auf.

Ich mochte alle Versionen meiner Kat, aber diese hier entwickelte sich zu meiner liebsten. Diese zufriedene, entspannte Version, die gerade erst die Höhen der Lust hinter sich gelassen hatte. Einer Lust, die ich ihr mit meinem Glied verschafft hatte. Ein stolzes Grinsen legte sich auf meine Züge.

„Also, war das jetzt auch *nicht so berauschend*, wie du vorhin gesagt hast?"

„Hm?" Sie blinzelte ein paarmal, bevor sie mir in die Augen sah. „Oh nein, das war definitiv viel besser."

„Dachte ich mir. Aber ich werde nicht leugnen, dass ich nichts dagegen hätte, falls du es sicherheitshalber noch mal probieren willst ..."

Kat verdrehte die Augen, sodass das seltsame Weiß unter all dem dunklen Blau sichtbar wurde, aber sie lächelte. „Das glaube ich sofort. Aber im Moment muss ich mich erst mal ausruhen."

„Natürlich", erwiderte ich und glitt mit einem lustvollen, wenn auch bedauernden Beben aus ihr heraus. „Es überrascht mich nicht, dass die Macht meiner Männlichkeit dich so viel Kraft gekostet hat."

„Wow. Okay, jetzt ist dir das Ganze nicht nur zu Kopf gestiegen, sondern hat ihn gleich bis auf die Monde befördert."

Ich rollte mich von Kat herunter und schlang den Lendenschurz um mein halb steifes Glied, in der Hoffnung, dass es sich dann von allein beruhigen würde. Neben Kats nackter Gestalt erschien mir das allerdings recht unwahrscheinlich. Diese straffen, kleinen Brüste mit den festen rosigen Brustwarzen. Die goldenen Locken und der feuchte Glanz zwischen ihren Beinen ... Ich unterdrückte ein Stöhnen.

Aber sie blieb nicht lange nackt. Leider.

Auf wackeligen Beinen zog sie sich an. Sofort stand ich auf und legte ihr die Hände auf die schlanken Schultern, um sie zu stützen, während sie ihre menschlichen Beinkleider schloss.

Anschließend sah sie zu mir auf und atmete tief durch. „Galok?"

„Ja?"

„Du ... du darfst bei mir im Zelt schlafen."

Ihre Worte klangen steif, als fiele es ihr schwer, sie auszusprechen. Und vielleicht war genau das der Fall. Ich hatte den Eindruck, dass Kat bei vielem zögerte, das mir leichtfiel. Aber mit jedem Tag spürte ich, dass sie sich mir näherte und öffnete. Umso mehr wusste ich ihre Einladung zu schätzen.

Ich schlang die Arme um sie, einen unter ihre Knie, den anderen unter ihren Rücken, hob sie hoch und drückte sie an meine Brust. Wie üblich quietschte und fauchte sie und kreischte, dass sie selbst gehen könne, aber ich wusste, dass das nicht der Wahrheit entsprach.

„Deine Beine haben gezittert wie die eines neugeborenen *dakrival*, als du dich angezogen hast. Keine Sorge, Kat. Mich hat unsere Vereinigung nicht geschwächt. Wenn überhaupt, fühle ich mich dadurch stärker."

Sie murmelte irgendetwas Giftiges, aber ich verstand sie nicht, weil sie sich an meine Brust gekuschelt hatte. Und das war fast besser, als in ihr zu sein – dass sie sich warm und weich an mich schmiegte. Ich drohte vor Stolz zu platzen. Ich hatte die wilde, wütende Kat gezähmt, ihr Lust bereitet und ihre ganze Verteidigung niedergerungen, bis sie sich in meiner Wärme zusammengerollt hatte.

Wir hatten gerade das Zelt erreicht, als Kat erneut auf-
schrie, sich von meiner Brust wegstieß und hektisch hin und
her blickte. „Warte! Meine Blume!"

„Deine Blume?"

„Die du mir gemacht hast. Sie liegt noch auf dem Boden.
Ich will sie nicht verlieren."

Ich hielt inne, als mich eine Woge der Zuneigung erfasste.
Ich küsste Kat auf den Kopf und drückte sie fest an mich, bevor
ich zurückging. Ich bückte mich und Kat schnappte sich das
gewundene Gras mit erstaunlicher Schnelligkeit.

Ich freute mich, dass die Blume ihr gefiel. Ich hatte Angst
gehabt, dass sie wie mein erster Versuch, ihr ein Geschenk zum
Date zu überreichen, ein Fehlschlag sein würde.

Mit der Blume in der Hand trug ich meine Kleine zum
Zelt, schob mich hinein und legte sie behutsam auf die
Bettstatt. Sie rückte sich zurecht und kuschelte sich ein. Mit
einem zufriedenen Grinsen betrachtete ich sie, einfach froh, in
ihrer Nähe zu sein.

Sie legte die Grasblume neben den Tierhäuten auf den Boden und warf mir über die Schulter einen Blick zu.

„Worauf wartest du? Legst du dich jetzt zu mir oder
nicht?"

Sie musste ihre Einladung nicht wiederholen.

KAPITEL EINUNDZWANZIG
Kat

ICH ERWACHTE BENOMMEN und schwach, meine Arme und Beine fühlten sich an wie aus Gummi. Ich sah zum Zeltdach auf und in meinem Kopf herrschte eine merkwürdige, fast selige Leere. Und dann fiel mir alles wieder ein. Alles, was letzte Nacht geschehen war, in allen lebhaften Einzelheiten.

Ich riss mir die Tierhäute übers Gesicht und schrie leise in sie hinein.

Ich hatte doch wirklich mit Galok geschlafen. Und es hatte mir *gefallen*. Viel zu sehr. Und ich hatte nicht nur die körperliche Seite genossen, sondern auch die Tatsache, dass es Galok gewesen war. Dass ich mich ihm verbunden gefühlt hatte.

Ich verliebe mich in ihn, dachte ich grimmig. Ich konnte mich noch nicht ganz darüber freuen. Es konnte immer noch so viel schiefgehen. Einerseits war es ganz schön, nicht den Druck der Lavrika und ihres Gefährtenbands im Nacken zu haben. Andererseits war es auch irgendwie … traurig? Auf seltsame Weise? Als würde uns ein festes Fundament fehlen.

Ich persönlich war nicht der Meinung, dass uns etwas fehlte. Meine Gefühle für Galok wurden mit jedem Tag stärker. Aber was war mit ihm? Für das Volk des Sandmeers waren das

Heilige Band und Liebe dasselbe. Konnten sie sich überhaupt ohne dessen Hilfe verlieben?

Mein Herz wurde schwer, als ich mich an Galoks entschlossene Miene und seine Hingabe letzte Nacht erinnerte.

Fürs Erste konnte ich mir nur die Daumen drücken und entgegen aller Hoffnung darauf bauen, dass er seine Worte ernst gemeint hatte. Und dass sie wahr bleiben würden.

Ich setzte mich auf, rieb mir den Nacken und fragte mich, wo der große Kerl steckte. Schließlich zog ich mich an und schmierte mir etwas von der zur Neige gehenden Sonnenmilch ins Gesicht, bevor ich nach draußen ging.

Die Sonne stand bereits ziemlich hoch am Himmel und blendete mich. Blinzelnd fischte ich die Sonnenbrille aus der Tasche und setzte sie auf. Sobald ihre Dunkelheit meine Augen schützte, entspannte ich mich.

„Guten Morgen, Kat!"

Als ich mich umdrehte, entdeckte ich Galok neben dem Zelt. Auf einem flachen Stein erwartete mich ein Aufgebot an geräuchertem Fleisch, *valok* und anscheinend einigen zurechtgeschnittenen Exemplaren der gelben Champignons, die hier wuchsen.

„Oh, hallo", murmelte ich und ging langsam zu ihm. Zwischen meinen Beinen zog es ein wenig und erinnerte mich daran, was wir gestern Nacht getrieben hatten.

Galok schien meine Verlegenheit nicht zu teilen. Er strahlte mich an und deutete auf den Stein. „Ich habe dir Frühstück gemacht."

„Danke." Ich war vollkommen ausgehungert und setzte mich, bevor ich die gelben Champignonstückchen anstupste. „Kann man die ... du weißt schon ... problemlos essen?"

„Ich habe in meinem Leben schon viele davon gegessen und sie haben mir nicht geschadet. Insofern glaube ich nicht, dass sie dir Probleme bereiten werden."

„Hmm ..." Ich zögerte noch, die seltsamen Pilze zu probieren. Andererseits wurde es allmählich eintönig, immer nur Fleisch und *valok* zu mir zu nehmen. Ich entschied mich für einen Versuch und griff nach einem der Stückchen, um daran zu knabbern.

Galok ließ sich mir gegenüber nieder und behielt mich genau im Auge. Seine Miene hellte sich auf, als ich überrascht rief: „Oh wow, die schmecken ja wie ... wie Käse! Wie Mozzarella!"

Auf der Erde wäre das nicht weiter erwähnenswert gewesen. Aber hier, wo ich seit Tagen nichts anderes als Fleisch und Kaktus-Gel bekommen hatte? Da waren die Pilze eine verdammte Delikatesse. Ich schlang sie herunter und Galok wanderte zufrieden davon, um noch mehr zu holen. Ich aß auch etwas Fleisch, dann *valok*, und schließlich wieder die himmlischen Käse-Champignons.

Als ich satt war, stützte ich mich seufzend nach hinten auf die Hände. „Wie lange bleiben wir hier?" Mir ging auf einmal auf, dass ich keine Ahnung hatte, wie unsere Pläne aussahen.

Galok schluckte und fuhr sich mit dem Handrücken über den Mund. „Leider hat Gahn Buroudei mich nur zwei Tage von meinen Pflichten für den Clan freigestellt."

Mir wurde das Herz schwer und ich war überrascht, wie tief meine Enttäuschung reichte. Ich war noch nicht bereit, zum Clan zurückzukehren und den Zauber zu brechen, der uns eingehüllt hatte.

„Aber als du uns in die Berge begleitet hast, warst du doch auch länger als zwei Tage fort."

„Richtig", antwortete Galok. „Aber das war auf Buroudeis Befehl hin und Teil meiner Pflichten. Die Reise war im Sinne des Clans und diente dazu, euch zu helfen, eure Arbeit zu erledigen. Dieser Ausflug dagegen dient einzig ...", er grinste und seine Sichtsterne pulsierten verspielt, „... unserem persönlichen Vergnügen."

Hitze kroch an meinem Hals hinauf. Ich verschluckte mich an meinem Speichel und musste husten. *Na, das hinterlässt sicher richtig Eindruck, Kat. Also wirklich.*

„Wenn du also auf dem Rückweg noch zum Schiff willst, müssen wir bald aufbrechen."

„In Ordnung", sagte ich seufzend. „Aber du musst mir versprechen, dass wir irgendwann wieder herkommen."

Galoks Sichtsterne verengten sich. „Es wäre mir eine große Ehre. Und ein Vergnügen."

Ächzend stand ich auf. „Muss bei dir eigentlich alles schmutzig klingen? Hör mal, wenn wir gleich loswollen, will ich noch mal ins Wasser hüpfen. Baden."

Auch Galok erhob sich. „Was ist *Baden*?"

„Wenn man ins Wasser steigt, um sich sauber zu machen."

„Ah. Dafür musst du dich ausziehen, ja? Um dich ordentlich sauber zu machen?" Etwas Lüsternes war in seinen Blick getreten.

„Stimmt genau. Aber keine Frechheiten, Mr. *Ich hasse Wasser*."

Galok zuckte mit dem Schwanz und hob in einer sehr menschlich wirkenden Geste der Beschwichtigung die Hände. Ich ging zum Zelt, holte mir meine Ersatzkleidung und lief zu der

Stelle des Ufers, hinter der sich der tiefere Teil des Teichs erstreckte.

„Aber nicht heimlich gucken, du Fiesling", rief ich ihm
über die Schulter zu, obwohl mir nicht ganz klar war, warum
ich plötzlich so unsicher war. Er hatte letzte Nacht schon alles
zu Gesicht bekommen. Zum Teufel, er war wortwörtlich in mir
gewesen.

Aber trotzdem. Das war letzte Nacht gewesen, als es
dunkel war. Jetzt und hier im grellen Morgenlicht brannten
mir die Ohren.

„Was bedeutet *Fiesling*? Spender größter Lust? Mein Ange-
beteter? Mächtiger Krieger?"

„Nichts davon", gab ich inzwischen lächelnd zurück. Als
ich kurz über die Schulter schaute, stellte ich fest, dass er sich
brav umgedreht hatte. Ich zog mich aus und stürzte mich ins
Wasser. Dann watete ich zu einer Stelle, die von den tief hän-
genden, schaufelförmigen Ästen eines riesigen *babkit*-Baums
beschattet wurde, und ließ mich glücklich in die Hocke sinken,
sodass mir das Wasser bis zu den Schultern reichte.

„Ich sollte dich wirklich im Auge behalten, weißt du? Falls
Raubtiere kommen", rief Galok mir zu.

Ich starrte auf seinen muskulösen Rücken mit all den
Riemen und Waffen. Dann glitt mein Blick zu seinem stram-
men Hintern und über die kräftigen Oberschenkel.

Die wirbelnden Bewegungen einer der eigenartigen Ten-
takel-Schildkröten lenkte mich ab und ich schnaubte.
„Raubtiere? Redest du von diesen kleinen gepanzerten
Dingern? Ich glaube, mit denen werde ich fertig, vielen Dank."

„Aber was ist mit *talka*? Brauchst du das nicht zum
Baden?"

Mist. Ich hatte mich so gefreut, ins Wasser zu kommen, dass ich die Seife vergessen hatte. Ein Blick in die Umgebung verriet mir, dass es keine Stängel in der Nähe gab, und ich wollte das Wasser wirklich nicht verlassen, um einen zu holen.

„Na gut."

Sofort wirbelte Galok zu mir herum, während seine Sichtsterne umhersirrten. Ich sank tiefer in mich zusammen und fragte mich, wie viel er unterhalb der Wasseroberfläche erkennen konnte. Er brach einen *talka*-Stängel in der Nähe ab und kam zu mir, um sich direkt hinter mir ans Ufer zu setzen. Nach wie vor in der Hocke drehte ich mich um und streckte mich, um danach zu greifen.

Aber er hielt ihn knapp außer meiner Reichweite und grinste mit glitzernden Fangzähnen. „Nicht so schnell, meine kleine Kat. Was bekomme ich im Austausch?"

„Wie bitte?" Ich stockte. Bisher hatte er mir einfach immer alles ... gegeben. Misstrauisch verengte ich die Augen.

„Ich will nur einen fairen Handel", antwortete er fast schon liebenswürdig und schwenkte den *talka*-Stängel über meinem Kopf.

„Also gut, was willst du?", fauchte ich mit finsterer Miene.

Sein Lächeln verblasste und seine Züge wurden ernst. „Mehr Küsse."

Eine Hitzewelle erfasste mich und ich leckte mir die Lippen. „In Ordnung. Bück dich."

Er regte sich nicht. „Nein, du musst aus dem Wasser und zu mir kommen."

Dieser Mistkerl. Er wollte mich zwingen, tropfnass und nackt aus dem Wasser zu steigen? Aber selbst wenn ich mir auf eigene Faust irgendwo *talka* besorgte, würde er mich immer noch nackt herumrennen sehen.

Überzeugt, dass mein ganzer Körper mittlerweile feuerrot sein musste, erhob ich mich hastig und so unwirsch, dass Wasser in alle Richtungen davonspritzte. Trotzig watete ich zum Ufer, beugte mich zu Galok hinunter und drückte fest den Mund auf seinen. Sofort öffnete er die Lippen und, ach verflucht noch mal, ich wollte die Gelegenheit sofort wahrnehmen. Wollte die Zunge in seinen Mund drängen. Aber ich tat es nicht, sondern riss ihm den Stängel aus der Hand und flitzte zurück ins Wasser, um wieder in die Hocke zu sinken.

„Danke", sagte ich grinsend.

Er legte den Kopf schief und erkannte seufzend meinen Sieg in der Schlacht um das *talka* an.

Ich brach den Stängel auf und drückte den nach Kräutern duftenden Inhalt in meine feuchten Hände, um mich gründlich einzuseifen. Auch wenn ich ihm den Rücken zugewandt hatte, spürte ich die ganze Zeit Galoks hitzigen Blick auf mir lasten. Und er wurde mit jeder Sekunde heißer.

Als ich schließlich fertig war, warf ich die leere *talka*-Hülse ans Ufer und lehnte mich halb kauernd zurück, um mich ein bisschen treiben zu lassen.

„Ich habe mich immer für einen Krieger mit viel Selbstbeherrschung gehalten."

Galoks Worte brachten mich dazu, die Augen zu öffnen. Er war aufgestanden und ich schluckte. Mir fielen fast die Augen aus dem Kopf, denn abgesehen von seinen Waffen war er splitterfasernackt und sein Glied war so riesig und hart, dass es an seinem Bein einen Schatten warf.

„Aber du stellst diese Selbstbeherrschung gewaltig auf die Probe."

Seine Worte jagten einen wohligen Schauer durch meinen Körper. *Wie gut, dass ich im Wasser bin. Hierhin wird er mir nicht folgen. Dafür hasst er es zu sehr.*

Nun, ich stellte ziemlich schnell fest, wie sehr ich damit danebenlag.

Denn eine Sekunde später stakste Galok durchs Wasser. Innerhalb kürzester Zeit hatte er mich erreicht und ließ sich neben mich sinken. Quietschend fuhr ich zusammen und landete auf dem Hintern. Er kniete sich hin und stützte die Hände rechts und links von meinem Rücken auf den Grund.

„Ich dachte, du hasst Wasser", flüsterte ich, den Blick auf den entschlossenen Zug seines Munds gerichtet.

„Tue ich auch. Aber mich aus der Ferne nach dir zu sehnen, hasse ich noch mehr."

Und dann lag sein Mund auf meinem. Dieses Mal öffnete ich mich ihm, ohne zu zögern. Aus seiner Kehle stieg ein Knurren auf und er schob die Hände von den Steinen am Grund zu meiner Taille und schließlich zu meinen Brüsten. Er stöhnte in unseren Kuss hinein, dann hob er mich mit einer groben, abrupten Bewegung hoch und legte mich an einer schattigen Stelle am Ufer auf den Boden. Obwohl er kniete, sah er immer noch so riesig aus. Dann warf er sich nach vorn und vergrub das Gesicht zwischen meinen Beinen.

Oh, oh mein Gott. Himmel. Ach du Scheiße.

In meinem Kopf herrschte das blanke Chaos, während sich mein Mund zu einem tonlosen Schrei öffnete. Galoks mittlere Zunge war in mir, glitt mit Nachdruck aus mir heraus und wieder hinein. Sein Griff an meinen Hüften war eisern und ich hörte ihn vor Lust leise an meiner Pussy stöhnen. *In* meine Pussy hinein. Ich spürte die Vibrationen, die mit seinen Lauten einhergingen.

Während seine mittlere Zunge in mich hineinstieß, glitten die beiden seitlichen außen an mir auf und ab und reizten jedes einzelne Nervenende. Ich griff nach seinem Kopf, war nicht länger bereit, meinen Stolz zu wahren oder mich gegen ihn zu wehren. Das war einfach so verdammt gut.

Also drängte ich mich ihm entgegen. Ließ mich voll und ganz gehen. Verlor mich in Galok.

Mein Schrei war nicht länger stumm, als ich hart und zuckend um Galoks Zunge herum kam. Aber er machte weiter und hörte erst auf, als ich so überempfindlich war, dass seine Berührung zur Qual wurde, und ich seinen Kopf wegdrückte.

Er erhob sich mit wildem Blick und feuchtem Mund und mir war, als würde ich jeden Moment noch mal kommen.

„Ich kann nicht warten. Dein Geschmack hat mich an den Rand des Wahnsinns getrieben", stöhnte er und positionierte sich auf mir.

„Schon gut, mach, mach", gab ich begierig zurück und spreizte bereits die Beine für ihn.

Dieses Mal glitt er ohne Zögern in mich hinein und ich riss den Mund bei dem Gefühl der Dehnung und Fülle in mir so weit auf, dass mein Kiefer knackte. Galok hielt grollend inne, bevor er in einen gnadenlosen Rhythmus verfiel und das Becken nach vorn zucken ließ. Irgendwie fühlte er sich sogar noch größer an als letzte Nacht und ich stöhnte unaufhörlich, als die Lust in mir von Neuem aufbrandete.

Als ich kam, spannte Galok sich an und stieß schaudernd den Atem aus.

„Wenn du zum Höhepunkt kommst ... drückst du zu", murmelte er, während die Funken in seinen Sichtsternen chaotisch umherwirbelten.

Er hatte recht. Ich spürte selbst, dass ich um ihn herum pulsierte. Aber dann drückte ich bewusst zu und nutzte meine Muskeln, um das Pulsieren zu verstärken. Dass er scharf nach Luft schnappte, gab mir einen Kick, also tat ich es erneut. Und noch einmal.

Galoks Lippen bebten. Ein Muskel an seinem Kiefer zuckte. Er hielt vollkommen still, rollte nicht mehr die Hüften, sondern überließ sich ganz dem Druck meines Körpers. Dann stieß er ein leises Seufzen aus und schloss fest die Augen. Nur einen Augenblick später schrie er auf und bei einem letzten Anspannen meiner Muskeln spürte ich ihn explodieren, wie er in mir zuckte und mich füllte.

Nachdem sein Glied zur Ruhe gekommen war, drückte ich noch ein letztes Mal zu, was mir einen heiseren Aufschrei einbrachte, und Galok öffnete die Augen. Er zog sich aus mir zurück und lehnte sich über mich.

„Du stammst wirklich von einer anderen Welt, so viel ist sicher. Wie du meine Männlichkeit massiert hast ... Das war traumhaft."

Ich lief knallrot an. Die Vorstellung, sein Glied zu *massieren*, klang verdorben. Aber war es nicht genau das, was ich getan hatte? Und am liebsten sofort wiederholt hätte?

Galok küsste mich erst auf den Mund, dann meine Wange, meine Stirn und schließlich die weiche Stelle hinter meinem Ohr, sodass ich erbebte. Ich hätte mich gern ewig von ihm küssen lassen, aber mir fiel ein, was er vorhin gesagt hatte.

„Müssen wir bald los? Um zum Schiff zu reiten?"

Galok gab einen missmutigen Laut von sich, erhob sich jedoch. „Du hast recht. Dein Körper lässt mich jede Vernunft und jeden Gedanken an meine Pflichten vergessen."

Er stand auf und band sich den Lendenschurz wieder um. Ich tauchte noch einmal kurz ins Wasser und wusch mich zwischen den Beinen. Nach ein paar Minuten an der heißen Luft konnte ich mich wieder anziehen.

Galok rief nach seinem *irkdu*, das in der Wüste umhergestreift war, und wir packten schnell alles zusammen. Es dauerte keine zwanzig Minuten, bis wir bereit zum Aufbruch waren. Galok half mir in den Sattel, sprang hinter mir auf und schon waren wir unterwegs.

„Und du schwörst, dass du mich noch mal herbringst?", erkundigte ich mich und drehte mich zu ihm um.

Galok wirkte überrascht. „Natürlich, Kat. Das habe ich dir doch schon versprochen. Warum fragst du?"

Ich sah wieder nach vorn und biss mir auf die Lippe. „Nur so. Ist auch egal."

Aber natürlich gab es einen Grund. Ich hatte Angst, dass alles, was sich zwischen uns entwickelt hatte, wie ein Traum verblassen würde, sobald wir diesen Ort hinter uns gelassen hatten. Aber dann schüttelte ich entschieden den Kopf. Das würde nur geschehen, wenn ich es zuließ.

Theresas Rat fiel mir wieder ein. *Das Einzige, was du wirklich in der Hand hast, ist dein eigenes Verhalten.*

Während wir über den Sand fegten, fällte ich eine Entscheidung: Ich würde mich auf Galok einlassen. Ich würde der Sache eine Chance geben. Was immer auch geschah, ich würde alles Menschenmögliche tun, um unsere neue Verbindung zueinander zu schützen. Mir war klar, dass wir uns trotz allem gegenseitig verrückt machen würden und dass ich mich ab und zu immer noch ungeschickt aufführen würde. Aber das hier war echt. Und ich würde es niemals kampflos aufgeben.

KAPITEL ZWEIUNDZWANZIG
Galok

WIR ENTFERNTEN UNS schnell vom Land meiner Geburt und erreichten die neutralen Gebiete des Sandmeers. Der Sand kam mir schöner vor als früher, die Sonne heller. Alles schien mit einem neuen, ganz wunderbaren Glanz versehen, nachdem ich bei Kat gelegen hatte. Selbst dass sie sich im Augenblick an mich lehnte, ohne sich gegen die Nähe zu wehren, war ein unschätzbarer Segen. Umso wundervoller wirkte alles um mich herum, als würde meine ganze Welt neu erschaffen.

Ich wollte nicht, dass unser Ausflug zu Ende ging. Es war glorios, zusammen dahinzufliegen, während der Wind uns umtoste. Aber allzu bald kam das *Schiff* in Sicht. Ich wusste, dass es Kats sehnlichster Wunsch war, es zu besuchen, und ich würde ihn ihr nicht verwehren.

Ich trieb mein Reittier auf die gewaltige, bauchige Kreatur zu. Doch soweit ich es verstanden hatte, handelte es sich gar nicht um ein Lebewesen. Ein *Schiff*. Ich verstand immer noch nicht recht, was das bedeutete. Aber jetzt würde ich es aus der Nähe sehen. Dieses Gefäß hatte die neuen Frauen und mit ihnen Kat in unsere Welt gebracht.

Kat richtete sich auf und spannte sich an, als wir uns dem riesigen Ding näherten. Es glänzte im Licht des Spätnachmittags, auch wenn der Wind es allmählich mit einer Schicht Flugsand bedeckte. Langsam, aber sicher wurde es eins mit der Wüste.

Als wir es erreichten, zügelte ich mein Reittier. Ich spürte Kats Seufzen eher, als dass ich es hörte.

„Ich habe mich so darauf gefreut, wieder herzukommen. Und ich bin auch froh darüber. Ich will wieder ins *Labor*. Aber *verdammt*, was hier alles passiert ist ...“

Zweifelsohne bezog sie sich auf den Angriff der *zeelk*, bei dem viele ihrer Gefährten zu Tode gekommen waren. Gahn Buroudei war Zeuge gewesen und hatte Sziszi gerettet, bevor Gahn Fallos Männer die anderen neuen Frauen mitgenommen hatten.

„Du trauerst um sie“, sagte ich und legte ihr eine Hand auf die Schulter.

Sie seufzte erneut. „So einfach ist das nicht. Auf einige von denen gebe ich einen *Scheißdreck*, Mann. Wie auf Colonel Jackson und ein paar der anderen, die für all das verantwortlich waren. Zur *Hölle* mit ihnen. Sie hatten es verdient, von den *zeelk* aufgefressen zu werden. Aber die anderen ...“

Sie beendete den Satz nicht. Stattdessen drehte sie sich im Sattel zur Seite. Ich sprang vom *irkdu* und half ihr in den Sand, froh, dass sie meine Hilfe inzwischen widerstandslos annahm.

„Na gut, egal, wie seltsam es ist, ich bin jetzt hier. Und es gibt viel zu tun. Also lass uns gehen.“

Vor uns klaffte eine große Öffnung im *Schiff*, aber Kat führte mich nach hinten zu einer weiteren breiten, geöffneten Stelle. Ich spähte hinein, nicht sicher, ob wir den höhlenartigen

Ort betreten sollten. Irgendwie wirkte er unnatürlich. Verstörend. Aber meine tapfere kleine Kat marschierte einfach hinein und ich konnte sie nicht im Stich lassen, daher folgte ich ihr hastig. Ich hielt den Speer bereit und sah mich wachsam um, doch es regte sich nichts.

„Hier entlang." Im Schutz des *Schiffs* schob Kat die Kapuze zurück und nahm die Augenschalen ab. Sie ergriff meine Hand, um daran zu ziehen, und erfreut schloss ich die Finger um ihre. Ließ mich von ihr führen. Ich würde mich von ihr überallhin führen lassen, wo sie hinwollte. Auch direkt vor die Schnauze einer *krixel*, wenn das ihr Wunsch war.

Zum Glück hatte sie das nicht vor. Stattdessen führte sie mich durch eine aufgebrochene Öffnung am Ende der großen Höhle, durch die wir das Gebilde betreten hatten.

„Das, was wir gerade durchquert haben, war der *Frachtraum*. Dort waren während der Reise die Vorräte eingelagert. Auf dem Rückweg schaue ich mich mal um, ob es noch irgendetwas gibt, das wir mitnehmen können."

Nun, da wir den Bauch des *Schiffs* erreicht hatten, sah ich mich mit offenem Mund gründlich um. Es war mit nichts zu vergleichen, was ich je gesehen hatte. Ich befand mich in einer eigenartigen, langen Röhre. Sie erinnerte an eine Höhle und war nicht nur sehr lang, sondern auch vollkommen gleichmäßig. Sämtliche Oberflächen glänzten hell.

„Wie seltsam, dass das Licht und so noch geht", murmelte Kat stirnrunzelnd.

„Warum ist das seltsam?" Ich hatte nicht die geringste Ahnung, wovon sie sprach, aber ihr Fragen zu stellen, erdete mich.

„Das Licht. Es ist nicht natürlich wie ein Feuer oder die Sonne. Es ist menschengemacht und wird mit Strom betrieben.

Aber da wir nicht abgestürzt sind, sollte die Energiequelle noch intakt sein. Was echt gut ist, denn ich brauche nicht nur Licht, sondern auch ein paar anderen Geräte im *Labor*."

„Ach ja, das *Labor*", wiederholte ich vielsagend, als wüsste ich, wovon sie sprach.

Sie drückte meine Hand und führte mich tiefer in die glänzende Röhre. „Komm, du wirst schon sehen."

Die Röhre wand sich durchs Schiff, gabelte sich und schlängelte sich dann weiter. Wie alle Krieger des Sandmeers hatte ich einen guten Orientierungssinn, aber je weiter wir gingen, desto mehr verlor ich den Überblick, wo wir uns befanden. Ich wollte nur hoffen, dass Kat wusste, wo es wieder ins Freie ging. Aber andererseits: Selbst wenn ich für den Rest meines Lebens hier gefangen wäre, würde es mir nicht allzu viel ausmachen, solange ich nur bei ihr war.

Schließlich führte Kat mich durch eine Art Bogen in eine merkwürdige Höhle. Die Wände waren genauso glatt wie die Decke und alles war blendend weiß, voller gerader Kanten und scharfer Ecken. Es gab keine Rundungen oder zerklüftete Oberflächen, wie ich es von Felsen gewohnt war.

Ich hielt den Speer etwas höher und sah mich mit zuckendem Schwanz genauer um.

Dabei entdeckte ich zahlreiche Gegenstände, die ich nicht benennen konnte. Eigentümliche Gefäße aus einem durchsichtigen Stein. Blinkende Vierecke aus Licht. Merkwürdige Messer und Werkzeuge, die nicht aus Stein oder Knochen, sondern aus einem glänzenden Material bestanden. Mitten im Raum erhoben sich lange, viereckige Platten und auf einigen standen noch mehr seltsame Objekte.

Kat näherte sich einer der Platten und stellte ihren Rucksack darauf. Dann öffnete sie ihn und holte die Steine hervor, die sie während unserer Reise mit Taliok und Melanie gesammelt hatte.

„Was machst du da?", fragte ich und beugte mich über ihre Schulter, um die Arbeit ihrer kleinen Finger zu bewundern.

„*Gott*! Schleich dich doch nicht so an!", schimpfte sie.

„Ich schleiche nicht. Es ist nicht meine Schuld, dass menschliche Ohren nicht in der Lage sind, den leisen Schritt eines Jägers wahrzunehmen."

„Ja, ja. Also, ich werde die Proben jetzt analysieren, sie aufbrechen und mir ihre *chemische* Zusammensetzung anschauen. So finde ich heraus, ob wir sie als *Sonnenschutz* nutzen können oder ob sie andere Komponenten enthalten, die wir gebrauchen können."

„Verstehe ..." Ich wollte nicht eingestehen, wie ahnungslos ich war, und trotzdem wollte ich etwas lernen. Aber Kats Worte verrieten mir gar nichts. Sie waren mir vollkommen fremd. Also verlegte ich mich wieder darauf, ihr zuzusehen.

Und wie ich zusah. Fasziniert, ungläubig und manchmal ein wenig erschrocken.

Sie bewegte sich in dieser Höhle so selbstverständlich und selbstsicher wie ich in der Wüste, als wäre sie hier geboren worden. Wenn man bedachte, wie außergewöhnlich und befremdlich dieser Ort war, war das sehr beeindruckend. Geschickt hantierte sie mit verschiedensten Werkzeugen und Gegenständen. Sie zog eigenartige Bedeckungen für die Hände über und setzte neue Augenschalen auf, die vollkommen durchsichtig statt schwarz waren.

„Okay, jetzt musst du ein bisschen zurückbleiben. Ich bringe jetzt die *Säuren* ins Spiel und später brauche ich vielleicht noch den *Laser*."

„*Säuren ... Laser ...*"

Sie drehte sich mit strenger Miene zu mir um. „Es ist mir ernst. Diese *Chemikalien* und Werkzeuge sind gefährlich. Du hast keine Ahnung, womit du es hier zu tun hast, also überlass mir ausnahmsweise die Führung. Wenn wir auf deinem Gebiet sind, höre ich ja auch auf dich, stimmt's?"

Ich legte den Kopf schief. „Ist das so? Hörst du auf mich?" Ich erinnerte mich noch gut daran, wie sie mich getreten, gekratzt und angeschrien hatte, als ich sie während des Angriffs in den Bergen in Sicherheit gebracht hatte. Und das war nur ein Beispiel von vielen.

Aber sie winkte ab und kehrte an die Arbeit zurück. „Wie auch immer. Hier bin ich der Boss, verstanden?"

„Ja, verstanden."

Grinsend suchte ich mir ein paar Schritte entfernt einen Platz, wo ich mich hinsetzen konnte. Ich hatte kein Problem damit, dass Kat mich herumkommandierte. Ich bewunderte ihre Stärke in dieser Umgebung, ihre Tüchtigkeit, ihre Fähigkeiten. Sie konnte mir so viele Befehle geben, wie sie wollte. Ich würde sie umgehend befolgen.

Ob nun hier drin oder dort draußen, ich gehörte überall ihr.

KAPITEL DREIUNDZWANZIG
Kat

„WÜRDEST DU DIE BITTE weglegen?"

Galok drehte sich zu mir um und sah mich durch zwei Messbecher an, die er sich wie ein Fernglas vors Gesicht hielt. Die Glasböden ließen seine Augen riesig erscheinen und ich prustete los.

Er lächelte, dann ließ er die Messbecher sinken und musterte sie stirnrunzelnd. „Was für eigenartige Gefäße. Wozu benutzt man sie?"

„Für alles Mögliche. Aber sei vorsichtig, sie sind zerbrechlich."

Galok stellte die Becher mit fast schon komischer Behutsamkeit auf einen der Arbeitstische. Was vermutlich gut war, um ehrlich zu sein. Er war so stark, dass es mich überraschte, dass er sie nicht gleich beim Hochheben zerdrückt hatte.

Eine Weile hatte er wie ein braver Junge in der Ecke gesessen, aber mit der Zeit war ihm das zu langweilig geworden. Und nun kam es mir vor, als hätte ich einen neugierigen Achtjährigen bei mir im Labor, der im Körper eines ausgewachsenen Alien-Kriegers steckte.

„Finger weg!", rief ich und Galok erstarrte auf halbem Weg zur Säureflasche. „Daran verätzt du dich. Im Ernst, ich glaube, nicht mal deine dicke Alien-Haut hält das aus."

„Verstehe", sagte Galok und trat zurück. Er wirkte betroffen. „Die Welt, aus der du stammst, ist wirklich furchterregend. Du musst sehr mächtig sein, um sie zu beherrschen."

Daraufhin lachte ich so heftig los, dass mir fast die Schutzbrille runtergerutscht wäre. Galok, der mächtige Krieger, der auf einer monströsen Kreatur durch die Wüste ritt, riesige Tiere erlegte und regelmäßig gegen andere Krieger kämpfte und sie tötete, empfand das Labor als furchterregend?

Vermutlich hat er irgendwie sogar recht. Wenigstens nimmt er die Sache ernst.

„Stimmt." Ich nickte. „Also denk daran, was ich gesagt habe. Ich bin hier der Boss. Stell nichts Dummes an."

Galok schlenderte davon, um mit vorsichtigem Interesse weitere menschliche Objekte zu begutachten, und ich widmete mich wieder dem Mikroskop. Ich hatte tatsächlich etwas Vielversprechendes entdeckt. Eine Verbindung, die viele der Eigenschaften von Zink und Titandioxid aufwies und die als natürlicher Sonnenschutz infrage kam. Sie stammte aus den weißen Steinen, die wir in den Bergen gefunden hatten. Es waren noch viele Experimente und Untersuchungen nötig, um mich zu vergewissern, ob sie nützlich war. Außerdem standen mir noch etliche Versuche bevor, um wirklich eine Art Sonnenmilch herzustellen, und ich grinste bei der Vorstellung. Ich liebte diese Arbeit und war wieder ganz in meinem Element. Und auch wenn das auf Galok eindeutig nicht zutraf, war es schön, ihn hier zu haben. Das hier mit ihm zu teilen.

„Hey, Galok?"

Sofort war er bei mir. „Ja?"

„Ich ... Danke, dass du mich hergebracht hast", murmelte ich. Meine Wangen brannten.

Galok grinste auf mich herab. „Ist es sicher, dich zu küssen, Kleines? Oder sind irgendwelche gefährlichen *Säuren* in der Nähe, auf die ich achten muss?", zog er mich auf und ich verdrehte die Augen.

„Es ist sicher."

Galok beugte sich vor, um mit den Lippen über meine zu streifen. Sofort erwachte mein Körper zum Leben und Lust sammelte sich in meiner Körpermitte. Irgendetwas auf diesem Planeten schien mich in eine verdammte Sexsüchtige zu verwandeln, denn schon bei Galoks sanftem Kuss wurde ich feucht. Ich öffnete die Lippen ...

Ein laut widerhallender Knall dröhnte durch das Labor. Galok wirbelte herum und drückte mich hinter sich.

Was zum Teufel? Was ist hier los?

Ich reckte mich zur Seite, um nachzusehen, was den Lärm verursacht hatte. Meine Lippen kribbelten noch von Galoks Kuss.

Ein Krieger stand in der Tür zum Labor und knurrte uns an, in jeder Hand eine lange, dunkle Klinge. Er hatte mit dem Schwanz ein Regal voller Messbecher umgeworfen, sodass die Scherben sich über den Boden verteilt hatten.

„Wer ist das?", zischte ich Galok an, bevor ich mich an den Krieger wandte. „Wer bist du?"

Mann, Frau, Alien, Mensch – total egal. Niemand tauchte einfach hier auf und stellte mein verdammtes Labor auf den Kopf.

„Ich kämpfe für Gahn Baldor", fauchte der Krieger mich an. Dann richtete er den Blick auf Galok und ließ die Klingen in den Händen wirbeln. „Mein Gahn hat mich hergeschickt, um mich umzusehen. Aber nun, wo ich diese Frau entdeckt habe, muss ich sie mitnehmen."

„Du wirst sie nicht anrühren", grollte Galok, hob den Speer und zog die längste Klinge von seinem Rücken. Er wirkte jetzt ganz anders als noch vor ein paar Sekunden. Sein Gesicht hatte sich in seine düstere Maske des Zorns verwandelt.

„Du hast gehört, was er gesagt hat, Arschloch. Ich gehe nirgendwohin", fuhr ich den Eindringling an. Aus Reflex ballte ich die Fäuste und hob sie vor den Körper. Ich hatte schon immer eher zum Kämpfen als zum Fliehen geneigt. Wenn nötig, würde ich den Kerl selbst fertigmachen. Er würde mich nirgendwohin mitnehmen.

„Du hast kein Recht, sie zu behalten", gab der Feind zurück. „Mein Gahn ist von den Lavrika gerufen worden. Und die Gefährtin, die ihm gezeigt wurde, stammt nicht aus unserem Land. Er hat sie als kleine, blasse Kreatur wie die Frau hinter dir beschrieben. Ich kann sie nicht hierlassen, jetzt, wo ich sie gefunden habe."

Galok brüllte so ohrenbetäubend, dass die Messbecher in der Nähe klirrten und ich mit den Zähnen knirschte. Es war ein Laut voller Wut, Beschützerinstinkt und Hunger. Ein Laut, der wie eine Waffe zuschlug, wie einer von Galoks Speeren. Er raubte mir den Atem.

Der andere Krieger zuckte zusammen, trat jedoch nicht zurück. „Du würdest diese Frau behalten, obwohl es dich das Leben kostet, und zwar auch, wenn sie für einen Gahn bestimmt ist? Du widersetzt dich Gahn Baldor und verdienst dir damit den Tod?"

Galok trat einen Schritt vor. Seine Klingen glänzten in der Laborbeleuchtung, seine Muskeln waren angespannt. Er war bereit zum Angriff.

„Ich würde mich jedem Gahn widersetzen. Ich würde mich den Lavrika selbst widersetzen. Für sie würde ich mich jedem Gott widersetzen, der je dieser Welt seinen Willen aufgezwungen hat. Du. Wirst. Sie. Nicht. Anrühren."

Ich bekam eine Gänsehaut und mein Herzschlag hallte in meinem ganzen Körper wider. Ich wusste, was passieren würde. Galok würde diesen Mann für mich bekämpfen. Er war stark – ich wusste, wie stark er war. Aber dasselbe galt für jeden anderen verflixten Kerl auf diesem Planeten. Der andere Krieger knirschte mit den Fangzähnen und schlug mit dem mächtigen Schwanz. Er wirkte verflucht angriffslustig und ich bekam Angst. Nicht um mich, sondern um Galok.

„Nein, Galok. Hör auf!"

Aber es war zu spät. Galok sprang vor und schleuderte seinen Speer. Der Fremde duckte sich, sodass die Spitze nur sein Ohr streifte. Und dann fielen sie übereinander her, ein Durcheinander aus kraftvollen Schlägen, peitschenden Schwänzen, Klingen, die so schnell durch die Luft sirrten, dass nur dunkle Schlieren zu erkennen waren.

Ich hatte noch nie solche Angst gehabt. Mir war auf der Straße die Scheiße aus dem Leib geprügelt worden. Ich war verhaftet worden und hatte Dinge erlebt, die die meisten Leute nicht einmal in ihren Albträumen durchmachten. Aber ich hatte noch nie diese hilflose, verzehrende Angst empfunden. Die Angst, etwas Wertvolles zu verlieren.

Jemanden, den ich liebte.

Nein. Ich war nicht hilflos. Ich war schon immer eine Kämpferin gewesen. Und nun hatte ich etwas, worum es sich zu kämpfen lohnte.

Das Bedürfnis, mich ins Getümmel zu stürzen und den Gegner in den Schwitzkasten zu nehmen, war überwältigend, aber ausnahmsweise hielt ich mich zurück. Damit würde ich Galok nur ablenken. Ich sah mich verzweifelt um und plötzlich entdeckte ich etwas Brauchbares.

Ja!

Ich ging zwei Schritte darauf zu.

Dann hielt ich inne, erstarrte angesichts des grässlichsten Geräuschs, das ich je in meinem Leben gehört hatte: dem widerlichen Laut, mit dem sich eine Klinge in etwas Festem versenkte.

Etwas wie Galok.

Entsetzt fuhr ich herum. Der feindliche Krieger stand über Galok und hatte die Klinge in dessen Brust gestoßen. Schwarzes Blut rann aus der Wunde. Galok packte die Waffe mit schmerzverzerrtem Gesicht und suchte mit den Füßen nach Halt. Aber sein Gegner lehnte sich nach vorn und drückte die Klinge tiefer, bis ihre Spitze in den Fliesen unter Galok Widerstand fand.

Die Welt kam zum Stillstand. Keine Zeitlupe. Sie fror komplett ein. Galok regte sich nicht mehr. Ich atmete nicht. Der feindliche Krieger rührte sich nicht. Das Einzige, was sich noch zu bewegen schien, was noch schlug, war mein gebrochenes Herz, das immer lauter dröhnte, bis es in meinem Kopf widerhallte wie ein Kriegsschrei.

Ein ersticktes Brüllen zerriss die Luft und es dauerte eine Weile, bis ich begriff, dass ich es ausgestoßen hatte. Ich stürzte mich auf den Angreifer, ließ die Fäuste fliegen und zerkratzte ihm das Gesicht. Er ließ die Klinge los, die tief in Galoks Brust steckte, und packte mich um die Taille, um mich zu bremsen. Ich knallte mit dem Rücken gegen die Regale, aber das spürte ich kaum. Ich nahm nur den Zorn wahr, das Rauschen meines Bluts in den Ohren und mein Herz, das nach Galok schrie.

„Du beschissener Dreckswichser. Dafür bringe ich dich um. Ich brech dir jeden verfickten Knochen", kreischte ich meinen Schmerz heraus.

Der Mann, der mich gegen das Regal drückte, verschwamm vor meinen Augen, als würde er schmelzen. Für den Bruchteil einer Sekunde bedankte ich mich beim Universum, dass alles nur ein Traum gewesen war, der mit der Dämmerung verblasste. Jeden Moment würde ich aufwachen und mich Galok gegenübersehen, der mir in riesigen Händen das Frühstück entgegenhielt.

Aber ich lag falsch. Nach einigem Blinzeln erkannte ich, dass meine verschwommene Sicht Tränen geschuldet war. Keinem Traum.

„Hör auf, dich zu winden, Frau. Mein Gahn wird mir den Kopf abreißen, wenn du dich verletzt", zischte der Krieger, woraufhin ich mich erst recht wehrte. „Ich muss dich fesseln, wenn du nicht aufhörst."

Erfüllt von bitterer Wut lachte ich auf. „Du glaubst, du kannst mich mitnehmen? Dass du mich fesseln und tun kannst, was du willst? Ich bin aus Detroit, verdammte Scheiße! Ich mach dich fertig!"

Mit diesen Worten griff ich hinter mich und schnappte mir das Erste, was ich in die Finger bekam. Ich schraubte den Deckel auf und schleuderte dem Feind das Glas voll Säure entgegen. Schreiend hielt er sich die Augen, während er nach hinten torkelte. Er tastete nach der Wand und sobald er den Ausgang gefunden hatte, schob er sich blindlings hindurch und verschwand außer Sicht.

Jede Faser meines Körpers befahl mir, mir eine von Galoks Waffen zu schnappen und dem Mistkerl den Rest zu geben, aber dafür hatte ich keine Zeit. Zuerst musste ich zu Galok. Ich musste ihn retten.

Ich stolperte auf ihn zu und ging neben ihm in die Knie. Erst da bemerkte ich den brennenden Schmerz auf meiner Kopfhaut und in meinem Gesicht. Ich hatte selbst einiges von der Säure abbekommen, aber glücklicherweise hatte die Schutzbrille meine Augen abgeschirmt.

Das ist alles scheißegal. Hilf Galok. Hilf ihm sofort.

Ich riss mir die Handschuhe herunter und drückte die Hände auf die Wunde. In der schwarzen Flüssigkeit rutschten meine Finger weg und bitterlich weinend versuchte ich, das Blut wieder in die Wunde zu zwingen. Aber es war einfach zu viel und es strömte zu schnell hervor, und das, obwohl die Klinge immer noch in seiner Brust steckte.

„Du dämlicher Blödmann! Warum hast du das getan?", schrie ich ihn an. Seine Sichtsterne wirkten trüb und unfokussiert und er hatte Schwierigkeiten, sich auf mich zu konzentrieren. Er öffnete den Mund, aber ich fuhr ihn an: „Nein! Nicht antworten. Nicht reden. Ich versuche nachzudenken."

Das hier war ein Labor, keine Krankenstation. Es gab hier weder Verbände noch sonst etwas Nützliches. Kein magisches Blut der Lavrika, nichts zum Nähen, gar nichts. Was ich brauchte, war eine der Heilerinnen des Clans, aber Galok wog gut das Zweieinhalbfache von mir. Ich konnte ihn unmöglich auch nur nach draußen tragen.

Vielleicht bekomme ich das irkdu *hier rein, damit es ihn rausschleppt?*

Aber nein, verdammt, das war dämlich. Das *irkdu* passte garantiert nicht durch die Türöffnungen.

„Irgendetwas muss ich doch tun können!", schrie ich. Galok legte matt die Hand auf meine. Selbst jetzt, während er blutend auf dem Boden lag, versuchte er, mich zu trösten. Ich fixierte ihn aus brennenden Augen und mit verschwommenem Blick.

„Hör mal, ich sage dir das nur, weil du im Sterben liegst und ich wirklich nicht will, dass du stirbst. Denn ..." Ich hielt kurz die Luft an, dann sagte ich hastig: „Denn ich liebe dich, okay? Also darfst du nicht sterben. Ich bin hier der Boss, weißt du noch? Also hörst du besser auf mich."

Ein geisterhaftes Lächeln zog an einem von Galoks Mundwinkeln und Zweifel verschlangen mich, schleuderten mich in einen bodenlosen Abgrund, begleitet von der Erkenntnis, dass Galok sterben würde.

Ich verdrängte diesen Gedanken. Er existierte nicht. Nicht in meiner Realität. Nicht, solange ich noch lebte. Nicht, solange ich noch kämpfte.

Während ich noch die Hände auf Galoks Wunde drückte, sah ich mich hektisch um und hielt nach irgendetwas Ausschau, das uns helfen könnte.

Und dann fiel mein Blick auf die Gestalt im Türrahmen und ich fragte mich, ob ich während des Kampfs vielleicht selbst verletzt worden war. Ob ich möglicherweise schon tot war.

Denn vor mir stand ein verdammter Geist.

„Zoey?"

KAPITEL VIERUNDZWANZIG
Zoey

„WAS ZUM GEIER?"

Ich riss mir meine Kopfhörer aus den Ohren und unterbrach damit Powerwolfs *Incense and Iron*. Nun, ich sprach zwar von *meinen* Kopfhörern, aber eigentlich gehörten sie einem anderen Crewmitglied. Einem von denen, die von den Alien-Krabben gefressen worden waren.

Offenbar hatten die Crewmitglieder persönliche Dinge mit an Bord nehmen dürfen, im Gegenteil zu uns Frauen, die alle vom Fleck weg entführt worden waren, manche wortwörtlich im Schlafanzug.

Normalerweise hätte ich mich mies dabei gefühlt, den *iPod* eines Toten zu benutzen, aber unter diesen Umständen war es wohl okay. Immerhin war ich ganz allein in einem gestrandeten Raumschiff mitten in der Wüste, hatte niemanden zum Reden und auch sonst nur wenig Beschäftigungsmöglichkeiten. Und dann war da noch die Entführung, wie gesagt.

Insofern fand ich, dass mir der Tote den freien Zugriff auf seine *iTunes*-Bibliothek praktisch schuldete. Dass er einen guten Musikgeschmack hatte, traf sich natürlich hervorragend. Auf dem Ding waren jede Menge Knaller.

Ich wischte mir die Chipskrümel von den Fingerspitzen und schob die Brille hoch. Ja, die Crew hatte auch die guten Snacks bekommen. Die ganze Überwachungszentrale, in der ich gerade saß, war voller Chips, Süßigkeiten und Müsliriegel – was immer man sich wünschen konnte.

Ich verbrachte hier viel Zeit. Gefühlt war es einer der sichersten Orte an Bord. Zum einen, weil er tief im Innern des Schiffs lag und dadurch von zahlreichen Schichten aus Wänden, Fluren und Türen geschützt wurde. Nicht, dass die Wände diese Krabbenviecher lange aufgehalten hätten, als sie uns angegriffen hatten, aber in psychologischer Hinsicht fühlte ich mich dadurch sicherer.

Noch wichtiger waren aber die Überwachungskameras.

Es gab Hunderte, die überall an Bord verteilt waren und deren Bilder an die Monitore an den Wänden dieses Raums übertragen wurden. Ich hatte dafür gesorgt, dass das Schiff in diesem Bereich Strom hatte – keine leichte Aufgabe, wenn man bedachte, dass ich bis vor wenigen Wochen nicht einmal gewusst hatte, dass das Raumfahrtprogramm der Erde so weit fortgeschritten war. Aber glücklicherweise hatte ich dank meiner Erfahrung als Ingenieurin die meisten Hindernisse gemeistert und nun hatte ich einen gemütlichen, kleinen Rückzugsort mit Licht und einem Überwachungssystem, das ich die meiste Zeit im Auge behielt, wenn ich wach war.

Das war notwendig. Ich rechnete jeden Moment damit, dass die riesigen schwarzen Krabben wiederauftauchten, die die ganze Crew des Schiffs getötet hatten. Abgesehen davon waren von Zeit zu Zeit auch die zweibeinigen Alien-Bewohner des Planeten aufgetaucht, um herumzuschnüffeln.

Einmal waren sie sogar in Begleitung einer menschlichen Frau gewesen. Ich wusste ihren Namen nicht mehr, hatte sie aber erkannt: Es hatte sich um die hübsche, brünette Linguistin gehandelt. Unübersehbar waren sie auf Vorräte aus gewesen und hatten mehrere Kisten aus dem Frachtraum geholt.

Ich hatte zu ihr laufen und sie fragen wollen, ob es ihr gut ging, aber der riesige Alien-Krieger in ihrer Begleitung hatte mir zu viel Angst eingejagt. Und dann war wieder ein Alien aufgetaucht und hatte gegen den ersten Alien gekämpft und danach war alles ein einziges Durcheinander gewesen. Die Linguistin war mit dem ersten Alien verschwunden und ich hatte mich damit getröstet, dass sie sich in seiner Nähe recht wohlzufühlen schien. Es machte nicht den Eindruck, als wäre sie eine Geisel oder so.

Später war eine weitere kleine Gruppe Aliens erschienen. Ich hatte sie inzwischen die Kängurukerle getauft. Dieses Mal waren keine Menschen bei ihnen gewesen und ich hatte sie von hier aus zunehmend nervöser werdend beobachtet, voller Sorge, dass sie reinstürmen und mich entdecken könnten. Zum Glück war es nicht dazu gekommen.

Als ich zum Bildschirm mit den aktuellen Aufnahmen aus dem Frachtraum spähte, stellte ich fest, dass ich schon wieder Besuch von einem Alien bekam. Und wieder war er in Begleitung einer Menschenfrau. An ihren Namen erinnerte ich mich. Das war Katerina. Kat.

Sie war recht einprägsam mit ihrem rasierten Schädel, den Piercings und der Eigenart, die Befehlshaber des Schiffs bei jeder Gelegenheit zu provozieren. Ich hatte sie bewundert, wenn sie für sich eingetreten war, für uns alle. Sie wiederzusehen machte mir ein bisschen Mut und gab mir einen Schubs.

Vielleicht sollte ich dieses Mal rauskommen. Vielleicht sage ich ihnen dieses Mal, dass ich noch da bin ...

Ich sah Kat und dem großen Alien zu, wie sie durchs Schiff gingen und tiefer vordrangen als die anderen vor ihnen. Mir sträubten sich die Haare und ich rieb mir die Arme. Nachdem ich mich so lange ganz allein hier verkrochen hatte, war die Vorstellung, dass sich jemand näherte, ziemlich nervenaufreibend.

Aber sie steuerten nicht die Überwachungszentrale an. Stattdessen schlugen sie den Weg zum Labor ein. Ich rollte mit dem Drehstuhl zum entsprechenden Bildschirm und beobachtete sie aufmerksam. Was wollten sie hier?

Kat schien an etwas zu arbeiten und der Alien ... wartete einfach?

Auch in diesem Fall schien keine Geiselnahme vorzuliegen. Genau genommen kam es mir eher vor, als wäre der Alien Kats Geisel. Er saß auf dem Boden, als würde er auf sie warten, stand schließlich auf und fing an, im Labor herumzustreifen. Ich presste die Lippen zusammen und riss die Augen auf, als er ...

Oh mein Gott! Hat er sie gerade etwa geküsst?

Vielleicht war es doch besser, mich noch eine Weile versteckt zu halten. Was immer dort draußen auf dem Planeten vor sich ging, war offensichtlich echt schräg.

Schon gut. Wenn das nächste Mal ein Mensch vorbeikommt, werde ich mich zeigen. Aber fürs Erste bleibe ich einfach hier. In Sicherheit.

Etwas auf einem der anderen Bildschirme erregte meine Aufmerksamkeit. Ich sah genauer hin und erkannte, dass ein zweiter Kängurukerl durchs Schiff stakste. Während mir der Alien bei Kat zumindest vom Monitor aus ziemlich entspannt vorkam, wirkte der Neuankömmling wütend. Er hatte die Waffen gezogen und mir schlug das Herz bis zum Hals, als er das Labor betrat.

„Oh nein. Nein, nein, nein, nein."

Ich rammte den Stecker der Kopfhörer in die Buchse und drehte die Lautstärke auf. Ich verstand kein Wort von dem, was gesagt wurde, nicht einmal, wenn Kat sprach. Sie schien die gleiche Sprache wie die Kängurukerle zu verwenden. Aber wie war das möglich?

Ich konnte mir nicht lange darüber Gedanken machen, denn plötzlich gingen die Kängurukerle aufeinander los. Mir fiel ein, dass Colonel Jackson behauptet hatte, dass die Eingeborenen auf diesem Planeten ziemlich kriegerisch veranlagt seien, und je mehr ich von ihnen mitbekam, desto mehr glaubte ich ihm.

Der zweite Kängurukerl gewann die Oberhand und stach auf den ein, der mit Kat hergekommen war.

„Oh oh."

Kat schoss vorwärts und warf sich auf den zweiten Alien. Ich sprang aus dem Stuhl und schrie den Bildschirm an. „Was machst du denn da?"

Natürlich konnte sie mich nicht hören, aber sie schlug weiter auf ihren Gegner ein. Nicht, dass sie damit viel ausrichtete. Der Alien packte sie an der Taille und schubste sie gegen die Regale.

Das war's. Jetzt war es so weit. Jetzt ging es um die Wurst. Würde ich hierbleiben oder hinlaufen?

Ich starrte Kat an, die gegen die Regale gedrückt wurde, und plötzlich stand meine Entscheidung fest: Ja, es war Zeit, zu gehen. Den Aliens von hier beim Kämpfen zuzusehen war das eine. Aber ich würde auf keinen Fall zuschauen, wie eine von uns vor meinen Augen abgeschlachtet wurde.

Ich ließ die Kopfhörer fallen, wischte mir die Hände an der Hose ab und schnappte mir aus dem Spind in der Nähe einen Taser.

Dann rannte ich los.

KAPITEL FÜNFUNDZWANZIG
Kat

„ZOEY?"

Die Gestalt trat ins Licht des Labors. Ja, sie war es. Eindeutig. Die grelle Beleuchtung betonte ihre hohen Wangenknochen und verfing sich in ihren langen schwarzen Zöpfen. Sie kam langsam auf mich zu, den Mund zu einem schmalen Strich zusammengepresst.

„Was ist hier los?", fragte sie merklich verwirrt. „Ich dachte schon, der andere Kängurukerl bringt dich um."

„Ich hatte eine kleine Überraschung für ihn parat." Ich schielte zu dem Gefäß auf dem Boden. „Bleib davon weg."

Zoey umrundete es vorsichtig und näherte sich mir. „Oh, Kat, dein Gesicht!" Ihre braunen Augen hinter den Brillengläsern wirkten riesig.

„Schon gut", murmelte ich. Das Brennen war intensiver geworden und jagte pulsierenden Schmerz durch Gesicht und Hals. Aber das war mir scheißegal. Galok hatte es viel schlimmer erwischt. Und er würde nicht mehr lange durchhalten.

„Hör mal, ich gehe jetzt einfach mal davon aus, dass du die ganze Zeit hier an Bord rumgehangen hast, und ich habe keine Zeit, dir alles zu erklären. Ich sage dir bloß, dass mir dieser Kerl

..." Ich sah auf Galok hinunter, der sich nicht mehr regte, und kämpfte gegen die Tränen an. „Dieser Mann bedeutet mir echt eine Menge. Ich liebe ihn sogar, verdammte Scheiße. Okay? Und ich werde nicht zulassen, dass er hier einfach stirbt."

Meine Brust hob sich hektisch, meine Kehle brannte. Zoey starrte mich an, als wäre mir ein zweiter Kopf gewachsen, und das konnte ich ihr kaum vorwerfen. Aber all das zählte jetzt nicht. Es kam einzig und allein darauf an, wie sie auf meine nächste Frage reagieren würde.

Flehend sah ich sie an. „Hilfst du mir?"

Entschlossenheit zeigte sich auf ihren Zügen. „Natürlich." Zoey sprang auf. „Die Krankenstation ist nicht weit weg. Ich hole eine Trage. Hoffentlich passt er drauf."

Sie warf einen unsicheren Blick zu Boden, dann stürmte sie davon und ließ mich mit Galok allein. Ich knirschte so sehr mit den Zähnen, dass es wehtat. Meine Hände waren feucht von Galoks Blut. Ich drückte fester zu.

„Galok, ich schwöre bei Gott. Wenn du mir jetzt wegstirbst, bringe ich dich eigenhändig um."

Aber er schenkte mir weder sein übliches Lächeln, noch gab er eine überhebliche Antwort. Nichts, um mich wissen zu lassen, dass er noch da drin war und schon wieder auf die Beine kommen würde.

„Scheiße." Meine Hände bremsten den Blutfluss nicht im Geringsten. Und ich hatte wie der letzte Depp Zeit verschwendet. Ich riss mir die Jacke herunter, drückte sie gegen die Stelle, an der die Klinge in seine Brust eingedrungen war, und band sie daran fest; sowohl, um die Waffe zu stabilisieren als auch, um die Blutung einzudämmen. Galok reagierte nicht auf meine Berührungen. Ich hätte am liebsten geschrien.

Das Rattern von Rädern und hastige Schritte im Flur lenkten mich ab. Gleich darauf kam Zoey ins Labor und zog eine Trage hinter sich her. Sie rollte sie so rasch zu uns, dass sie fast die Kontrolle darüber verloren hätte, bevor sie sie absenkte.

„Er ist so groß ... glaubst du, wir bekommen ihn hoch?"

Ich machte mir nicht die Mühe, zu antworten, denn ich wusste, dass wir es schaffen würden. Absolut nichts würde mich davon abhalten, Galok hier rauszubringen.

„Nimm seine Füße. Und sei vorsichtig. Der große Trottel ist stark, aber im Augenblick ..."

Im Augenblick blutet er. Im Augenblick stirbt er.

Oh verdammt. Nein. Daran durfte ich jetzt nicht denken.

Mit knirschenden Zähnen schob ich die Arme unter Galoks. Ich suchte Zoeys Blick und sie nickte. Dann richteten wir uns beide auf.

Oh Gott, war er schwer. Wir schafften es kaum, ihn ein paar Zentimeter anzuheben. Zoey keuchte und ihre Stiefel rutschten in Galoks Blut weg.

„Rüber!", brachte ich mühsam hervor. Zu mehr reichte es nicht. Wir bugsierten ihn seitwärts auf die Trage, stellten uns aber so ungeschickt an, dass ich das Gesicht verzog. Galoks verletzte Brust hob und senkte sich immer noch unter flachen Atemzügen, aber wir mussten hier raus. Jetzt.

„Wie kriegt man dieses Ding wieder hoch?", schrie ich und fummelte mit zitternden Händen an der Seite der Trage herum. Sofort war Zoey neben mir und hob sie an. Zusammen rollten wir sie in den Flur. Zoey wollte in die entgegengesetzte Richtung wie ich davonrennen, sodass das ganze Ding ins Wanken geriet.

„Scheiße!" Ich packte Galoks Bein, um ihn festzuhalten.

„Zur Krankenstation geht es da lang!", rief Zoey und wollte die Trage wieder in Bewegung setzen. Gott, es gab so vieles, wovon sie keine Ahnung hatte. Und ich hatte keine Zeit, es ihr zu erklären.

„Das klingt jetzt vielleicht verrückt, aber wir gehen nicht zur Krankenstation. Wir brauchen eine Heilerin."

„Eine was?"

„So was wie eine Alien-Ärztin mit magischer Milch, die einen heilt. Ich weiß, wie bekloppt das klingt. Aber das ist seine einzige Hoffnung."

Zoey starrte mich mit geschürzten Lippen an. Ich sah ihr an, dass sie befürchtete, ich hätte den Verstand verloren. Aber dann nickte sie und zuckte mit den Schultern, als wollte sie sagen: *dein Alien-Freund, deine Regeln.*

„Komm", ächzte ich und zog an der Trage. Sie packte das hintere Ende und zusammen liefen wir nach draußen.

Zum Glück war Galoks *irkdu* ganz in der Nähe. Aber mir drehte sich der Magen um bei der Vorstellung, ohne Galok auf ihm zu reiten. Doch ohne das *irkdu* würde es Stunden dauern, das Lager zu erreichen.

Scheiß drauf. Versuchen wir es.

Diese Tiere waren gut ausgebildet. Hoffentlich würde es einfach ahnen, wo wir hinmussten. Wie ein Schlittenhund, dem man befahl, nach Hause zu laufen.

Ich rief das *irkdu* in der Sprache des Sandmeers zu mir. Ich kannte die verschiedenen Laute und Schnalzgeräusche nicht, die die Krieger normalerweise benutzten, aber ich hoffte, dass meine Worte reichen würden. Zum Glück war das der Fall, denn das Tier kam angeschossen und blieb vor uns stehen.

Aber damit standen wir vor dem nächsten verflixten Problem.

„Wie bekommen wir ihn da rauf?"

Die Verzweiflung versenkte ihre Klauen in mir. Allmählich geriet ich in Panik. Und Panik konnte ich mir nicht leisten. Aber wie sollte ich dagegen ankämpfen, wenn Galok im Sterben lag und ich ihm keine Hilfe besorgen konnte? Immerhin hatte das *irkdu* keine Arme, um ihn hochzuheben. Und die Trage vom *irkdu* durch die Wüste ziehen zu lassen, wäre viel zu wackelig und langsam.

Aber die liebe, wunderbare, großartige, *lebendige* Zoey hatte auch dafür eine Lösung.

„Warte hier." Sie rannte in den Frachtraum. Einen Moment später kam sie wieder, die Arme mit Seilen und anderen Gegenständen beladen. Sie warf alles zu Boden, lief noch einmal zum Schiff und zerrte eine große, leere Kiste zu uns. Schweiß glitzerte auf ihrer dunklen Haut und ich bemerkte erschrocken, dass sie keine Solarschutzjacke trug. Dann fiel mir auf, dass für mich dasselbe galt, weil meine Jacke gerade kläglich dabei versagte, Galoks Blut in seinem Körper zu halten.

Zum Glück neigte sich die Sonne inzwischen dem Horizont entgegen. Aber aus irgendeinem Grund erfüllte mich dieser Anblick mit Grauen. Ich hatte das ungute Gefühl, dass ich tagsüber alles schaffen konnte, aber dass Galok verloren wäre, wenn ich ihm bis Sonnenuntergang keine Hilfe besorgt hatte.

Zoey legte neben mir los und benutzte die Kiste als Tritthocker. Sie hantierte so schnell mit den Seilen, dass mir ganz schwindelig wurde. Ich blinzelte und mir schnürte sich vor

Dankbarkeit die Kehle zu, als ich erkannte, was sie gebaut hatte.

Einen Flaschenzug.

Gott sei Dank hat sich unsere Ingenieurin im Schiff versteckt und nicht, sagen wir mal, unsere Botanikerin Jocelyn.

„Du hältst ihn fest und schiebst, während ich ziehe", befahl Zoey und band ein Seil um Galoks Bein, um ihn auf der Trage zu befestigen, bevor sie sie absenkte.

Ich nickte und beeilte mich, meine Position einzunehmen. Zoey begann zu ziehen und ich schob die Trage mit aller Kraft an der Flanke des *irkdu* hinauf. Ich hörte Zoey auf der anderen Seite ächzen und schmeckte Blut, als ich mir auf die Lippe biss, aber ich empfand keinen Schmerz. Nicht im Augenblick. Es ging nur darum, zu schieben, zu schieben, zu schieben, um Galok am Leben zu halten.

Die Trage kam in die Waagerechte und schwebte über meinem Kopf. Ich konnte sie kaum noch festhalten und kletterte auf die Kiste, um besser an sie heranzukommen. Zoey kam zu mir gelaufen, stellte sich neben mich und gemeinsam drehten wir die Trage längs auf das *irkdu* und banden sie fest. Zum Glück war das Tier riesig und bot immer noch genug Platz, dass Zoey und ich uns zusammen in den Sattel quetschen konnten. Ich half Zoey, dann ließ ich mich hinter sie fallen und drehte mich um, sodass ich Galok zugewandt saß.

„Halt dich fest, das Ding ist ganz schön schnell", erklärte ich, bevor ich dem *irkdu* in der Sprache des Sandmeers Befehle zurief. „Bring uns zu den Klippen. Zurück zu den Clans. Schnell!"

Und Gott sei Dank gehorchte die riesige Kreatur. Ich würde Galok später danken, dass er sie so gut ausgebildet hatte.

Wir schossen davon. Zoey kreischte und ich spürte, dass sie hinter mir nach dem Sattel griff und sich zusammenkauerte. Aber ich nahm es kaum wahr. Ich beugte mich über Galok und drückte die Hände auf meine Jacke, um die Wunde gründlicher zu verschließen.

Inzwischen brach die Nacht herein und verlieh dem Sand einen indigoblauen Schimmer. Das Schiff verschwand in der Ferne, ein silberner Fleck in der Dunkelheit.

„Weiteratmen, Galok. Atme einfach weiter. Wenn wir das hier hinter uns haben, werden wir nicht mehr nur daten, versprochen. Dann ziehen wir diese ganze Gefährtennummer durch. Also musst du durchhalten. Denk an all den Sex, der dich auf der anderen Seite erwartet!", plapperte ich gegen den Wind an, während ich meinen Tränen freien Lauf ließ.

Nun, da wir uns in Bewegung gesetzt hatten und ich nichts anderes mehr tun konnte, mich mit nichts mehr ablenken konnte, konnte ich mein Schluchzen nicht länger zurückhalten. Galok atmete noch, aber so schwerfällig, dass es mir eine Todesangst einjagte.

Zoeys Stimme ließ mich zusammenzucken. „Ähm, sollte es mir Sorgen machen, dass gerade im wahrsten Sinne des Wortes ein Drache auf uns zukommt oder ..."

„Was?" Ich drehte mich um, die Hände immer noch auf Galoks Brust. Ich hatte das Gefühl, dass ich ihn verlieren würde, wenn ich ihn auch nur eine Sekunde losließ.

Und, ach du Scheiße, da war sie.

Die Manifestation der Lavrika.

Bei den Teichen hatte ich sie nicht gesehen, aber das musste sie sein. Das Wesen schlängelte sich elegant durch den Sand auf uns zu, den majestätischen Blick der riesigen Augen auf uns gerichtet. Hinter ihm zeigten sich die Klippen als dunkler Streifen am Horizont. Wir waren schon so nahe, verdammt.

Das Wesen hielt inne, musterte uns noch mal und wandte sich dann ab, um flink wie der Wind zu den Klippen zu eilen.

Mir dämmerte, was los war, und ich rief dem *irkdu* zu: „Hinterher."

Es waren nicht die Heilerinnen der Clans, die wir brauchten. Dafür war Galok schon zu weit fortgetrieben. Wir brauchten die Lavrika.

Zumindest hoffte ich, dass sie uns deshalb ihre Manifestation geschickt hatten. Um uns zu helfen. Das musste es sein. Oder?

Der Drache führte uns vom Lager fort und ich hoffte mit aller Macht, dass ich keinen riesigen Fehler machte, indem ich mich gegen die Heilerinnen entschied. Aber im Ernst, Galok brauchte ein Wunder. Ich hatte noch nie an Wunder geglaubt, aber dieses Mal war ich bereit, mich vom Gegenteil überzeugen zu lassen. Ich sehnte mich danach.

Wir näherten uns einer dunklen Öffnung in der Felswand. Eine große Alien-Frau in weißer Tunika stand mit einem Speer bereit und sah uns neugierig entgegen. Sie erhob den Schwanz, als die gewaltige Drachenkreatur in den Höhleneingang eintauchte und ihr durchsichtiger Körper aus Sternenlicht in der Dunkelheit verschwand.

Zoey und ich rutschten ungeschickt vom *irkdu*. Kaum, dass ich schmerzhaft gelandet war, sprang ich wieder auf. Aber ohne die Kiste, die wir am Schiff benutzt hatten, waren weder Zoey noch ich groß genug, um Galok runterzuhieven.

„Scheiße!", schrie ich auf Englisch. Ich sah mich nach der Lavrikala um, die die Höhlen der Lavrika bewachte. „Du bist groß genug. Würdest du uns helfen, ihn runterzubekommen? Bitte?"

Ich hatte noch nie um etwas gebettelt. Aber in diesem Fall war ich mehr als bereit dazu. Ich würde ihr in diesem Moment mein Leben anbieten, wenn das den Ausschlag geben würde.

Aber zum Glück war das nicht nötig. Die Lavrika ließ den Speer in den Sand fallen und lief zu uns. Dank ihrer langen, starken Arme konnte sie die Seile lösen, die Galok gesichert hatten, und sie half, die Trage zu Zoey und mir herabzulassen. Wir brachen fast zusammen, als Galoks Gewicht sich auf uns senkte, aber die Lavrikala grollte mit zusammengebissenen Zähnen und spannte die Muskeln an, um die Trage auszubalancieren und behutsam im Sand abzusetzen. Zoey öffnete die Verschlüsse und die Trage schnellte hoch.

„Danke", sagte ich zu der Lavrikala.

„Die Lavrika haben euch zu ihren Höhlen gerufen und ich diene ihnen. Sie wollen nicht, dass dieser Krieger heute Nacht stirbt."

Ihre Worte erfüllten mich mit überbordender Hoffnung. Der Hoffnung, dass die Lavrika nicht zulassen würden, dass Galok starb.

„Los geht's!"

Zoey und ich schoben die Trage, aber die Räder blieben im Sand stecken und bewegten sich kaum.

„Hoch damit!", befahl die Lavrikala, trat zur Vorderseite der Trage und hob sie sacht an, während sie gleichzeitig an ihr zog.

Zoey und ich taten es ihr nach und bugsierten die Räder aus dem Sand. Halb trugen, halb zogen wir die Trage zum Zugang der Tunnel. Erleichtert sank ich in mich zusammen, als

wir ihn erreicht hatten und die Räder auf dem Steinboden absetzen konnten. Den Rest des Wegs konnten wir die Trage
rollen.

„Ich muss auf meinem Posten bleiben. Ihr seid jetzt in der
Hand der Lavrika", erklärte die Lavrikala.

Ich nickte ihr zu, unfähig, etwas zu sagen, und Zoey und
ich machten uns auf den Weg. Ich ging vorn, sie hinter mir, als
wir in die Dunkelheit der Klippen von Uruzai eintauchten.

KAPITEL SECHSUNDZWANZIG
Galok

ALS ICH ZU MIR KAM, empfand ich keinerlei Schmerzen. Ich schwebte in endlosem Weiß, ohne zu wissen, wo ich war oder wie ich hergekommen war. Mein Kopf fühlte sich an, als wäre er voll Sand. Ich drehte ihn mühsam in die eine oder andere Richtung und versuchte, mich zu orientieren.

Kat.

Ich fuhr zusammen und schlug um mich, als die Erinnerung zurückkam. Kat war bedroht worden. Ich hatte gekämpft ...

Ging es ihr gut?

Selbst wenn ich tot war, wäre es das wert gewesen. Ein großer Sieg, sollte sie in Sicherheit sein. Ich dankte dem großzügigen Schicksal, dass ich nicht nur einmal, sondern gleich zweimal in ihr sein durfte, bevor ich in der Schlacht gefallen war.

Aber ich konnte nicht mit Sicherheit sagen, dass es ihr gut ging. Ich bewegte Arme und Beine und versuchte, mit schlagendem Schwanz von diesem Ort wegzukommen. Aber ich konnte mich kaum regen.

Eine Bewegung in all dem Weiß erregte meine Aufmerksamkeit und vertrieb Kat aus meinen Gedanken. Ein gewaltiger, schimmernder Schlangenkopf erschien vor mir. Das Wesen musterte mich, ohne zu blinzeln. Alles in mir kam zur Ruhe, als ich endlich begriff, wo ich war.

Bei den Lavrika.

War ich in den Teichen? Ich erinnerte mich an Gahn Buroudeis Erzählung von dieser Erfahrung und die Beschreibung schien zu passen. Aber er war in die Höhlen gerufen worden, um seine Gefährtin zu sehen und das Heilige Gefährtenband zu empfangen. Warum war ich hier und wie war ich überhaupt hergekommen?

Bevor ich Fragen stellen konnte, verschwand das Wesen im blendenden Weiß und ließ mich allein zurück. Ohne Antworten.

Bis ich sie sah.

Mit jedem verstreichenden Moment konnte ich sie deutlicher erkennen. Ein kleiner, runder Kopf ohne Haare und ein makelloses, fremdartiges Menschengesicht, versehen mit glänzenden Steinen. Augen so blau, dass sie mein Herz geradezu durchbohrten.

Es war Kat.

Die Lavrika hatten mich gerufen. Auf einmal war es nicht länger wichtig, wie ich hergekommen war. Ich war da und sah endlich, *endlich* das Gesicht meiner Gefährtin in den Teichen. Mein Herz jagte, meine Gliedmaßen kribbelten. Ich hatte recht gehabt. Ich hatte die ganze Zeit recht gehabt. Kat gehörte zu mir. Sie war für mich bestimmt. Sie war mein Schicksal, mein Tod, mein Alles.

Und sie hatte sich mir geschenkt, bevor das Gefährtenband erweckt worden war. Wir hatten uns aus eigenem Entschluss gefunden, was unsere Verbindung umso stärker machte. Wir waren durch das Schicksal, aber auch durch unsere Herzen verbunden.

Und jetzt würde ich zu ihr zurückfinden.

Zu meiner Kat. Meiner Gefährtin.

Meinem Ein und Alles.

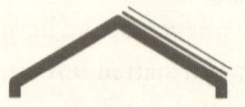

KAPITEL
SIEBENUNDZWANZIG
Kat

„SO … UND WAS JETZT?"

Ich sah mich zu Zoey um. Sie stand in meiner Nähe neben der Trage, die einmal mehr zu Boden gelassen worden war. Wir hatten Galok von ihr herunter- und in den Teich gezerrt, in dem er wie ein Stein versunken war.

Ich wusste nicht, ob das ein gutes oder ein schlechtes Zeichen war. Aber angesichts der Tatsache, dass er bei unserer Ankunft an den Teichen kaum noch geatmet hatte, war uns verdammt noch mal nichts anderes übrig geblieben.

„Ich weiß es nicht. Warten, schätze ich."

Zoey kam zu der Stelle, an der ich kauerte, und setzte sich. Das Glühen der Teiche leuchtete ihr Profil aus und fing sich auf ihrem Brillengestell.

„Das hat mich alles ein bisschen … überfordert. Ich bin immer noch nicht ganz überzeugt, dass ich nicht einfach noch im Schiff liege und träume", meinte sie.

„Wem sagst du das?", murmelte ich. „Dabei weißt du nicht mal die Hälfte von dem, was hier los war." Ich begann ihr alles zu erklären, soweit es mir möglich war. Das erwies sich als gute

238

Ablenkung, um nicht vor Sorge um Galok den Verstand zu verlieren.

Als ich zu der Stelle mit dem Gefährtenband kam, riss Zoey den Kopf herum und machte große Augen. „Äh, wie bitte?"

„Ja, ich weiß. Es ist echt bizarr."

„Also, du und dieser Galok habt dieses Gefährtending?"

„Ehrlich gesagt nein. Wir haben ... uns einfach verliebt. Total verrückt."

„Und das Drachending, das uns hergeführt hat? Was zum Teufel war das?"

„Ich weiß es genau genommen gar nicht", antwortete ich. „Irgendein ein fremdartiges Wesen, das die Botschaften der Lavrika überbringt, ihrer Gottheiten. Und vielleicht sind sie wirklich Götter, wenn sie die Leute dazu bringen, sich zu verlieben, und sie mit ihrem Blut heilen können. Oder mit ihrer Milch. Oder was auch immer."

„Dieses Zeug hat also heilende Kräfte, ja?"

„Jepp. Du kannst dir nicht vorstellen, wie gut es wirkt."

Zoey erhob sich auf die Knie, beugte sich nach vorn und berührte stirnrunzelnd die Oberfläche des Teichs. Dann ließ sie ihre Hand hineingleiten, schöpfte ein wenig Flüssigkeit und ließ sich wieder neben mich fallen. „Schau mich mal kurz an, ja?"

Zögernd kam ich ihrer Bitte nach. Es fühlte sich falsch an. Als würde ich Galok verlieren, wenn ich den Blick von den Teichen abwandte. Aber ich wusste, dass sein Schicksal nicht mehr in meiner Hand lag. Und ich hasste jede Sekunde dieser Hilflosigkeit.

Zoey verteilte das Blut der Lavrika auf meinem Gesicht und meiner Kopfhaut. Sie keuchte leise. „Das stimmt ja tatsächlich", flüsterte sie.

Ich stand so neben mir, dass ich eine Weile brauchte, um zu verstehen, was sie getan hatte und nun sah. *Die Säureverbrennungen.* Der Schmerz war mir nicht besonders bewusst gewesen, sondern hatte nur stechend am Rande meines Bewusstseins vor sich hingepocht. Aber nun spürte ich, wie er immer mehr nachließ.

Zoey tupfte noch etwas von dem Blut der Lavrika auf meine Unterlippe. Ich zuckte zusammen.

„Du hast ordentlich zugebissen", murmelte sie und lehnte sich zurück, um ihr Werk zu betrachten.

„Danke", flüsterte ich und richtete meine Aufmerksamkeit wieder auf die Teiche. Um ehrlich zu sein, war mir egal, ob ich geheilt wurde oder nicht. Es war lieb von ihr gewesen, aber im Augenblick standen meine Verletzungen ganz unten auf meiner Prioritätenliste.

„Du bist doch Chemikerin, oder?", riss Zoey mich einmal mehr aus meinen Gedanken.

„Ja, wieso?"

„Na ja, was glaubst du, was das für ein Zeug ist?" Sie stand jetzt am Ufer des Teichs und betrachtete die glühende Oberfläche.

„Keine Ahnung. Ich hoffe, ich kann es mir bald mal im Labor ansehen." Ich verzog das Gesicht, als mir ein finsterer Gedanke kam. „Ich bin mir ziemlich sicher, dass es sich um die Verbindung handelt, wegen der man uns hierher verschleppt hat. Ich glaube, sie lässt sich irgendwie als Energiequelle benutzen."

„Das ergibt Sinn. Dann wäre sie ziemlich wertvoll." Sie wirbelte zu mir herum. „Glaubst du, sie kommen wieder, um sie zu holen?"

„Das lassen sie besser bleiben", zischte ich. Ich brachte niemandem, der mit unserer Entführung zu tun hatte, positive Gefühle entgegen. Außer Chapman, aber sie hatte sich entschuldigt und es wiedergutgemacht. Alle anderen konnten zur Hölle fahren und falls sie hier wiederauftauchten, würde ich ihnen persönlich in den Hintern treten.

Aber darüber konnte ich jetzt nicht nachdenken. Mit einem harschen Atemzug stand ich auf. Das dauerte schon viel zu lange. Ich würde da jetzt reinspringen und Galok selbst wieder rauszerren. Ich würde gegen jeden kämpfen – ob Menschen oder Aliens, selbst Drachen und Götter –, um zu beschützen, was mir gehörte. Und Galok gehörte mir.

Gerade als ich den ersten Schritt in den Teich gemacht hatte, kräuselten kleine Wellen die Oberfläche und ich erstarrte. Das Herz schlug mir bis zum Hals und ich hörte Zoey neben mir scharf Luft einziehen. Eine dunkle Gestalt trieb an die Oberfläche und stieß mit ihrem schlangenähnlichen Schwanz ans Ufer.

Es war Galok.

Und ich würde jetzt sofort herausfinden, ob es wirklich Galok war, *mein* Galok, oder nur sein lebloser Körper.

So schnell ich konnte, stürzte ich auf ihn zu. Prompt wurde eine Erinnerung in mir wachgerufen. An die Oase und wie ich mit ihm durchs Wasser gewatet war. Dem folgte eine ganze Flutwelle an Erinnerungen – Galok, der mich mit glänzenden Zähnen angrinste, während seine Sichtsterne wirbelten. Galok, der mir den Kopf rasierte und sanft mit der Klinge über meine

Haut strich. Galok, der mich küsste. Der in mir war. Der sich mir mit allem, was er hatte, hingab.

Ich griff nach seinen Schultern und fiel im flachen Bereich des Teichs auf die Knie, um seinen Kopf in meinen Armen zu bergen.

Seine Augen standen offen.

Seine Augen standen offen!

Und dann pulsierten seine Sichtsterne und fokussierten sich auf mich.

Sein Grinsen war matt, aber es war da. „Hallo, Kleines."

KAPITEL ACHTUNDZWANZIG
Galok

ICH DACHTE, KAT WÜRDE sich freuen, mich zu sehen, aber ich hätte es besser wissen sollen. Die Freude meiner Kat war immer von ihrem widerspenstigen Zorn durchwoben. Ihr klappte der Mund auf, als ich sie ansprach, und sie zog ärgerlich die Brauen zusammen und holte ein paarmal tief Luft.

Sie wirkte ... aufgebracht.

Oder vielleicht ...?

„Bist du auch so sehr vom Gefährtenband überwältigt wie ich?"

Es erwies sich wirklich als überwältigend. Ich hatte Kat schon vorher geliebt und hätte alles für sie getan. Aber jetzt hatten sich meine Gefühle vervielfacht. Kat stand wie ein glühender Stern über mir, der hellste meines Lebens.

„Du Trottel!", schrie sie schließlich, begleitet von der menschlichen Augenflüssigkeit, die ihr über die Wangen rann. „Warum hast du den Kerl angegriffen? Du wärst fast gestorben!"

„Ach ja, ich erinnere mich ..." Ich dachte an den Zwischenfall auf dem *Schiff*. „Ich habe mit ihm gekämpft, damit er dich nicht mitnimmt." Meine Stimme senkte sich zu einem bedrohlichen Knurren. „Denn niemand nimmt mir meine Gefährtin weg."

„Deine was? Oh, hast du mich gehört, als du bewusstlos warst? Dass ich dir versprochen habe, deine Gefährtin zu werden, wenn du überlebst?"

Hatte ich nicht. Ich wünschte verzweifelt, es wäre so. Ich hätte liebend gern erlebt, wie diese Worte Kats stolzen Mund verlassen hatten.

„Als ich bei den Lavrika war, haben sie mir dein Gesicht gezeigt. Ich hatte recht. Das Schicksal hat dich zu meiner Gefährtin bestimmt." Ich strahlte sie an, aber sie zog weiterhin ein finsteres Gesicht. Mir war vollkommen schleierhaft, warum sie nicht genauso begeistert war wie ich.

„Tja, das ist ja prima. Aber ich hänge mich eher an der Tatsache auf, dass du fast gestorben wärst, vielen Dank auch."

„Wie könnte ich sterben, bevor ich dich endgültig zu meiner Gefährtin gemacht habe, nun, da die Heilige Gefährtenbindung erweckt wurde?"

„Oh klar, das heilige Band." Sie verdrehte die Augen.

Ich zog eine ihrer Hände von meiner Haut, hob sie an meinen Mund und setzte einen Kuss auf die Handfläche. „Ja, das heilige Band. Ich spüre es jetzt, so schwach ich auch bin. Tatsächlich macht es mich stärker. Ich bin überzeugt, dass es all das verlorene Blut ersetzt, noch während wir uns unterhalten. Denn es schießt auf einmal jede Menge Blut in m…"

„Oh mein Gott. Hör auf. Hör auf!", quietschte Kat und schlug mir die Hand vor den Mund. Ihr Blick glitt zur Seite und als ich ihm folgte, stellte ich überrascht fest, dass eine andere der neuen Frauen bei ihr war. Und ich war sogar noch überraschter, da ich diese Frau noch nie gesehen hatte. Es gab

nicht viele von ihnen und entsprechend leicht war es mir gefall-
en, mir ihre Gesichter einzuprägen. Aber dieses war mir neu.

Langsam setzte ich mich auf. Kat sah mich böse an. Lächelnd tätschelte ich ihre weiche Wange. „Keine Sorge, Kleines. Ich
habe immer noch genug Blut in mir. Und ich verspreche dir,
dass es nicht alles ... dorthin verschwunden ist."

„Ich schätze, es ist ein gutes Zeichen, dass du schon wieder
dumme Witze reißen kannst." Sie musterte mich wachsam. Ihr
Blick glitt zu meiner Brust, gefolgt von ihren weichen Fingerspitzen. „Nicht mal eine Narbe", flüsterte sie kopfschüttelnd.

Auch ich sah hinab und stellte fest, dass meine Wunde sich
geschlossen hatte. Sicher, ich war schwach und hatte viel Blut
verloren, aber ich stand nicht mehr an der Schwelle des Todes.

Es sei denn, meine Liebe zu Kat brachte mich um, denn
mein Herz schlug so heftig und sehnte sich so sehr nach ihr,
dass ich mich fragte, ob es einfach stehen bleiben würde.

Aber so sei es denn. Es wäre ein guter Tod, aus Liebe zu
sterben.

Doch irgendetwas sagte mir, dass Kat das nicht zulassen
würde. Selbst jetzt ließ sie die Hände über meine Haut gleiten,
drückte prüfend hier und da, während sie mit ernstem Blick
nach weiteren Verletzungen suchte.

„Es geht mir gut, Kat. Ein so starker Krieger wie ich ist
nicht so leicht zu Fall zu bringen."

Schnaubend suchte sie meinen Blick. „Der einzige Grund,
warum du noch lebst, ist, dass wir großes Glück und Hilfe hatten."

„Hilfe?" Wieder sah ich mich nach der anderen Frau um.
Sie winkte mir matt zu, eine menschliche Form der Begrüßung.

„Ach ja." Langsam stand ich auf und streckte mich, um einzuschätzen, wie schwach ich war. Ich runzelte die Stirn, als ich merkte, dass mir nicht einmal die Hälfte meiner üblichen Kraft zur Verfügung stand. In meinem Kopf hämmerte es, heftig und sanft zugleich. Ich ignorierte das Gefühl und wandte mich an die Neue. „Ich bin Galok. Ich freue mich, dich kennenzulernen."

Sie starrte mich ausdruckslos an, dann wandte sie sich an Kat.

„Das ist Zoey. Sie beherrscht eure Sprache noch nicht", erklärte Kat seufzend. Sie hatte eine Hand in mein Kreuz gelegt, die andere auf meinen Bauch, als wollte sie mich stützen. Nicht, dass sie mich mit ihren winzigen Händen halten könnte, sollte ich fallen. Aber das Gefühl gefiel mir dennoch. *Ich sollte mich öfter verletzen ...*

„Ja", fuhr Kat fort. „Wir haben vieles zu erklären. Aber fürs Erste lass uns hier verschwinden und nach Hause gehen, ja? Ich will, dass die Heilerinnen dich untersuchen."

„Wenn du darauf bestehst", gab ich nach, als wir aus dem Teich stiegen. „Aber du musst ihnen sagen, dass sie sich beeilen sollen. Ich kann es nicht erwarten, bei meiner Gefährtin zu liegen. Ehrlich gesagt glaube ich, dass es nicht mehr als die herrliche Feuchtigkeit deines Körpers braucht, um mich wieder zu Kräften zu bringen. Ja, da bin ich mir ganz sicher."

„Und ich bin mir sicher, dass du einen Vogel hast", sagte Kat unerklärlicherweise, während sie mich noch immer festhielt.

Sie als meine grummelnde Beschützerin zu erleben, war neu für mich. Als Krieger war normalerweise ich derjenige, der andere beschützte. Aber Kats Entschlossenheit brachte mich zum Lächeln. Und als ich mir vorstellte, wie sie unsere zukünftigen Jungen beschützen würde, schwoll mein Herz vor Freude an. Zusammen mit einem anderen Teil meines Körpers ...

Zoey, die neue Frau, sagte etwas zu Kat. Meine Gefährtin hielt inne und zwang mich, ebenfalls stehen zu bleiben. Das verwirrte mich angesichts von Kats vorheriger Ungeduld und ich drehte mich um, um herauszufinden, warum sie angehalten hatte. Überrascht schlug ich mit dem Schwanz.

Das Bildnis der Lavrika erhob sich aus den Teichen. Offenbar waren sie noch nicht mit uns fertig.

Und sein wundersamer Blick war auf Zoey gerichtet.

KAPITEL NEUNUNDZWANZIG
Kat

„SOLLTE ICH MIR SORGEN machen, dass der Drache mich anstarrt?", fragte Zoey langsam und verschränkte die Arme vor der Brust.

„Ich weiß nicht genau", erwiderte ich ehrlich. „Ich meine, bisher war das Ding immer gut zu uns. Vermutlich will es dir etwas zeigen. Wir haben alle die Sprache des Sandmeers gelernt, indem wir hier reingesprungen sind. Vielleicht will es dir denselben Gefallen tun."

Sie schürzte die Lippen und regte sich nicht. „Ich kann nicht schwimmen", gestand sie leise.

Ich schüttelte den Kopf. „Das brauchst du auch nicht. Und du musst auch nicht die Luft anhalten oder so. Es ist ... schwer zu erklären." Genau deshalb musste ich das Zeug unters Mikroskop bekommen. Um herauszufinden, woraus zum Teufel es bestand.

Zoey wirkte nach wie vor unsicher. Ich behielt eine Hand an Galok, weil ich nicht bereit war, mich auch nur für den Bruchteil einer Sekunde von seiner warmen Haut zu trennen, und tätschelte mit der anderen Zoeys Schulter.

„Alles wird gut. Und ehrlich, es wird für dich unglaublich nervig, wenn du die Sprache im Lager nicht verstehst."

„Im Lager ..." Sie seufzte. „Daran habe ich bisher gar nicht gedacht. Ich habe nicht mal in Erwägung gezogen, dass ich euch hinterher begleite. Ich habe mich so an das Schiff gewöhnt ..."

„Du willst aber nicht dorthin zurückkehren, oder? Du wärst ganz allein und es sind einige schräge Viecher in dieser Wüste unterwegs, Mann. Ganz abgesehen von den Kriegern anderer Clans, die wieder rumschnüffeln könnten. Bei uns bist du sicherer. Und die anderen werden sich bestimmt freuen, dich zu sehen", erinnerte ich sie. Wir waren alle am Boden zerstört gewesen, als uns aufgegangen war, dass eine von uns den *zeelk*-Angriff nicht überlebt hatte. Ich konnte immer noch nicht fassen, dass sie echt war, und doch war sie hier. Und dafür war ich verdammt dankbar.

„Du hast recht. Ich habe mich lange genug wie eine Maus auf dem Schiff versteckt." Sie straffte die Schultern und hob das Kinn. „Bin gleich wieder da."

Sie trat ans Ufer des Teichs und watete hinein. Die Wesenheit tauchte unter und nachdem Zoey tief und zittrig Luft geholt hatte, folgte sie ihr.

Ich klammerte mich an Galok fest und beobachtete die Oberfläche. Galok legte die Arme um mich und ich lehnte mich an ihn. Schweigend standen wir da, fühlten einander nur. Der gleichmäßige Takt seines Herzens war die herrlichste Melodie, die ich mir je hätte vorstellen können.

Es dauerte nicht lange, bis Zoey wiederauftauchte und auf uns zuwatete. Der Drache war nicht mehr zu sehen. Das, was er mit uns vorgehabt hatte – was immer er auch für Absichten gehabt hatte –, schien jetzt erledigt zu sein.

„Ich grüße dich, Zoey. Verstehst du mich jetzt?"

Zoey fielen fast die Augen aus dem Kopf. Sie nahm die Brille ab und befreite mit dem Saum ihres Tanktops die Gläser vom Blut der Lavrika. Dann setzte sie sie wieder auf. „Ja, tatsächlich. Wie ...?"

„Stell nicht den magischen Alien-Drachen infrage", sagte ich grinsend und wedelte mit der Hand.

„Genau, das sollte man nie", erklärte Galok vielsagend und zog mich enger an sich.

Ich errötete. Offensichtlich bezog er sich darauf, dass die Lavrika mich zu seiner Gefährtin erklärt hatten. Tja, auch gut. Ich hatte ja längst entschieden, dass ich ihm gehörte und er mir. Diese Entscheidung hatte ich allein gefällt und sie hatte nichts mit den Lavrika zu tun. Wenn die Lavrika die Sache nun offiziell machen wollten, war das wohl in Ordnung. Aber es kam nicht wirklich darauf an, denn die Liebe hatte schon vorher existiert.

Wir gingen durch den dunklen Tunnel zurück in die Wüste. Die Lavrikala begrüßte uns und Galok hob vor ihr den Schwanz. „Sei bedankt, dass du meiner Gefährtin geholfen hast", sagte er und klang dabei förmlicher, als ich es je erlebt hatte.

„Dem Willen der Lavrika wurde Rechnung getragen", antwortete sie. „Und ich bin froh darüber."

Zum Glück war Galok stark genug, um sowohl Zoey als auch mir auf das *irkdu* zu helfen, bevor er hinter uns Platz nahm.

„Hast du mich hergebracht und das *irkdu* selbst geritten?",
sagte Galok verwirrt.

Ich drehte mich zu ihm um. „Ja. Und?"

Seine Sichtsterne schienen zu explodieren und ein hin-
gerissenes Lächeln legte sich auf sein Gesicht. Er strich mir mit
einer Kralle über die Wange. „Ich wurde heute Nacht wahrhaft
gesegnet. Heute und in allen Nächten, die ich mit dir verbringen werde. Du bist eine mächtige Gefährtin, der sogar ein
irkdu gehorcht." Sein Lächeln wurde breiter. „Da ist es nur
angemessen, dass ein so fähiger und starker Krieger wie ich
dein Gefährte wurde. Wer sonst hätte die mächtige Kat zäh-
men können?"

Ich lachte zittrig auf. Sosehr ich mich oft über seine Worte
ärgerte, war es ein Segen, ihn ganz normal scherzen zu hören.

„Ja, glaub das ruhig", sagte ich und stupste ihm gegen das
gemeißelte Kinn. Bevor ich den Finger wegziehen konnte, fing
er die Spitze mit einem sanften Kuss ein. Ich schmolz innerlich,
als die Konsequenz der Ereignisse mich überrollte.

Er lebte. Wir hatten es geschafft. Wir hatten es wirklich
geschafft.

„Komm", sagte ich leise und machte es mir hinter Zoey bequem. „Reiten wir nach Hause."

KAPITEL DREISSIG
Galok

ALS WIR DAS LAGER ERREICHTEN, waren die Feuer bereits erloschen. Oder vielmehr das Feuer, da wir inzwischen eines teilten. Das freut mich sehr. Dasselbe galt für die Ruhe im Lager. Die wenigen Krieger, die noch wach waren, gingen ihre Runden und alle anderen schienen sich für die Nacht in ihre Zelte zurückgezogen zu haben.

Das vereinfachte unsere Heimkehr, da ich mich nun nicht mit Gahn Fallos Wut auseinandersetzen musste. Auch wenn er mir jetzt kaum noch etwas vorwerfen konnte. Kat war meine Gefährtin und damit hatte er kein Recht, mich daran zu hindern, mit ihr wegzureiten.

Und was noch wichtiger war, wir kehrten mit einer verloren geglaubten neuen Frau heim. Für unser Volk war jede Frau ein kostbares Geschenk und ich war froh, dass wir sie aus dem Schiff geholt hatten, auch wenn ich im Grunde nichts damit zu tun gehabt hatte. Abgesehen davon, ihr auf mein *irkdu* zu helfen, hatte ich gar nichts getan. Das hatten Kat und Zoey alles allein geschafft.

Ich hatte viele Fragen – wie sie aufs *irkdu* gekommen waren, während ich bewusstlos gewesen war, und vor allen

Dingen auch, wie sie mich dort hochbekommen hatten. Einmal mehr begeisterte mich die Kraft der neuen Frauen. Ihre Stärke. Ihre Klugheit. Ich würde mir die Geschichte von Kat erzählen lassen – wieder und wieder –, damit ich mir ihre Taten gut genug einprägte, um unseren Jungen davon zu berichten.

„Okay, eins nach dem anderen. Du musst zu den Heilerinnen."

Kat warf mir einen strengen, ernsten Blick zu, den ich mit nichts als warmer Freude erwiderte. Statt zu antworten neigte ich mich zu ihr und küsste sie. Sie quietschte, fuhr zurück und stieß gegen Zoey, die sich verwundert umdrehte.

„Du. Heilerzelt. Jetzt", knurrte meine Gefährtin.

„Ich werde zu ihnen gehen, Kleines. Aber zuerst muss ich zu Gahn Buroudei. Ich muss ihm von dem Angriff berichten. Gahn Baldor ist anmaßender geworden und hat sich weiter von seinem Herrschaftsgebiet entfernt."

Plötzlich fielen mir die Worte des Angreifers wieder ein. Dass Gahn Baldor unter den neuen Frauen eine Gefährtin hätte.

Ich wusste inzwischen, dass es sich nicht um Kat handeln konnte. Das hatten die Lavrika bestätigt. Aber wer war es dann? Die meisten der neuen Frauen waren noch ohne Gefährten. Es könnte jede von ihnen sein.

Kat stöhnte und seufzte gleich darauf.

„Na gut. Ich bringe Zoey zum Menschenzelt. Aber du bist besser bei den Heilerinnen, wenn ich wiederkomme, sonst zerre ich dich persönlich aus Gahn Buroudeis Zelt. Und ich wette, Cece hilft mir dabei."

„Ich würde es nicht wagen, mich dir zu widersetzen, meine wütende Gefährtin", murmelte ich.

„Ist klar. Oh, mir fällt gerade ein, dass ich gar nicht weiß, wo dein Zelt steht." Kat sah sich suchend um.

Ich ergriff ihre Hand und deutete damit auf mein Heim. Es stand nicht weit von Gahn Buroudeis entfernt. Es handelte sich um ein kleineres Zelt für einen Mann ohne Gefährtin. Aber der war ich nun nicht mehr. Morgen würde ich es umbauen und vergrößern, wenn meine Kraft es zuließ.

„Dort drüben, meine Gefährtin. Sieh es dir genau an, denn es ist jetzt auch dein Zelt."

Nun, da die offene Wüste hinter uns lag, war es Zeit, abzusitzen. Ich ließ mich langsam zu Boden gleiten und verzichtete darauf, wie üblich einfach abzuspringen, um Kat zu beeindrucken. Der Angriff hatte mir sehr zugesetzt. Es würde dauern, bis ich wieder ganz gesund war. Die Wunde hatte sich geschlossen, aber der Blutverlust schwächte mich noch.

Ich half Kat und Zoey aus dem Sattel und brachte sie zum Zelt der neuen Frauen. Kat vollführte eine merkwürdige Geste. Sie zeigte mit zwei Fingern auf ihre Augen, dann ruckartig auf mich, bevor sie mit Zoey im Zelt verschwand. Ich hatte keine Ahnung, was das bedeuten sollte. Vermutlich so etwas wie *Meine Bewunderung für dich blendet mich, Gefährte.*

Sobald Kat und Zoey in Sicherheit waren, ging ich zu Gahn Buroudeis Zelt. Ich hatte Sorge, dass ich einen vertraulichen Moment zwischen seiner Gefährtin und ihm stören könnte, aber es war alles ruhig, als ich mich näherte.

„Mein Gahn", rief ich leise.

Kurz war ein Rascheln zu hören, dann trat er in die Nacht heraus, um mich zu begrüßen.

Ich hob den Schwanz, aber der Schwung der Bewegung kostete mich beinahe das Gleichgewicht. Ich fing mich und stützte die Hände auf die Knie, bevor ich mich wieder aufrichtete.

„Was ist passiert?", fragte Gahn Buroudei mit verengten Sichtsternen. Er kannte mich allzu gut. Er wusste, dass eine solche Schwäche für mich nicht normal war.

„Entfernen wir uns ein Stück vom Zelt, Gahn, sodass wir deine schöne Gefährtin nicht wecken."

Er grollte zustimmend und wir gingen zusammen weiter, bis wir die Klippen erreicht hatten und außer Hörweite der Zelte waren.

„Kat ist sicher ins Zelt der neuen Frauen zurückgekehrt", begann ich. „Aber sie wird dort nicht lange bleiben. Die Lavrika haben mich gerufen. Kat ist meine Gefährtin."

Buroudeis Sichtsterne blitzten auf und er klopfte mir lächelnd die Schulter. „Sehr gut, Galok. Es gibt keinen Krieger, der das mehr verdient als du. Mehr Frauen mit Gefährten bedeuten mehr Junge für den Clan. Das ist ein großer Segen."

„Ja, und es ist ein doppelter Segen, denn ich habe nicht nur Kat wieder mitgebracht, sondern auch eine andere neue Frau. Eine, die bisher nicht bei uns war."

Buroudei holte tief Luft und rieb sich das Kinn. „Das ist wirklich großartig. Wo bist du ihr begegnet?"

„Ich ..." Ich unterbrach mich, als mir aufging, dass ich es nicht wusste. Nur Kat kannte die Antwort. „Ich bin mir nicht sicher, mein Gahn. Ich werde dir alles sagen, was ich weiß."

Ich berichtete ihm, woran ich mich erinnerte – wie wir auf dem Rückweg vom Gebiet unseres Clans am Schiff angehalten hatten. Wie Kat sich an die Arbeit gemacht hatte, nur um von einem von Gahn Baldors Kriegern angegriffen zu werden. Ein Krieger, der Kat mitnehmen wollte und behauptet hatte, dass sein Gahn eine menschliche Gefährtin hätte.

„Der Krieger hat dich besiegt? Und doch ist Kat in Sicherheit. Hast du ihn getötet, es dank deiner Verletzungen aber vergessen?"

„Ich glaube nicht. Ich habe keine Leiche gesehen."

Je mehr Fragen Gahn Buroudei mir stellte, desto bewusster wurde mir, wie viel Kat für mich getan hatte.

„Also hat deine Gefährtin, die kleinste aller neuen Frauen, einen Krieger des Sandmeers besiegt und es anschließend irgendwie geschafft, dich zu den Höhlen der Lavrika zu bringen, damit du geheilt wirst? Und nicht nur das, sie hat auch eine weitere neue Frau gerettet?"

„Ja", sagte ich feierlich und sehnte mich plötzlich nach Kats Nähe. Es verlangte mich danach, sie meine Bewunderung und Dankbarkeit spüren zu lassen. Und ich sehnte mich danach, für sie stärker zu werden.

„Diese neuen Frauen sind ein Wunder", sagte Gahn Buroudei mit peitschendem Schwanz. „Ihre Körper sind so weich und doch besitzen sie eine beängstigende Stärke. Eine Kraft, die einen Gahn in die Knie zwingen könnte."

Ich stupste ihn freundschaftlich mit dem Schwanz an. „Hat man dich schon in die Knie gezwungen, mächtiger Gahn?"

Er seufzte schwer. „Ich kann es nicht leugnen. Sziszi hat ganz von mir Besitz ergriffen."

„Ich begreife allmählich, was das bedeutet."

Gahn Buroudei sah mich ernst an. „Danke für deinen Bericht. Ich würde auch gern den deiner Gefährtin hören, sobald sie bereit ist. Tatsächlich möchte ich, dass sie vor allen

Gahns spricht. Wir müssen alle wissen, was vorgefallen ist. Aber das kann bis zum neuen Tag warten. Jetzt geh und such die Heilerinnen auf." Er lächelte leicht. „Du musst zu ihnen gehen, damit du so weit wie möglich bei Kräften bist, wenn deine Gefährtin zu dir zurückkehrt."

„Ja, Gahn." Ich hob den Schwanz und verließ ihn, um eine der Heilerinnen ausfindig zu machen, aber innerlich freute ich mich bereits auf das, was danach kommen würde.

KAPITEL EINUNDDREISSIG
Kat

NICHT LANGE NACH UNSERER Ankunft waren alle wach.

Theresa war aufgewacht, als wir hereingekommen waren, und als ihr verschlafener Blick auf Zoey gefallen war, hatte sie vor Freude aufgeschrien und war vom Bett aufgesprungen. Die Zeit danach war ein einziges Durcheinander aus aufflammenden Kerzen und Frauen gewesen, die sich umarmten, lachten und weinten, weil es Zoey gut ging. Ich fühlte mich sehr an unsere Wiedervereinigung mit Cece erinnert, nachdem wir sie ihrerseits für tot gehalten hatten. Aber es ging uns allen gut. Wir waren wieder zusammen. Ich bekam das verdammte Lächeln nicht aus dem Gesicht.

„Ich kann nicht glauben, dass du hier bist! Erzähl uns alles!" Theresa grinste von einem Ohr zum anderen.

Sie zerrte Zoey in den Sitzkreis aus gespannt wartenden Frauen. Ich hielt mich am Rande, während ich Zoey zuhörte. Sie erzählte, dass sie während des *zeelk*-Angriffs von der Gruppe getrennt worden war und sich in den Tiefen des Schiffs versteckt hatte.

Obwohl ich zu gern hören wollte, was Zoey zu sagen hatte, war ich gedanklich schon wieder bei Galok. Ich zappelte herum, strich mir über den Kopf und spielte mit meinen Piercings. Als Zoey zu der Stelle kam, an der wir uns wiederbegegnet waren, machte ich mich aus dem Staub. Ich wollte im Augenblick nicht im Zentrum der Aufmerksamkeit stehen und reihenweise Fragen beantworten. Ich wollte einfach nur bei Galok sein.

Ich schlich mich aus dem Zelt. Dass alle nur auf Zoey achteten, war meine Rettung. Sobald ich im Freien war, trabte ich los und rannte schließlich zu dem Zelt, das Galok mir gezeigt hatte. Ich war schon viel zu lange von ihm getrennt. Was, wenn er inzwischen umgekippt war? Was, wenn es ihm doch nicht so gut ging?

Das Herz schlug mir bis zum Hals, als ich das Zelt erreichte, die Klappe beiseiteschob und eintrat.

Ich verharrte abrupt in der Bewegung und fuchtelte mit den Armen, um das Gleichgewicht zu halten und nicht über die gebückte Gestalt einer Alien-Frau zu stolpern.

Sie richtete sich auf. „Bist du Galoks Gefährtin?"

„Äh. Ja. Hey", sagte ich hastig und etwas außer Atem. Es war das erste Mal, dass ich es laut bestätigte. *Ich bin seine Gefährtin ...*

„Ihr hattet großes Glück, rechtzeitig die Teiche der Lavrika zu erreichen. Er lag im Sterben."

„Das war kein Glück", meldete Galok sich hinter ihr zu Wort. „Sondern nur die Stärke und Sturheit meiner wunderbaren Gefährtin."

Das runzelige Gesicht der Heilerin legte sich in Falten, als sie grinste. „Ihr zwei passt gut zueinander." Sie musterte mich von Kopf bis Fuß. Und aus irgendeinem Grund erfüllte mich das mit einem zappeligen, unangenehmen, peinlichen Gefühl von Stolz und trieb mir Hitze in die Wangen. Ich kannte diese Heilerin nicht – ich war bisher nur denen von Gahn Fallos Stamm begegnet –, aber sie erinnerte mich an eine weise Großmutter und ich mochte sie sofort.

„Die Lavrika haben Galoks Wunden geheilt, aber er sollte sich noch ein paar Tage ausruhen. Ich habe ihm Kräuter gegeben, die ihn stärken sollten, aber er sollte möglichst wenig aufstehen."

Ich nickte entschlossen. „Verstanden." Ich lehnte mich um sie herum und fixierte Galok. „Hast du gehört? Du musst im Bett bleiben." An die Heilerin gewandt fügte ich hinzu: „Ich werde dafür sorgen, dass er sich an deine Anweisungen hält."

Wieder lächelte sie. „Ja, das glaube ich sofort."

Sie marschierte zum Ausgang und ich musste aus dem Weg gehen, damit sie durchkam.

„Danke, Rika", rief Galok gut gelaunt. Die Kraft in seiner Stimme ließ mich erleichtert aufseufzen.

Als Rika fort war, setzte ich mich mit verschränkten Beinen neben Galok auf den Boden, die Ellbogen auf die Knie gestützt. Ich musterte ihn prüfend. Ausnahmsweise hatte er die Riemen abgelegt, mit denen er die Klingen an seinem Rücken befestigte. Über seinen Beinen und bis zur Taille lag eine Decke, aber sein Oberkörper war nackt. Eine Kerze flackerte hinter ihm auf einem Knochenregal. Das Licht tanzte über sein lächelndes Gesicht und die trainierten Bauch- und Brustmuskeln.

„Also, alles klar?", fragte ich. Mein Blick fiel auf die Stelle, an der unglaublicherweise vor wenigen Stunden noch eine riesige Klinge gesteckt hatte. Aus der er geblutet hatte. Die ich verzweifelt zugehalten hatte. Die Haut glänzte leicht, aber darüber hinaus gab es keinen Hinweis, dass er je verletzt worden war.

Danke, Lavrika. Danke, Zoey. Danke, Lavrikala.

Verdammt, ich musste einer Menge Leuten danken. Es fühlte sich eigenartig an, wie bereitwillig sie mir zur Hilfe geeilt waren. Dass ich jetzt Leute um mich hatte, auf die ich mich verlassen konnte. Eigenartig und nett. Irgendwie. Vermutlich. Ganz bestimmt.

„Jetzt, wo du hier bist, ja. Und es wird mir noch besser gehen, sobald du in meinem Bett liegst", sagte Galok und strich mit einer Klaue über meinen nackten Arm. Und ich hätte mich über seine kitschigen Worte lustig machen können. Ich hätte seine Hand wegschlagen und ihm einmal mehr sagen können, dass er ein Blödmann war, weil er sein Leben für mich riskiert hatte.

Aber ich war schlicht zu müde. Zu müde, zu erleichtert, zu dankbar und zu überwältigt von einem Berg anderer Gefühle, die ich sicher erst in einigen Tagen sortiert bekommen würde. Also zog ich Stiefel und Socken aus, streifte die Hose ab und warf mich neben ihn.

„Rück mal ein Stück, ja?"

Sein gewaltiger Körper nahm praktisch sämtlichen Platz im Bett ein. Er rollte sich auf die Seite, mir zugewandt, und rückte ein bisschen, bevor er mich fest an seine Brust zog. Und seine Arme waren stark. Vielleicht nicht so kräftig wie sonst, aber er hielt mich fest genug, um mich allmählich glauben zu lassen, dass er alles überstehen würde.

„Mach dir keine Sorgen über die Enge, Kat. Morgen beginne ich mit den Vorbereitungen, das Zelt für dich auszubauen."

Ich runzelte die Stirn und drehte mich auf die andere Seite, damit ich ihn ansehen konnte. Gleichzeitig kuschelte ich mich an ihn und legte den Kopf auf seinen riesigen Bizeps. „Das glaube ich kaum. Rika hat gesagt, du musst liegen bleiben. Sag mir, was zu tun ist, und ich kümmere mich darum."

Er strich mir mit einer Fingerspitze über die Nase und den Wangenknochen. Seine Berührung war so sanft, dass sie fast wehtat.

„Das glaube ich dir und du würdest das gut machen. Je besser ich dich kenne, desto mehr beeindruckst du mich. Ich begreife erst nach und nach, wie viel du für mich getan hast." Seine Miene wurde ernst. „Was ist aus dem anderen Krieger geworden? Der uns angegriffen hat?"

Beim Gedanken an diesen Mistkerl erfasste mich reine Wut und obwohl ich schrecklich müde war, war ich plötzlich wieder bereit, mich in den Kampf zu stürzen. „Ich habe ihm das verdammte Gesicht verätzt. Und falls er je wiederauftauchen sollte, werde ich ihm noch so einiges mehr antun", fauchte ich.

Galoks Sichtsterne glitten nach außen, dann wieder nach innen. Die kleinen Kupferfunken funkelten im Kerzenschein. „Du bist wirklich eine mächtige Kriegerin, Kat. Ich bin stolz, dich an meiner Seite zu wissen. Auch wenn ich zugeben muss, dass ich mich ein wenig schäme."

Ich erstarrte. „Wegen mir?" Ich brachte die Worte kaum heraus. Sollte er nach all dem schließlich doch entdeckt haben, was die Leute auch früher in mir gesehen hatten? Dass ich zu laut, zu aggressiv, schlicht zu anstrengend war?

Und doch nicht genug?

Hastig legte Galok eine Hand an mein Gesicht und neigte den Kopf tiefer, damit wir uns in die Augen sehen konnten. „Nein, Kat! Nein. Niemals. Ich schäme mich, dass ich dich nicht besser beschützen konnte."

„Ist das dein Ernst?", rief ich. „Du hast dich ohne Zögern für mich in den Kampf geworfen! Du wärst beinahe für mich gestorben!"

„Und trotzdem habe ich dich im Stich gelassen. Nur weil ich besiegt wurde und beinahe gestorben wäre, warst du in Gefahr."

„Sei nicht albern", murmelte ich und stupste ihn gegen die Stirn. „Wir gehören jetzt zusammen, klar? Wir werden uns gegenseitig beschützen. Das muss nichts Einseitiges sein. Nicht immer nur deine Aufgabe."

„Ja, das begreife ich langsam. Ich erkenne alles, was mir das Gefährtenband zu bieten hat, was *du* zu bieten hast. Und ich kann nicht glauben, was für ein Glück ich habe. Ich bin wahrlich gesegnet."

Ich glitt tiefer und legte die Stirn an seine warme Brust. Ich war nicht bereit für solche Komplimente. Noch einmal rückte ich mich zurecht und schob ein Bein zwischen seine.

„Äh, Galok? Bist du gerade ernsthaft hart?"

„Ja. Was ich bisher für dich empfunden habe, war bereits inbrünstig. Aber nun, wo das heilige Gefährtenband erwacht ist ..." Er unterbrach sich und stieß einmal das Becken nach vorn, sodass ich keuchte. „So etwas habe ich noch nie erlebt.

Selbst geschwächt, wie ich bin, will ich dich. Ich sehne mich verzweifelt danach, in dir zu sein."

Wenn ich ehrlich war, ging es mir nicht anders. Nachdem ich ihn fast verloren hätte, wollte ich alles tun, um ihn an mich zu binden, um eine starke, körperliche Verbindung aufzubauen. Ihn hart und lebendig in mir zu haben. Aber das musste warten.

„Nein", sagte ich bestimmt. „Du bist verletzt. Du wirst dich ausruhen und dich erholen. Und danach machen wir mehr ... Gefährtensachen."

Ruckartig warf ich mich auf die andere Seite, wandte mich von ihm ab und schloss die Augen. „Jetzt schlaf."

„Das würde ich gern, aber mit so viel Schönheit vor mir kann ich nicht schlafen."

Seufzend richtete ich mich auf und verdrehte die Augen. Dann blies ich die Kerze aus, sodass das Zelt in Dunkelheit getaucht wurde. „Bitte sehr. Keine Ablenkungen mehr. Schlafenszeit."

„Oh, kleine Kat. Du unterschätzt mein Verlangen nach dir gewaltig, wenn du glaubst, dass ich nicht mehr abgelenkt werde, nur weil ich dich nicht mehr sehe."

Ich wusste, worauf er hinauswollte. Dass sich sein Glied an meinen Po drängte, verwandelte meine Wirbelsäule in warmen Honig. Meine Haut kribbelte und mein Atem ging flacher.

Aber ich würde nicht mit meinem gerade erst geheilten Gefährten schlafen. Auf keinen Fall. „Spar du dir deine Kräfte, um gesund zu werden. Kein Gefummel."

„Was bedeutet *Gefummel*?"

Oh Mann, dieses Gespräch konnte gut und gern ewig weiter-ergehen. Ich ignorierte seine Frage, kniff die Augen zu und hielt den Mund, in der Hoffnung, dass der Scherzkeks den Wink mit dem Zaunpfahl verstehen und sich endlich verdammt noch mal ausruhen würde. Schließlich schien er zu begreifen. Er legte den Arm um mich und zog mich an seine Brust. Ich spürte, wie er das Gesicht an meinen Hinterkopf drückte, und wusste genau, dass er lächelte.

„Gute Nacht, meine Gefährtin", flüsterte er.

Und damit ließen wir uns von der Erschöpfung übermannen.

KAPITEL ZWEIUNDDREISSIG
Galok

ALS ICH AUFWACHTE, fiel Dämmerlicht durch den Zelteingang herein. Ich atmete tief ein und spürte dem Heben und Senken meiner Brust nach. Sie fühlte sich etwas wund an, mehr nicht. Keine Schmerzen. Und ich fühlte mich auch schon stärker. So ungern ich es auch zugab, hatte meine weise Gefährtin recht gehabt. Die Ruhe war nötig gewesen.

Wo ich gerade bei meiner weisen Gefährtin war: Sie umklammerte mich entschlossen. Ich hatte mich im Schlaf auf den Rücken gedreht und Kat hielt mich von der Seite fest, hatte einen Arm und ein Bein über mich geworfen, als wollte sie mich selbst im Schlaf beschützen. Ihre kleine Hand hatte sich an meiner Haut zur Faust geballt.

Ich betrachtete im Halbdunkel ihr Gesicht und empfand überwältigende Liebe für jede Kleinigkeit an ihr. Ich liebte es, sie wach zu beobachten, aber in diesem Zustand liebte ich sie auch – wenn ihre Miene ganz entspannt und ruhig wirkte. Sie hatte eine Wange gegen meine Brust gedrückt, sodass ein hinreißendes Grübchen entstand. Ich konnte nicht anders, als sacht mit dem Finger darüberzustreichen.

Nun wirkte ihr Ausdruck nicht mehr friedlich. Ihre Nase zuckte und sie zog die Brauen zusammen. Dann bewegte sie sich und drückte das Bein gegen meinen Schritt. Und plötzlich war jeder Anflug von Müdigkeit aus mir verbannt. Mich überkam ein Verlangen, das mächtiger war als alles, was ich je erlebt hatte. Ich war dem Tod gestern sehr nahe gekommen, aber im Augenblick hatte ich das Gefühl, dass ich wirklich sterben müsste, wenn ich mich nicht sofort mit meiner Gefährtin vereinigte.

„Kat", stöhnte ich und rieb über ihren Rücken. Ich erwischte den Saum ihres Oberteils und legte die Handfläche in die Wölbung ihres Rückgrats.

Kat murmelte etwas in ihrer Muttersprache, nach wie vor in den Fängen des Schlafs. Hitze schoss durch meinen Körper und pochte in meiner Männlichkeit, die sich fest gegen die Rückseite von Kats Oberschenkel drängte. Allein das Gefühl ihrer Haut trieb meine Lust in neue Höhen.

„Kat", wiederholte ich etwas lauter und eindringlicher.

Dieses Mal öffnete sie ein großes blaues Auge. „Wie spät ist es?"

„Ich weiß nicht, was das heißen soll", sagte ich hastig. Ich wusste nur, wie sehr ich sie wollte.

Ich küsste sie und schläfrig, wie sie war, öffnete sie sich mir sofort. Die Feuchtigkeit ihres Munds verstärkte meine Sehnsucht. Ich schob eine Hand nach unten und strich mit einem Knöchel über ihre Schamlippen, berührte sie durch ihre eigenartige Unterbekleidung. Sie durch den dünnen Stoff zu streicheln, war unfassbar sinnlich und ich hob stöhnend das Becken. Ich drehte die Hand um, schloss sie um ihre Körpermitte und spürte ihrer Feuchtigkeit nach, während ich mit den Zungen in ihren Mund vorstieß.

Aber dann löste sie sich keuchend von mir. „Oh nein. Nein. *Nein.* Jetzt ist nicht der richtige Zeitpunkt für solchen Unsinn. Du musst dich noch erholen."

Ich verbiss mir ein rüdes Knurren. Stattdessen packte ich ihre Hand und drückte sie an meine Härte. „Fühlst du das, Kat? Ich mag noch nicht wieder ganz bei Kräften sein, aber dafür bin ich stark genug."

Sie machte große Augen, als sie meine Männlichkeit spürte.

Meine Stimme wurde heiser. „Ich brauche es. Ich brauche dich. Mehr als alles andere."

Ich hakte einen Finger in ihre Unterbekleidung, sehr vorsichtig, damit ich sie mit meinen Klauen nicht verletzte. Dann strich ich mit der Fingerspitze an ihren Schamlippen entlang und spürte ihrer feuchten Hitze nach. Sie weckte wildes Verlangen in mir und ich rollte mich auf sie, um ihre Unterbekleidung zur Seite zu zwingen und mit der Spitze meines Glieds in diese Feuchtigkeit einzutauchen. Aber obwohl es eine Qual war, würde ich darauf verzichten, wenn sie weiterhin Nein sagte.

„Du sollst doch liegen bleiben", hauchte Kat, aber ich merkte ihr an, dass sie sich ebenfalls von diesem Rausch, diesem Verlangen, überwältigt sah. Sie öffnete bereits die Beine für mich, hob ihr Becken und ihr Eingang strich über meine Spitze. Ich erzitterte.

„Ich liege bei meiner Gefährtin. Das muss doch zählen", brachte ich hervor.

Wieder bewegte Kat das Becken und ich glitt ein Stück in sie hinein. Meine Hoden zogen sich vor Lust zusammen.

„Tut es nicht", wehrte sie entschieden ab und dann entzog sie mir ihr herrliches Innerstes. Ich fühlte mich beraubt, aber ich gehorchte, als sie mir sagte, dass ich mich auf den Rücken legen sollte.

Meine Kat war stur. *Nun gut. Selbst wenn ich tagelang darauf warten muss, wird es das trotzdem wert sein. Auch wenn ich das nicht hoffen will ...*

Wie sich herausstellte, musste ich überhaupt nicht warten. Sobald ich lag, riss Kat sich die spärliche Kleidung herunter, bevor sie sich rittlings über mich kniete.

„Gut, dass du nicht so breit gebaut bist wie ein paar der anderen Kerle. Sonst könnte ich mich niemals so auf dich setzen", sagte sie.

Fasziniert sah ich zu, wie sie über meinem Glied innehielt und die Hand zwischen ihren Beinen verschwinden ließ.

„Wie fühlt es sich an? Wenn du dich selbst streichelst ..." Ich schluckte mühsam und meine Männlichkeit wurde immer steifer, je länger ich zusah, wie Kat mit ihren goldenen Locken und rosigen Schamlippen spielte.

„Hör auf, so peinliches Zeug zu fragen", keuchte sie und rollte sinnlich das Becken. Das war mit Abstand der herrlichste Anblick, der mir je vergönnt gewesen war.

Aber es wurde noch besser. Kurz darauf ließ sie sich tiefer sinken und drängte sich gegen meine Eichel. Eine Hand lag weiterhin zwischen ihren Beinen. Mit der anderen umfasste sie mich, sodass ich mich anspannte, und führte mich in sich hinein.

Sie bewegte sich quälend langsam, als sie immer tiefer, tiefer, *tiefer* auf meinen Schaft sank. Mein ganzer Körper schrie danach, in sie hineinzustoßen, sie hart an den Hüften zu packen und mich in ihr zu versenken. Aber ich tat es nicht. Auch wenn es eine Qual war, erregten mich die feuchte Enge und ihre langsamen Bewegungen umso mehr. Ich konnte mich nicht länger bremsen und hob die Hände, um sie zu berühren. Mit dem Daumen strich ich über den glänzenden Stein in ihrem Bauchnabel, bevor ich nach ihren Brüsten griff. Als ich sie so über mir sah, die helle Brust ganz von meinen Händen bedeckt, wäre ich beinahe auf der Stelle gekommen.

Seufzend lehnte sie sich vor und stützte sich auf meine Hände. „Diese Stellung habe ich noch nie ausprobiert. Meine Beine sind zu kurz, um sie mit einem so großen Mann richtig hinzubekommen."

Ihre Oberschenkel zitterten an meinen Hüften. Ich war davon ausgegangen, dass sie vor Verlangen bebten, aber nun wurde mir bewusst, dass sie darum kämpfte, die Position zu halten.

„Wie kann ich dir helfen?", fragte ich.

„Ich weiß es nicht. Ich war noch nie oben, also kenne ich die ... Spielarten nicht. Und du musst liegen bleiben."

Ich hatte noch weniger Erfahrung als sie. Aber ich würde dafür sorgen, dass es für uns beide gut war. Ich würde mich jetzt auf keinen Fall davon abhalten lassen, meine wunderschöne Gefährtin zu erobern.

KAPITEL DREIUNDDREISSIG
Kat

MEINE OBERSCHENKEL standen in Flammen. Ich hatte es gerade so geschafft, mich rittlings auf Galok zu setzen und ihn zum Teil in mich aufzunehmen. Aber sein Glied war zu groß, als dass ich mich ganz auf ihn hinabsinken lassen konnte. Also blieb ich in dieser eigenartigen, halb hockenden Position stecken, gegen die meine Oberschenkel eindeutig etwas einzuwenden hatten.

Aufhören wollte ich dennoch nicht. Galok war nicht der Einzige, der sich danach sehnte. Ihn in mir zu haben, mich aber nicht richtig bewegen zu können, war die reinste Folter.

Galok legte die Hände an meine Hüften und zog mich erst hoch und dann von ihm herunter. Er grollte, als er aus mir herausglitt, und ich schrie leise auf. Ich wollte ihn wieder in mir haben. So schnell wie möglich.

Ist Sex mit Aliens einfach besser als mit Menschen?, fragte ich mich. Meine einzige sexuelle Erfahrung auf der Erde war kein Vergleich zu dem hier. *Oder liegt es daran, dass ich ihn liebe?*

„Komm, leg dich zu mir", knurrte Galok.

Ich legte mich ihm zugewandt auf die Seite, aber er drehte mich kraftvoll um. Dann zog er meinen Rücken an sich und schob meinen Po an sein Glied. Erwartungsvoll drängte ich mich ihm entgegen, als ich begriff, dass er wieder in mich eindringen würde.

Ich spürte, wie er sein warmes Glied nach vorn stieß, und passte mich ihm an, damit ich mich fester an seine Becken drücken konnte. Grollend und mit eisernem Griff umfasste er meine Hüften, während er sich in mich hineinschob.

„Oh Gott", stöhnte ich. Dieser Winkel war ... himmlisch. Er zog sich ein Stück zurück, stieß wieder hinein und drängte mich, mich weiter für ihn zu öffnen. Ich wimmerte und mit einem erstickten Laut ließ Galok die Hand zwischen meine Beine gleiten und drückte sie gegen meine Klitoris.

Von meiner Pussy ausgehend brandeten Lustwogen durch meinen Körper – von jeder Stelle, an der Galoks Glied und Finger mich berührten. Sein Stöhnen und seinen angestrengten Atem hinter und über mir zu hören, brachte mich um den Verstand.

Bei Galoks nächstem Stoß glitt er ein wenig tiefer in mich und seine Fortsätze strichen über meinen Po.

„Ist diese Stellung ... gut?" Galok bekam die Worte kaum heraus, während er immer schneller in mich hineinstieß.

„Ja. Ja. Verdammte Scheiße, ja." Die gewölbte Unterseite seines Glieds traf einen unsichtbaren Punkt in mir, der mich zum Zittern brachte. Ich hatte die Augen weit aufgerissen, nahm jedoch nichts vor mir wahr. Alles um mich herum wurde weiß, als ich kam und um Galoks Länge zuckte, mich seinen Fingern entgegenhob.

Heißer Atem strich über mein Ohr und ließ mich zusammenfahren. Und als drei Zungen über mein Ohrläppchen kitzelten, schrie ich auf und zog mich fester zusammen.

Galoks Stöße wurden immer kraftvoller und schneller. Fast vollkommen schlaff ließ ich sie über mich hinwegbranden. Ich hatte genüsslich die Augen verdreht und verlor mich in den überwältigenden Empfindungen, die sein erhöhtes Tempo gleich im Anschluss an meinen Orgasmus mit sich brachte. Galok zeichnete erst Kreise um eine Brustwarze, dann um die andere, bevor er meine Brust mit festem Griff umschloss, bevor er sich anspannte und kam.

Ich spürte, wie er pulsierte und sich in mir ergoss, mich mit seiner Hitze füllte. Er legte die Stirn an meinen Kopf und sein schwerer Atem geisterte über meine Haut.

„Du gehörst mir, kleine Kat. Ich weiß es schon lange und war mir so sicher, dass das Schicksal dem nur Folge geleistet hat."

„Stets bescheiden", murmelte ich und wandte mich ihm zu. „Vielleicht bin ich ja diejenige, die das Schicksal überzeugt hat. Hast du daran schon mal gedacht?"

Galok drückte die Lippen auf meine Stirn, dann an meine Schläfe. „Habe ich nicht. Aber es würde mich nicht überraschen. Niemand kann dir widerstehen, meine mächtige, winzige Gefährtin. Nicht einmal die Lavrika würden es wagen, sich dir entgegenzustellen." Er schlang die Arme um mich und kuschelte sich an mich, während sein halb steifes Glied noch in mir verweilte.

„Ganz genau", schnaubte ich. Ich versuchte, verärgert zu klingen, aber das dümmliche Grinsen machte das zunichte. „Vergiss das nur nicht."

Galoks Lachen kitzelte mich am Hals. „Das werde ich nicht. Bis ans Ende meiner Tage."

Bis ans Ende meiner Tage ...

Vor uns lag ein ganzes Leben. Ein Weg, den wir gemeinsam beschreiten würden. Vor nicht allzu langer Zeit hätte ich diesen Gedanken als absurd bezeichnet. Aber jetzt? Jetzt konnte ich mir kein anderes Leben vorstellen, keinen anderen Weg, den ich gehen wollte.

Ich ergriff seinen Unterarm und drückte ihn fester an mich, bevor ich seine letzte Bemerkung geringfügig korrigierte.

„Bis ans Ende *unserer* Tage."

KAPITEL VIERUNDDREISSIG
Baldor

ICH SAH AUF ARK HINAB. Er saß auf Tierhäuten im Zelt der Heilerinnen, seine Augen waren verbunden. Sein *irkdu* hatte es auch ohne die Sehfähigkeit seines Herrn nach Hause geschafft. Was ein Segen war, weil es den Heilerinnen nur bedingt gelungen war, Arks Sehkraft wiederherzustellen.

„Beschreib mir noch mal, wie die Frau aussah", befahl ich und setzte mich vor den verletzten Krieger.

„Sie war eine zornige Kreatur", zischte er.

Ich verkrampfte mich und wollte ihn schon zurechtweisen, weil er die Frau beleidigte, die meine Gefährtin sein könnte. Aber ich zwang mich, mich zu beruhigen und ihm zuzuhören. Er hatte den anderen Krieger getötet, aber einen großen Teil seiner Sehkraft eingebüßt, ohne zu wissen, ob seine Augen sich je erholen würden. Es überraschte mich nicht, dass er wütend war.

„Sie hatte sehr seltsame Augen, Gahn Baldor. Groß und rund und mit viel Weiß in einem winzigen Gesicht. In der Mitte waren sie blau und schwarz. Sie hatte kein Haar und ihr Gesicht und ihre merkwürdig tief sitzenden Ohren waren überall durchlöchert und mit Steinen verstopft."

Schweigend musterte ich ihn und dachte nach. In gewisser Weise schien diese Frau derjenigen zu ähneln, die ich in den Teichen der Lavrika gesehen hatte. Die eigenartigen Ohren, die runden weißen Augen. Aber andere Teile der Beschreibung passten nicht. Die Frau, die ich gesehen hatte, hatte Haare gehabt und ihre Augen waren auch nicht blau gewesen.

In Gahn Irokais Bergen hatte Ark eine andere fremdartige Frau gesehen, die jedoch ebenfalls nicht der Beschreibung meiner Gefährtin entsprach. Er hatte als Einziger den Kampf gegen den neuen Gahn Taliok und dessen Begleiter überlebt und war mit dem Leben davongekommen, um mir von der Ankunft der fremden Frauen zu berichten. Bei dem Krieger, den er in dem seltsam schimmernden Aufbau in der Wüste getötet hatte, handelte es sich um eben jenen Begleiter, wie er behauptete. Und ich war froh, dass er meine gefallenen Männer gerächt hatte, auch wenn er einen hohen Preis dafür gezahlt hatte.

„Zweifle nicht daran, dass ich die Heilerinnen Tag und Nacht an deine Seite kommandieren werde, Ark. Wenn deine Augen geheilt werden können, wird es ihnen gelingen."

Ark verlagerte das Gewicht und hob den Schwanz vor die ohnehin bedeckten Augen. „Es tut mir leid, Gahn. Ich habe versagt. Als die zornige, kleine Frau mich geblendet hat, war ich voller Angst. Angst ist einem Krieger nicht würdig. Ich hätte mich auf meine anderen Sinne verlassen und sie zu dir bringen sollen."

Natürlich wäre es von Nutzen gewesen, sie hier zu haben. Um mehr über ihr Volk zu erfahren. Und um die Schwachpunkte in der Verteidigung des neuen Lagers auszuspähen. Ark hatte es vor seiner Begegnung mit dem Krieger und der Frau zu Füßen der Klippen von Uruzai entdeckt. Er hatte mich wissen lassen, dass drei der Clans sich verbündet hatten und die Frauen in ihrer Mitte festhielten.

Wahrscheinlich war meine Gefährtin unter ihnen.

Ich hätte nie gedacht, dass ich eine zweite Chance bekommen würde, eine Gefährtin zu finden. Ich war mir nicht einmal sicher, ob ich das überhaupt wollte. Die heilige Gefährtenbindung in mir war noch stark und vor Trauer so angespannt, dass mir die Brust schmerzte.

Aber kein ehrbarer Gahn des Sandmeers konnte seine Gefährtin bei einem anderen Clan lassen. Nicht, solange er lebte und sein Herz noch schlug.

„Sorg dich nicht, Ark. Ihnen Jagdtrupps und Späher nachzuschicken, hat nicht gereicht. Vielleicht war das mein Fehler." Ich hätte gern mehr Einblick gehabt, bevor ich meinen nächsten Schritt plante. Aber dafür war jetzt keine Zeit mehr.

Es war Zeit für den Krieg.

NACHWORT

HERZLICHEN DANK, DASS du Kats und Galoks Geschichte gelesen hast. Ich hoffe, du hattest beim Lesen genauso viel Spaß wie ich beim Schreiben. Ich freue mich schon sehr auf die nächsten Bücher.

Um den Überblick über meine deutschen Veröffentlichungen nicht zu verlieren, schreib dich doch für meinen deutschen Newsletter unter www.ursadaxwriting.com/deutsch ein.

GEFÄHRTINNEN DER SANDMEER-WARLORDS